Zu diesem Buch

Als Jüngling verkleidet, erlauschte Baronin von Kamphoevener an den Lagerfeuern türkischer Hirten orientalische Geschichten, die aus dem ewigen Märchenvorrat der Menschheit zu stammen scheinen. Trotz strikten Verbots schrieb sie das Gehörte auf, aus Verpflichtung einem kostbaren Besitz gegenüber. Heitere und listige, erotische und melancholische Geschichten mit dem ganzen Zauber und der Weisheit orientalischen Fabulierens.

«Die französischen Rokokodamen, die sich ja ebenfalls für diesen Stoff interessierten und zu einer unglaublichen Fülle von Feenmärchen inspiriert fanden, sind Waisenkinder gegen das Stilisierungsvermögen und die Bildzauberei unserer Dichterin.» («Die Zeit»)

«Die Erzählsprache der Kamphoevener ist kultiviert, blitzt vor augenzwinkerndem Witz und versteckter Vieldeutigkeit. Und es ist gerade das Lachen, das Verständige, Verstehende, das in diesen Märchen triumphiert, die die Weisheit, Ethik und Phantasie eines Volkes in Gleichnissen wunderbarer Geschichten bewahren.» («Rheinische Post»)

«Ich bin sicher, diese drei Bände ‹An Nachtfeuern der Karawan-Serail› werden viele nächtliche Leser finden, die sich noch vor den eigenen Träumen in die Träume alttürkischen Märchenschatzes entführen lassen.» (Angelika Mechtel in «Die Welt»)

Elsa Sophia von Kamphoevener, geboren am 14. Juni 1878 in Hameln, lebte über vierzig Jahre in der Türkei. Ihr Vater, Marschall Louis von Kamphoevener Pascha, war dort deutscher Botschafter. Nach ihrer Rückkehr arbeitete die Baronin als freie Schriftstellerin und Journalistin, so für die «Vossische Zeitung» und den Rundfunk. Sie starb am 27. Juli 1963 in Marquartstein/Oberbayern.

Von Elsa Sophia von Kamphoevener erschienen außerdem: «Mohammed. Islamische Christuslegenden» (rororo Nr. 12543), «Liebeslist. Drei alttürkische Märchen» (Rowohlt 1976) und «Von Allahs Tieren. Am alten Brunnen des Bedesten» (Rowohlt 1978).

AN NACHTFEUERN
DER
KARAWAN-SERAIL

MÄRCHEN
UND GESCHICHTEN
ALTTÜRKISCHER
NOMADEN

erzählt von

ELSA SOPHIA VON KAMPHOEVENER

Band 2

ROWOHLT

45.–48. Tausend März 1999

Veröffentlicht im Rowohlt Taschenbuch Verlag GmbH,
Reinbek bei Hamburg, Mai 1988
Copyright © 1975 by Rowohlt Verlag GmbH,
Reinbek bei Hamburg
An Nachtfeuern der Karawan-Serail Copyright © 1956, 1957 by
Christian Wegner Verlag GmbH, Hamburg
Illustrationen für Kassette und Umschläge Walter Hellmann
Typographie für Kassette und Umschläge Peter Wippermann
Buchschmuck Hans Hermann Hagedorn
Gesamtherstellung Clausen & Bosse, Leck
Printed in Germany
ISBN 3 499 12400 9

Gewidmet
dem Gedenken an die alte Türkei
in Ehrfurcht und Liebe
vor dem großen Reichtum
ihres uralten Besitzes
an Geist, Witz und tiefer Weisheit
in Allah

Das Bazilikonmädchen

Bazilikon, nicht wahr, das weiß ein jeder, ist eine kleine
grüne Pflanze, die überall bei uns zum Würzen verwendet
wird. Woher sie ihren königlichen Namen hat, das weiß
niemand, denn Wassilikon heißt zu Griechisch könig-
lich. Sei dem, wie ihm wolle, im Garten der Frau, die auf
dem großen Grundstück zusammen mit ihrer Tochter
eine Gärtnerei betrieb, wuchs das Bazilikon in ver-
schwenderischer Fülle und war der Obhut und Pflege der
Tochter allein anvertraut. Wer immer in der Nachbar-
schaft das würzige Kraut brauchte, wandte sich an das
Bazilikonmädchen, dessen eigener Name ganz vom wür-
zigen Duft des kleinen Krautes überdeckt worden war.
Das Bazilikon hatte sie nahe einer Hecke gepflanzt,
welche das große Gartengrundstück von einem ebenso
weitläufigen trennte, das einem reichen Bey gehörte,
aber nur zum Schmuck und zur Erfreunis des müßigen
Besitzers diente.
Wie es nun geht mit denen, die um des Müßigganges
willen zu leben scheinen, sie kommen auf törichte Gedanken. So war es auch hier. Der Bey, der hinter der
Hecke den verschleierten Kopf des Mädchens auftauchen und wieder verschwinden sah (denn es versteht sich, daß das Bazilikonmädchen, mochte die Hitze
auch noch so groß sein, verschleiert in ihren Bazilikon-
beeten arbeiten mußte), der Bey also schlenderte an dieser

Hecke entlang und rief halblaut einiges. Er sagte wieder und wieder das gleiche: »Bazilikonmädchen, Bazilikonmädchen, wann darf ich deine Wange küssen?« Nun ist es mit solcher Frage ein eigenes Ding — kann man auf sie eine Antwort geben? Kann man etwa sagen: »Am Dienstag um dreieinhalb« oder auch: »Am Freitag um Viertel nach zehn« — kann man das? Und wenn ein junger Mann da wie ein Hahn auf und ab schreitet, immer versuchend, die Hecke zu überblicken, die aber zu hoch für seine Körpergröße geriet . . . wenn er aber außerdem nichts unternimmt, nur immer nach dem für einen Wangenkuß passenden Zeitpunkt fragt, ist es da nicht verständlich, wenn dem Mädchen auf der anderen Seite der Hecke die stumme Wut aufsteigt? Schweigend bückte das Bazilikonmädchen ihren verschleierten Kopf über ihre Pflanzen, tat, als höre und sähe sie nichts, und in ihr kochte es vor verächtlichem Zorn. »Du Tor du, du großer, schöner, dummer Narr, was fragst du so albern und tust nichts? Bist du ein Mann, oder siehst du nur so aus? Und weißt du dir nichts Besseres als einen Wangenkuß?«

Es ist ja selbstverständlich, daß sie wußte, wie er aussah, denn wenn es eine Hecke gibt und auf der einen Seite ist ein Mann, auf der anderen ein Mädchen, so hat diese Hecke ein Loch, das gute Sicht gewährt. Fragt sich nur, auf welcher Seite sich das Loch befindet, danach kann dann alles Weitere gefolgert werden. Bei dieser Bazilikonhecke nun befand sich das sorgfältig hergestellte Loch, das eine ausgezeichnete Sicht gewährte, auf der Seite des Mädchens, wie auch aller Witz und aller Scharfsinn auf ihrer Seite zu suchen war.

Der Bey, wir wissen es schon, war ein schöner Jüngling, und, wie es meist bei der Schönheit der Fall ist: sie wird allein verschenkt, nicht zugleich mit Geist und Klugheit. Doch auch ihm wurde die Sache mit dem geforderten

Wangenkuß mit der Zeit langweilig, und als sein Diener Achmed ihn eines Abends, während er ihm den Rücken nach dem Bade rieb, bemerkte: »Herr, ich höre dich immer das Bazilikonmädchen um einen Wangenkuß fragen, willst du in dieser Sache nicht einmal etwas tun, wenn dir wirklich daran liegt?«, da gab der Bey ganz aufgeregt zur Antwort: »Aman, Achmed, was kann man denn tun, wenn ein Mädchen niemals antwortet?«

Da Achmed hinter seines Herrn Rücken arbeitete, konnte der Bey das mitleidige Lächeln auf dieses klugen Mannes Gesicht nicht sehen, denn wie viele dumme und gutmütige Jünglinge wußte er nichts davon, wie sehr die Klugen sie mißachten und bemitleiden. »Herr«, sagte Achmed, »wenn du wirklich dem Bazilikonmädchen einen Wangenkuß geben willst, so wird sich das ohne Schwierigkeiten machen lassen. Du mußt nur gestatten, daß ich dich nach Art eines einfachen Fischers kleide, dir einen Fischkorb mit einem großen schönen Fisch verschaffe, und alles ist schon getan.«

Ein letztes festes Reiben des Rückens, und Achmed sah lächelnd in das erstaunte Gesicht des schönen Jünglings. Es machte ihm immer wieder Spaß, diesen Ausdruck erstaunter Bewunderung in den Zügen des Beys zu finden, wenn er mit einem seiner Vorschläge herauskam. »Fischer? Ein Fischkorb? Ich verstehe das gar nicht, Achmed, mein Lieber. Willst du es mir nicht erklären?«

»Gewiß, Herr, das will ich. Sieh, es ist so: Du gehst mit diesem Fischkorb herum und rufst vor dem Haus der Gärtnersfrau, auf der anderen Straßenseite, du habest einen herrlichen Fisch billig zu verkaufen. Man wird dich hereinrufen und dich um den Preis fragen, und dann nennst du eben den Wangenkuß als Preis. Kannst du mich verstehen, Herr?«

Der Bey brach in helle Begeisterung aus, erklärte seinen

Diener für die höchste Spitze aller Klugheit und war bereit, das Abenteuer schon am nächsten Tage anzugehen. Mit vielerlei Späßen wurde er dann auch in die von Achmed beschaffte Fischerkleidung gesteckt und ihm der Korb mit dem Prachtstück von Fisch unter den Arm gegeben. »Achte darauf, Herr, daß du nur vor dem Haus der Gärtnerin rufst, sonst ist alles umsonst«, das war die letzte Ermahnung, und dann zog der Bey davon, nachdem Achmed noch feststellte, daß das Mädchen nicht an der Hecke, also wohl daheim sei. Der Bey handelte getreu nach des Dieners Anweisung; er begann erst vor dem Hause der Gärtnerin zu rufen, er habe einen schönen Fisch billig zu verkaufen, und sah diese fleißige und treffliche Frau dann auch vor die Tür treten.

»Zeig deinen Fisch, du Fischer«, sagte sie und konnte den Bey, den sie niemals nahe gesehen hatte, auch deshalb nicht erkennen, weil er die Mütze der Fischer aus Cypern trug, die flach ist und einen langen breiten Zipfel hat, den die Fischer gegen die Blendung der Meeresoberfläche sich vor die Augen legen — auch dieses ein Zeichen von Achmeds Klugheit. Der Bey trat stumm und verlegen ein, schlug wortlos die verhüllende Decke von seinem Fischkorb zurück und zeigte die Pracht des herrlichen Tieres, das sie beide starr anglotzte. Die Gärtnersfrau war von dem Anblick des seltenen Fisches so stark beeindruckt, daß sie alle Vorsicht vergaß und die angebotene Ware zu loben begann.

»Und was verlangst du für das Stück Fisch? Was nennst du billig? Kann man jemals einem Händler trauen, der so spricht?« »Ich will kein Geld, Hanoum. Ich will etwas anderes«, sagte so ungeschickt wie möglich der Bey. »Ha, du Elender, hast du den Fisch vielleicht gar gestohlen und willst nun deshalb kein Geld? Rede, Feigling!«

Niemals noch hatte irgend jemand so mit dem Bey gesprochen, und er bekam heftige Angst vor der Frau, die zu überlisten er gekommen war. Aber die Gärtnerin, die seit langem sich ihr Leben selbst verdiente, war es gewohnt, ihre Meinung zu sagen, und sprach noch ein Weilchen in ähnlich lebhafter Art weiter. Von den lauten Worten angezogen, war die Tochter lautlos herbeigekommen und stand nun hinter dem Vorhang, der den Vorraum abschloß, spähte neugierig hindurch. Beinahe wäre ihr ein Schrei entschlüpft, als sie das schöne verlegene junge Gesicht des Beys erkannte, und sie verhielt sich mäuschenstill, um keines seiner Worte und keine seiner Bewegungen außer acht zu lassen. In ihr jubelte es, denn sie glaubte ihn nun doch verkannt zu haben, als sie ihn für einen Toren hielt. War er so listig, dieses hier zu wagen, wer weiß, was dann noch folgen konnte?

Der Bey, nahezu erstickt unter der Flut von Beschimpfungen, faßte sich urplötzlich ein Herz und schrie heraus, entschlossen, die Gärtnersfrau zu übertönen: »Hanoum, so höre mich endlich, ich beschwöre dich! Ich stahl den Fisch nicht, aber ich verkaufe ihn dir nur um einen Kuß deiner Tochter!« Vor seinem eigenen Mut erschrak er, als er das gesagt hatte, und sah die Frau unter dem Mützenzipfel hervor besorgt an. Es war aber auch, um Sorge zu haben, denn nun rückte sie erst richtig ins Gefecht und sagte alles, was sie einem unverschämten, einem elenden, einem ganz frechen Lump von Fischer mitzuteilen hatte. Der Bey aber wartete gespannt auf den Augenblick, in dem sie Luft holen mußte zwischen zwei Großgefechten, und rief: »Nur ein Kuß auf die Wange, und ich rühre sie nicht weiter an!«

Da war die Redeflut wie auf ein Zauberwort hin gedämmt. Die Frau sah den Jüngling an und dann den Fisch, und es war wirklich ein sehr schöner Fisch . . .

billig, nun ja . . . man würde aufpassen. »Du wirst die Hände auf dem Rücken halten?« Der Bey strahlte auf. »Ich werde sie fest auf dem Rücken halten.« Die Frau sagte streng: »Du wirst nur die Wange küssen, nur diese?« Der Bey beteuerte: »Nur diese und nur die eine.« Noch ein Blick auf den Fisch, der unbewegt glotzend den Blick wiedergab, während die Frau berechnete, wie viele und wie geartete Mahlzeiten damit herzustellen wären. Ja, es war billig, wirklich billig! Laut und durchdringend erhob sich dann ihre Stimme, nach der Tochter rufend.

Das Bazilikonmädchen hatte sich nur mühsam hinter ihrem Vorhang des Lachens enthalten können beim Anblick des beschimpften Bey. Als sie dann das Zaudern der Mutter bemerkte, war sie lautlos und hastig davongeeilt, um aus einem entfernten Raume des weitläufigen Hauses dem Ruf der Mutter Antwort geben zu können und sich auch hastig den Schleier überzuwerfen. Dann kam sie, die Ahnungslosigkeit in eigener Gestalt, daher, sagte, ganz gehorsame Tochter: »Du hast gerufen, Mutter?« Der Bey, der das Mädchen noch niemals außerhalb der schützenden Hecke erblickt hatte, war betroffen von ihrer Schönheit. Die schlanke Gestalt, die stolze Haltung, die weiche Stimme . . . Maschallah, welch ein Mädchen! Und er würde ihre Wange küssen infolge dieser seiner mutigen Tat. So voll Bewunderung seines eigenen Tuns war er, daß er kaum auf die Unterhaltung zwischen Mutter und Tochter achtete, was bedauerlich schien, da sie immerhin bemerkenswert blieb.

»Ich rief dich, meine Tochter«, sagte die Gärtnerin, »um dich zu fragen, wie du diesen Fisch findest?« Das Mädchen ließ sich nichts anmerken, betrachtete den Fisch prüfend und gab dann ihr Urteil scheinbar sachlich ab: »Es ist ein besonders schöner und sehr seltener Fisch.

Willst du ihn kaufen, Mutter? Und ist er nicht sehr teuer?« Die Mutter zögerte nun doch etwas mit der Antwort, entschloß sich aber dann schnell und sagte ruhig: »Es kommt darauf an, was man unter teuer versteht. In diesem Falle, meine Tochter, wäre der zu bezahlende Preis durch dich zu entrichten, wenn du dich nämlich dazu verstehen könntest, dir von diesem Fischer die Wange küssen zu lassen.« Jetzt hörte der Bey wieder zu und verging fast vor Spannung. Das Mädchen sagte in dem gleichen sachlichen Ton wie vorhin: »Und wenn ich es erlaube, bekommst du den Fisch umsonst, Mutter?« Die Gärtnerin antwortete nicht unmittelbar, beugte sich nur nochmals über den Fischkorb und sagte abschätzend, wie empfehlend: »Sieh nur, wie groß und dick er ist! Ich denke, wir könnten sogar drei Mahlzeiten davon haben, meinst du nicht?« Das Mädchen, immer im gleichen kühlen Ton sprechend: »Du hast recht, Mutter, es ist billig.«
Sie ging auf den Bey zu, hob ein wenig den Schleier über der linken Wange hoch und sagte: »Nimm deine Bezahlung!« Die Mutter rief heftig: »Hände auf den Rücken!« Der Bey tat, wie sie befahl, legte die Hände auf den Rücken, küßte das kleine ihm freigegebene Stück Wange, wandte sich ab und ging wortlos davon. Sagten wir nicht schon, daß schöne Jünglinge meist nicht klug zu sein pflegen? Nun ja, so war es auch hier.
Das Mädchen sah ihm nach und wußte nicht, was sie denken sollte ... tat er so oder war er so? Sie sollte nicht lange im ungewissen bleiben. Als sie am Tage nach dieser Fischgeschichte wieder an der Hecke mit ihrem Bazilikon arbeitete, kam der Bey wie auch vorher immer herbei, stand auf der anderen Seite und sagte: »Bazilikonmädchen, das ich an der einen Wange geküßt habe ... wann darf ich die andere Wange küssen?« Es ist nicht zu beschreiben, welch ein Zorn das Mädchen packte! So

dumm zu sein, so albern zu fragen, dabei so stark und jung und schön . . . das war doch zum Verzweifeln! Warte, dachte sie, dir werde ich es beibringen und zeigen, warte du nur! Wie vorher auch antwortete sie der törichten Frage nicht und ging ihrer Arbeit nach.

Als er sich entfernt hatte, begab sie sich auf die Suche nach einem jener geschmeidigen Zweige des Baumes, der sich über das Wasser neigte, nahm einen und legte ihn für die Nacht in einen Wasserkübel. Am Tage darauf aber, nachdem der Bey wieder seine Frage gestellt hatte und sich in einen Kiösk begab, wo er stets seine Ruhe während der heißesten Zeit zu halten pflegte, schlüpfte das Mädchen durch ein sorgfältig bereitetes Loch der Hecke hindurch . . . etwas, das dieser Tor von einem Jüngling auch weder bedacht noch bemerkt hatte . . . glitt in der heißen Mittagsstille im Schatten der Bäume dahin, die durch das Wasserbad ganz biegsam gewordene Rute in der Hand, und kam unbemerkt am Kiösk an. Dort lag er und schlief, dieser schöne und törichte Jüngling, und das Mädchen stand eine Weile atemlos still ihn zu betrachten, ja, sie wurde durch den Anblick fast schwankend in ihrem Vorhaben. Dann sagte sie sich aber, daß sie nicht schwach werden dürfe, daß er lernen solle, ein Mann zu sein, durch Zorn es lernen. So nahm sie die Rute fester in die Hand, schlich nahe herzu und begann den Schläfer mit Hieben zu bearbeiten, wobei sie leise und heftig sagte: »Das hast du für die geküßte Wange, das für die ungeküßte«, und noch einmal, und wieder.

Da war er aus der Schlafverwirrung ganz wach geworden . . . kein Wunder auch! . . . sprang hoch, wollte die Frevlerin packen, aber alles, was er in Händen hielt, war ein Schleier, und es half nichts, daß er das leichte Gewebe in Fetzen riß, die Trägerin war flüchtigen Fußes längst auf der anderen Seite der Hecke wieder angelangt.

Der Bey bebte vor Zorn. War so etwas erhört . . . ein Weib hatte einen Mann geschlagen?! Was war zu tun, wie war diese Schmach auszulöschen? Hier konnte auch Achmed und dessen Schlauheit nicht helfen, denn dergleichen sagte man seinem Diener nicht, und es gab nur eine Einzige, die man zu Rate ziehen konnte, wenn sie auch nicht völlig eingeweiht werden durfte: seine Mutter.

Nachdem er sich mühsam beruhigt hatte, suchte also der Bey diese kluge Frau auf und legte ihr nach der gebotenen ehrfürchtigen Begrüßung eine Frage vor: »Sage mir, o meine Mutter, wenn es sich so träfe, daß eine Frau, ein Mädchen, einen Mann tödlich beleidigt hätte, welches wäre dann die härteste Strafe, die er ihr auferlegen könnte, ohne allzusehr die Sitte zu verletzen?« Die Mutter sah den Sohn kurz an, fragte dann, ohne von ihrer Seidenstickerei aufzusehen, leise: »Handelt es sich um dich, mein Sohn? Ich kann dir besser raten, wenn ich es weiß.« Der Bey blickte nicht zu ihr hin, murmelte: »Du sagst es, Mutter, um mich.« Lächelnd sah die kluge Frau auf, fragte halblaut: »Du willst sie so hart wie möglich strafen, ist es so?« Ganz streng und entschlossen klang die junge Stimme, als der Bey antwortete: »So ist es, Mutter.« Das Lächeln um den Mund der Mutter vertiefte sich, und sie sagte heiter: »Dann heirate sie, mein Sohn«, worauf sie sich wieder über ihre Stickerei beugte. »Heiraten? Warum das, Mutter?« Sie sah nicht auf, als sie sagte: »Du kannst strafen, wie immer du willst, wenn du Ehemann bist . . . außerdem, mein Sohn, ist es schon eine Strafe, wenn du sie ehelichst, die Arme!« Das sagte sie so leise, wie die kluge Mutter eines törichten Sohnes dann zu sprechen pflegt, wenn sie es sich erlaubt, die Wahrheit zu sagen, was nur selten geschehen darf.

Inzwischen hatte der Bey ihre Meinung erfaßt und brach in Begeisterung aus: »Das ist ein wunderbarer Gedanke, o meine Mutter! Wie recht du hast, wie klug du bist, wie ich dich bewundere! Willst du dann gehen und sie mir zur Frau fordern, damit ich bald zu strafen beginnen kann, Mutter, ich bitte dich?« Erstaunt sah die Mutter auf. »Aber, mein Sohn, noch sagtest du mir nicht, wen du meinst? Kenne ich sie?« Er lachte ein wenig verlegen, denn was würde seine Mutter, die reiche, die edel geborene Frau, zu seiner Wahl einer Gärtnerstochter sagen? Zögernd und abgewandt antwortete er: »Ich weiß nicht, ob du sie kennst, Mutter ... es ist das Bazilikonmädchen.« Der Mutter fiel ihre Stickerei aus den Händen, sprachlos erstaunt sah sie ihren Sohn an, wiederholte leise: »Das Bazilikonmädchen? Gewiß kenne ich sie. Aber, mein Sohn, sie ist sehr klug, sie ist sehr tatkräftig . . .« Der Bey murmelte vor sich hin: »O ja, das ist sie!« Erstaunt über die Unhöflichkeit der Unterbrechung fragte die Mutter: »Was sagtest du, mein Sohn? Du stimmtest mir zu? Du befürchtest nicht das Zusammensein mit einem so klugen Mädchen?« Unwillig, tief verstimmt über das wiederholte Betonen der Klugheit, sagte der Bey und erhob sich von dem Kissen, auf dem er am Boden vor der Mutter gesessen hatte: »Genug gesprochen, Mutter. Es muß sein, daß ich diese eheliche, sei sie nun dumm oder klug, denn du selbst rietest mir an, daß ich sie solcherart am besten strafen kann. Willst du sie mir zur Frau erfragen, Mutter?«

Die kleine zierliche Frau erhob sich nun auch und stand vor dem Sohne, der sie weit überragte; sie reckte sich hoch und umfaßte seinen schönen Kopf, küßte ihn leicht auf die Wange. »Ich werde sie dir gerne zur Frau erfragen, mein Kind, und ich freue mich, daß du eine so kraftvoll gesinnte Gattin haben wirst. Sei gesegnet, mein Sohn, und strafe sie nicht zu hart!«

Der Bey ließ sich die seltene Liebkosung nur widerwillig

gefallen, denn er war so zornig, daß keine weicheren Gefühle in ihm Platz hatten. Seine Mutter aber begab sich noch am selben Tage hinüber zu der Gärtnersfrau, die sie mit Staunen empfing und mit noch größerem Staunen ihr Anliegen vernahm. Es wäre ihr niemals in den Sinn gekommen, daß so etwas möglich würde, aber sie zeigte sogleich, welcher Art und Gesinnung sie war, indem sie die strengen Regeln der Sitte ohne Zögern durchbrach. Sie sagte voll Ruhe und Sicherheit: »Herrin, ich danke der hohen Ehre, die du mir antust, und ich weiß wohl, daß mir nun nichts anders bliebe, als zuzustimmen. Aber meine Tochter und ich, wir arbeiten seit langem zusammen, und so ist es ihr gutes Recht, befragt zu werden in dieser Sache, die ihr Leben allein betrifft, so wie ein Mann befragt werden würde . . . arbeitet sie doch einem Manne gleich. Willst du erlauben, Herrin, daß ich sie rufe?« Die Mutter des Bey dachte daran, wie sie ihrem Sohne von der Tatkraft des Bazilikonmädchens gesprochen hatte, und sie lachte leise. »Es ist mir sehr recht«, sagte sie, »rufe deine Tochter.«

Zu ihrem Erstaunen erhob sich darauf die Gärtnerin und stieß einen langgezogenen Vogelruf aus, lauschte dann angespannt, und nach kurzer Zeit erklang entfernt der gleiche Ruf als Antwort. »Sie ist im Gartengrundstück und arbeitet; so haben wir es schon länger ausgeübt uns zu rufen, es geht schneller, weißt du, Herrin.« Die Mutter des Bey begann sich ausgezeichnet zu unterhalten; endlich erlebte sie einmal etwas anderes als den wohlgeordneten Tagesablauf einer reichen Frau! Wie aber kam es, daß ihr Sohn, dessen langsamer Geist sie oftmals ungeduldig machte, an diese Frauen geraten war, die von Lebenskraft und Klugheit leuchteten und sprühten? Maschallah, dann würden des Sohnes Kinder auch so sein . . . Allahu Akbar!

Jetzt kam das Bazilikonmädchen, hörbar schon von weitem, lief sie doch auf Holzsandalen; sie rief, ehe sie sichtbar wurde: »Was ist, Mutter, daß du mich rufst, wo ich die neuen Pflanzen einsetze? Geschah dir etwas . . . ?« Hier stockte ihr die Rede, denn das Mädchen wurde der Besucherin ansichtig, und sie, die von allem wußte, was im Hause des Bey vorging, erkannte sogleich seine Mutter. Sie verneigte sich tief, die Arme über der Brust gefaltet, die Hände an die Schultern angelegt, und murmelte: »Hanoum Effendim«, wobei ihr Blick fragend von einer der Frauen zur anderen glitt. Die Mutter des Bey, die das Mädchen zum ersten Male in der Nähe sah, musterte es verstohlen, lächelte dann und sagte: »Deine Mutter wird dir bekanntgeben, weshalb ich kam.«

Die Gärtnersfrau, die, um die ganze Wahrheit zu sagen, sich ein wenig vor ihrer Tochter fürchtete, wie das manche Mütter tun, räusperte sich verlegen, brachte dann leise hervor: »Meine Tochter, die Hanoum ist gekommen, uns die Ehre anzutun und auch dich zu fragen . . . « Das Bazilikonmädchen wurde ebenso ungeduldig, wie sie schuldbewußt war, denn konnte es nicht sein, daß der Sohn sich bei der Mutter beklagt hatte? So sagte sie schnell, alle gebotene Ehrfurcht vergessend: »Djanoum, meine Mutter, rede endlich . . . was geschah? Sage es, und es sei vorbei!«

Die Mutter des Bey mußte herzlich lachen, denn sie liebte solche Gradheit, und lachend sagte sie: »Ich kam, dich zu fragen, ob du meines Sohnes Frau werden willst«, mit welch fast unglaublichen Worten sie jeder Sitte in das altehrwürdige Antlitz schlug. Das Bazilikonmädchen strahlte auf, so als sei hinter ihren Augen die Sonne aufgestiegen, warf sich vor der lachenden Frau auf den Boden, küßte deren Füße und sagte laut, entschlossen: »Ich werde es mit Freuden, Hanoum Effendim, und will dir eine gute Tochter sein.« Die Mutter des Bey beugte sich nieder, packte das Mädchen an den Schultern, zog es zu sich heran, küßte es auf beide Wangen und sagte tiefbefriedigt: »Das wirst du gewiß sein, meine Tochter, und ich denke, du wirst meinem Sohn einiges von dem zeigen, was er bisher nicht wußte, und das ist gut. Aber höre, was ich dir zu berichten habe: er will dich ehelichen, um dich zu bestrafen, und ich, die nicht wußte, daß du es seist, um die es geht, habe es ihm geraten, was mich schmerzt.« Das Bazilikonmädchen warf den Kopf zurück und lachte aus voller Kehle. »So ist doch ein Mann in ihm, nicht nur ein schöner Jüngling! Er will mich bestrafen? Das ist gut und schön!« Hier aber mischte sich die Gärtnersfrau besorgt ein: »Du redest, wie so oft schon, Torheit, meine Tochter! Weißt du denn, was dir bei einem Ehemann alles geschehen kann an Ungutem? Ich bitte und beschwöre dich, tue es nicht, mein Kind, aman, tue es nicht!«

Das Bazilikonmädchen ging zur Mutter, klopfte sie beruhigend auf den Rücken, sagte lächelnd zu der Mutter des Bey: »Hanoum Effendim, du weißt nicht, was diese Gute und Treue schon an mir zu leiden hatte! Du wirst es leichter haben, denn nur wer liebt, leidet auch. Aber, vielgeliebte Mutter, höre mich an: Diesen Jüngling will ich und keinen anderen. Aus ihm und mir werde ich ein Glück schaffen, wenn er ein Mann geworden ist. Lasse mich meinen Weg gehen, ich bitte dich!« Die Mutter neigte ergeben den Kopf, murmelte »Allah ismagladih« und ließ allem Weiteren seinen Gang. Der Mutter des Bey aber klang noch lang dieses Gesagte nach: »Nur wer liebt, leidet auch.« Wie weise war dieses junge Herz . . . und würde es unmöglich sein, daß auch sie, des Jünglings Mutter, nicht noch lernen würde zu lieben und somit zu leiden an dem Bazilikonmädchen? Allah bilir.

Und wie es der Bey wünschte, fand nach kurzem die Hochzeit statt. Sie wurde wie je und stets gefeiert; wie man genugsam weiß, solcherart, daß die Braut auf ihrem Thronsessel sitzt und die Frauen des Viertels ihr Geschenke bringen, die Männer indessen das Festessen halten, zu dem ein jeder zugelassen wird. Als am Abend alle Frauen das Haus verlassen hatten, geleitete die Mutter des Bey das Bazilikonmädchen in das Brautgemach, wo das Lager gerichtet war; nun wäre es Sache der Dienerinnen gewesen, die Braut zu entkleiden und festlich hergerichtet auf das rosenfarbene Lager zu setzen. Die Braut sagte jedoch leise zu ihrer Schwiegermutter: »Hanoum Effendim, wolle diesen Dienerinnen gebieten, uns allein zu lassen, ich bitte dich.« Zwar sah die ältere Frau die jüngere erstaunt an, doch tat sie nach deren Verlangen. Das Bazilikonmädchen ließ sich auf dem Bettrand nieder, seufzte ermattet und bemerkte müde: »Dieses Sitzen auf dem Brautthron hat mich mehr ermüdet als das Bepflanzen von zehn Beeten! Uff aman, welch eine Quälerei! Nun aber will ich dir etwas anvertrauen, Hanoum Effendim, denn einiges mußt du erfahren: ich habe, als der Bey wie üblich kam, um mich als sein Weib auf diesem Brautsessel zu begrüßen, nicht, wie vorgeschrieben, ihm mein Gesicht gezeigt; nur den Schleier hob ich ein wenig und sagte: ›Bey Effendim, nun kannst du die andere Wange küssen.‹ Was aber tat er? Er schlug mich auf diese Wange!«

Die Mutter des Sünders war ehrlich entsetzt, sah aber voll Staunen, daß diese ihre neue seltsame Tochter wieder belustigt lachte. Ihren Ausrufen der Entrüstung antwortete ein heiteres: »Und er tat recht daran, glaube es mir, Herrin. Nun aber will ich auch jetzt, hier auf dem Brautbett, verschleiert bleiben, und deshalb sollten die Dienerinnen gehen. Ich beschwöre dich, meine Herrin, habe Geduld mit mir, und eines Tages wirst auch du Freude erleben. Inzwischen erlaube mir nach meinem Willen zu handeln, ja, Herrin?« Was blieb da anderes übrig, als zuzustimmen? Die Hanoum küßte die Braut auf die mißhandelte Wange, sprach ein leises Segenswort und ließ das Bazilikonmädchen allein.

Erwartungsvoll saß sie nun dort auf dem rosenfarbenen Lager, in der Art wie noch niemals eine Braut, nämlich tief verschleiert, eingehüllt in diesen Schleier wie in einen Mantel. Ihr Herz schlug schnell, aber nicht vor Liebe und Sehnsucht, sondern vor Ungeduld, denn es gab an diesem Abend und in dieser Nacht noch einiges zu tun, was sie geplant hatte. Aber manch einer dünkt sich klug und plant, und alles wird anders, ist es doch nie der Mensch, der plant, nein, sondern nur das Kismet.

Es dauerte nicht lange, da wurden schnelle Schritte hörbar, und der Bey trat ein. Das Bazilikonmädchen sah sofort, daß auch er nicht die für eine bräutliche Gelegenheit gebotene Kleidung angelegt hatte, sondern nur über seine Festgewänder einen dunklen Mantel geworfen. Er kam zu der gleich einem verschleierten Bilde auf dem Bett sitzenden Frau heran, verneigte sich höflich und geziemend und sagte: »Meine Gemahlin, ich habe ersonnen, die Hochzeitsnacht draußen, in dem warmen und blühenden Garten zu verleben, und habe jenen Kiösk dafür herrichten lassen, den du gut kennst. Ist es dir genehm, so begeben wir uns dorthin.«

Das Bazilikonmädchen vermutete wohl, daß hinter diesem seltsamen Vorschlag sich etwas Besonderes verberge, aber das gehörte mit zu dem Abenteuer dieser eigenartigen Eheschließung und wollte erlebt werden. Also erhob sie sich bereitwillig und bemerkte erst jetzt, daß der Bey einen zweiten, dem seinen gleichen dunklen Mantel bei sich trug. »Ich brachte diesen Burnus mit«, sagte er und hüllte sie vorsorglich ein, »weil es draußen doch vom Nachttau kühl sein könnte. Komm, ich führe dich, meine Gemahlin.« Damit nahm er sie beim Ellenbogen und geleitete sie sorgsam durch die ihr noch unbekannten weiten Gänge des Hauses, kam an eine kleine nur angelehnte Seitentür, und schon waren sie im sommerlichen Nachtleben des wohlbekannten großen Gartens. Der Bey hielt immer noch führend den Arm seiner jungen Frau fest, murmelte hie und da eine Warnung vor einem Stein, einem Ast, der niedergebrochen war, und lockerte dann so plötzlich seinen Griff, daß das Mädchen ein wenig stolperte, den Halt verlor und voll Erschrecken merkte, daß der Boden unter ihrem Fuß nachgegeben habe. Sie versank, in ein tiefes dunkles Erdloch fallend. Der Bey stand droben und tat nichts, ihr zu helfen, lachte nur leise vor sich hin, wartete, bis das Geräusch ihres Sturzes nachließ, beugte sich dann über das Erdloch und sagte: »Gefällt dir der Platz, den ich für unsre Brautnacht erwählte, o Bazilikonmädchen, das ich an der Wange geküßt und geschlagen habe?«

Sie hatte sich so schnell wie möglich von ihrem Schreck erholt und begriff, daß dieses ein Teil der Strafe war, die er sich für sie erdachte und die sie nicht allzu töricht fand. So antwortete sie halb lachend: »Es gefällt mir besser hier als droben in deinem Bett, o Bey, den ich am hinteren Teil geschlagen habe!« Deutlich vernahm sie, wie er einen Fluch unterdrückte, dann sagte er: »So bleibe dort, bis auch du zu Erde wirst!« und sie hörte seine Schritte sich entfernen.

Nun gut, da saß sie. Was aber jetzt tun? Die Mutter rufen, die wußte immer Rat. So wartete sie, bis sie sicher war, der Bey habe sich ins Haus begeben, dann stieß sie jenen Vogelruf aus, mit dem sie sich zusammenzufinden pflegten, diese zwei Gärtnerinnen. Die Mutter, die sich

nach dem Dämmern in ihr vereinsamtes Haus zurück-
begeben hatte, hörte den Ruf wohl, nahm aber an, sie
habe sich getäuscht. »Es ist unmöglich, daß ich den Ruf
hörte, feiert doch mein Mädchen ihre Hochzeitsnacht.«
Aber wieder erklang der Ruf und noch einmal, da mußte
etwas geschehen sein!

Die Gärtnersfrau nahm ein Windlicht zur Hand, und
durch das Loch in der Hecke ging sie, immer leise dem
Vogel gleich rufend und sich nach der Antwort richtend,
in dem dunklen Garten dahin, wobei sie hoffte, daß es
niemandem einfiel, nachzuforschen, wieso mitten in der
Nacht zwei Vögel sich so seltsam andauernd riefen.
Plötzlich erschrak sie sehr, denn fast zu ihren Füßen vernahm sie die Stimme ihrer Tochter. »Vorsicht, Mutter, fall
nicht auch herein, ich sitze hier in einem Erdloch, hab
acht!« »Aman, meine Tochter, wie konnte das geschehen?«
Zu ihrem Erstaunen hörte sie die Tochter leise lachen.
»Er hat es ersonnen, um mich zu strafen, Mutter; er ist
so dumm nicht. Wir aber müssen nun dieses tun: wir
müssen herausfinden, ob er nachschauen kommt, ob er
Speisen sendet, kurz, was er zu tun gedenkt: die Diener, verstehst du, man wird sie zahlen. Indessen werden wir von diesem Loch aus einen Gang graben und
gleich damit beginnen. So er es lange betreiben will,
kann ich dann immer zu dir hinüberschlüpfen, Mutter, und wieder da unten sein, wenn er nachschauen
kommt.«

Wie es das Bazilikonmädchen gesagt hatte, so geschah es.
Die Mutter half der Tochter heraus, man holte Geräte
und begann zu graben, die eine von dieser, die andere von
jener Seite her. Am Morgen dann geschah es, daß der
Bey seiner Mutter mitteilte, das Bazilikonmädchen habe
ihm während der Nacht so sehr mißfallen, daß er es der
Gärtnerin zurückgeschickt habe. Eine alte Dienerin der

Gärtnerin aber begann sich mittels des Besitzwechsels einiger Goldstücke mit Achmed zu unterhalten und fand so heraus, daß der Bey beabsichtigte, meist vor Sonnenuntergang zu jenem Erdloch zu gehen. Der Bey lachte mit Achmed; Achmed lachte mit der Dienerin; die Dienerin lachte mit der Gärtnersfrau; die Mutter des Bey lachte mit dem Bazilikonmädchen, und jeder achtete darauf, daß nicht der andere das Lachen vernehme. Und so sieben Tage lang: des Nachts graben, dann durch den Gang kriechen zum Hause der Mutter, den Tag verborgen dort verbringen; zur Zeit des Sonnenunterganges im Loch sitzen, lauschen auf den Schritt des Beys. »Bazilikonmädchen, das ich an der Wange geküßt und geschlagen habe, bist du da?« Und die Antwort: »Bey Effendim, den ich am hinteren Teil geschlagen habe, ich bin hier.« Ein leises Fluchen, und er ging wieder. »Djanoum, ist das auch eine Ehe?« fragte der Diener Achmed die alte Dienerin der Gärtnersfrau. »Jeder nach seinem Geschmack«, gab sie lachend zur Antwort. Nach sieben Tagen aber fühlte sich der Bey von dieser Strafart so gelangweilt, daß er nach der üblichen Begrüßung mit dem Wangenkuß sagte: »Ich verreise und wünsche dir gute Zeit inzwischen.« Sie antwortete: »Auch ich wünsche dir gute Zeit, Bey Effendim. Und wohin reisest du?« »Geht es dich etwas an, daß ich nach Syrien reise?« fragte er voll gelangweilten Zornes und ging davon. Sie aber kroch so schnell sie es vermochte durch den Gang zum Haus der Mutter.

»Mutter«, sagte sie atemlos, »lasse sogleich Achmed hierher rufen, ich habe mit ihm zu sprechen. Mataba soll sich beeilen!« Achmed, durch viele Goldstücke angeregt, kam eiligst herbei, und es begann ein langes Beraten, das darin gipfelte, daß er versprach, seinen Schwestersohn rufen zu lassen, der zur Zeit ohne Herrn war. »Er kennt sich vortrefflich mit Pferden aus, Herrin, und er weiß, wann er zu schweigen hat. Er wird dir und dem Bey ebenso ergeben sein, wie ich es bin. Was aber die Kleidung anlangt, Herrin, so hole ich sie selbst . . . besser auch, ich hole meinen Schwestersohn gleich dazu herbei, du kannst ihn dann sehen und sprechen.« Noch in derselben Nacht wurden zwei Pferde gekauft und die Kleidung eines Touareg von Achmed beschafft.

Der jüngere Mann, Sali mit Namen, verschrieb sich mit Leib und Seele der so großmütig zahlenden Herrin und freute sich des bevorstehenden Abenteuers ebenso, wie diese es tat. Die Gärtnersfrau allein war entsetzt, als ihr einfach gesagt wurde: »Ich reise nach Syrien, Mutter, wünsche mir einen langen Schatten!« Ob sie denn noch so sicher sei zu Pferde wie einstmals, als der Vater lebte? Ob sie noch mit Waffen umgehen könne? Ob sie sich denn gar nicht fürchte? und was dergleichen Mutterfragen mehr sind.

»Nur eines, Mutter, ist's, was ich fürchte: ob ich noch genug Schach spielen kann . . . nur das! Übe ein wenig mit mir, wie wir es früher taten, willst du?« Ratlos fragte die Mutter: »Bist du sicher, meine Tochter, daß dir der Schreck in jenem Erdloch nicht die Sinne verwirrt hat . . . denn wie, um der Liebe guter Geister willen, kommst du jetzt darauf, nach Schach zu fragen?« »Mutter«, gab das Bazilikonmädchen mit jener nachsichtigen Geduld zur Antwort, die Jugend für das Alter aufbringt, »o Mutter, ist es dir nicht bekannt, daß der Bey täglich mit Achmed Schach spielt, wenn er keinen Freund findet, der bei ihm bleibt? Und so, Mutter, wird er jetzt einen Touareg finden, der mit ihm spielt.«

An diesem Punkte der Unterhaltung angelangt, beschloß die Gärtnersfrau, von nun an nichts mehr zu fragen, lag ihr doch daran, ihren eigenen klaren Verstand zu bewahren. Hatte zudem die Tochter nicht ein Recht auf ihr freies Handeln, da sie eine verheiratete Frau war, wenn auch vorläufig nur mit einem Erdloch verehelicht?

Was nun den erwähnten Touareg anlangt, so begriff die Gärtnersfrau bald, was es mit den Angehörigen dieses berühmten und berüchtigten Stammes auf sich hatte, diesen unübertrefflichen Reitern und Räubern, die dunkel verschleiert wie ein Heer der Schatten auf dunklen Pferden dahergebraust kommen und verschwunden sind, ehe man sie noch bemerkte oder sich ihrer zu erwehren vermochte. Denn der von Achmed erwähnte Schwestersohn Sali brachte die schwarze Kleidung eines Touareg am nächsten Morgen und auch zwei Pferde nebst einem Esel zum Tragen der Vorräte und Zeltgeräte. Und dann verwandelte sich vor den Augen der Mutter das Bazilikonmädchen in einen schlanken, schmalen Touareg, dessen schwarzer Burnus die junge Gestalt völlig verhüllte. Dieser gleiche dunkle Reiter aber legte großen Wert darauf, selbst einen leichten Korb zu packen, der alle Pracht und Lieblichkeit weiblicher Kleidung enthielt, zugleich mit einem großen goldgestickten Schleier und einem kleinen rosenfarbenen Gesichtsschleier, der kaum durchsichtig war.

Mitten in diese Vorbereitungen hinein erschien die Mutter des Beys, die sich in letzter Zeit auffallend oft im Hause der Gärtnersfrau aufhielt. Sie und der Touareg hatten miteinander viel heimlich zu flüstern und zu beraten, worauf dann beim Abschiednehmen feierlich Segen für die Reise mitgegeben wurde. Der Touareg lachte siegesgewiß und versicherte der Schwiegermutter, bald gute Nachricht zurückzubringen. Eine unruhige Nacht verging, und als die Nachricht kam, der Bey sei unterwegs, nahm auch der Touareg von der Gärtnersfrau Abschied und ritt mit Sali davon, das beladene Eselchen brav und eifrig hinterher. Da Achmed dem Schwestersohn genaue Anweisung für den Reiseweg des Bey gegeben hatte, entstanden keinerlei Schwierigkeiten, und genau einen Tag nachdem der Bey sein Lager aufgeschlagen hatte, tat der Touareg in geringer Entfernung das gleiche. Es verging kaum genug Zeit, um sich einzurichten, da erschien schon Achmed, der die Vorsichtsmaßregeln eines lichtscheuen Wesens gebrauchte, um nicht vom Lager seines Herrn aus gesehen zu werden.

»Maschallah, Hanoum Effendim, welch großartiger Spaß!« sagte er und lachte vor sich hin, »und wie alles gelingen wird! Schon langweilt sich der Bey und sagte mir, er kenne nun schon alle meine Züge und es bereite ihm keine Freude mehr, mit mir Schach zu spielen, am besten, man reise weiter und begebe sich in eine andere Gegend, wo es Städte gebe und nicht diese Stille rings herrsche. Darum, Hanoum Effendim, wird es gut sein, wenn Sali dich noch vor Sonnenuntergang anmeldet, so es dir genehm ist.«

Der Touareg, unkenntlich unter seinem schwarzen Schleier, stimmte sogleich zu und gab dann, als Achmed gegangen war, Anweisung, den Korb mit den Kleidungsstücken ins Zelt, neben das Ruhelager zu stellen. Darauf wurde Sali fortgeschickt, nachdem ihm nochmals eingeschärft worden war, genau auf das zu achten, was er dem Bey zu sagen habe, und dabei den gebührenden Ernst zu bewahren. Sali versprach, sein Bestes zu tun, und nach kurzer Zeit meldete Achmed seinem gelangweilten Herrn, es sei ein fremder Diener da, der gebeten habe, den Herrn sprechen zu dürfen. Ob er hereinkommen dürfe? »Ein Diener in dieser Einöde? Wie ist das möglich?« fragte der Bey, schon etwas aufgeheitert. Achmed machte ein teilnahmslos ernstes Dienergesicht, wie es das in der ganzen Welt zu allen Zeiten gibt, und sagte mit dem üblichen farblosen Dienerton, der zu diesem Gesicht paßt: »Einer hat sein Lager in der Nähe aufschlagen lassen vor kurzem; dessen Diener wird es sein, der vor dich gebracht werden will, Herr.« Der Bey gab erfreut seine Zustimmung, war ihm doch schon jede Abwechslung recht.

So betrat Sali das Zelt, verneigte sich gebührend und sagte tief ernst, wohl bewußt, daß sein Oheim ihm von draußen zuhöre: »Bey Effendim, mein Herr, ein vornehmer Touareg entbietet dir seinen Gruß und läßt dich ehrerbietig fragen, ob es dir recht wäre, am heutigen Abend mit ihm Schach zu spielen?« Der Bey antwortete erfreut und eifrig: »Sage deinem Herrn meinen Dank und bestelle ihm, daß ich ihn erwarte zu jeder Zeit, die ihm beliebt.« Schweigend verbeugte sich Sali und verließ das Zelt; draußen flüsterte ihm Achmed zu: »Gut so, mein Neffe, auf diese Art wird man ein vollkommener Diener, so mache weiter.« Stolz kehrte Sali zu seinem »Herrn« zurück, und nun, da es soweit war, schlug das Herz des Bazilikonmädchens doch recht bange unter ihrer Männerkleidung. Aber sie richtete sich stolz auf und ging schwingenden Schrittes zu dem nahe gelegenen Zelt des Bey hinüber. »Herr«, sagte sie sehr leise und etwas heiser sprechend, »vergib, wenn ich so verschleiert vor dich trete, aber es ist uns verboten, anders in Gesellschaft zu weilen. Du willst es mit mir und meiner geringen Kunst im Schach versuchen?«

Dem Bey, der das Bazilikonmädchen noch kaum sprechen gehört hatte, fiel nichts auf; er sagte einige Höflichkeiten, wies auf die Polster am Boden und das bereitgestellte Schachbrett. Sogleich begann das Spiel. Achmed erschien und brachte Kaweh; der Touareg, der Mühe hatte, ernst zu bleiben, sah nicht auf. Es wurde gespielt, und der Bey erkannte bald, daß der Partner ihm nicht gewachsen war. Wie hätte er sich gewundert, wenn er gewußt hätte, daß die nur schwachen Gegenzüge mit Absicht getan wurden! Nach einiger Zeit dann war der Bey Sieger. Der Touareg senkte scheinbar beschämt den schwarz verschleierten Kopf und sagte sehr leise: »Herr, gegen einen Meister wie dich vermag ich nichts . . . doch wolle mir erlauben, dir einen Siegespreis anzubieten, da du, Herr, ihn reichlich verdientest.« Der Bey wehrte ab, durfte aber nicht unhöflich erscheinen und erwartete nun, irgendeine Kleinigkeit überreicht zu bekommen, daran er, der im Reichtum lebte, gewiß kein Gefallen finden würde. Doch horchte er bei den nächsten Worten des Touareg auf, war erstaunt, ja, erregt. Denn der Verlierer sagte: »Da deine Kunst so groß ist, Herr, verdient sie auch den höchsten Preis, den ich zu vergeben habe. Ich habe eine Sklavin, Herr, und sie ist mir sehr viel wert, doch willst du, so sende ich sie dir zu für diese Nacht . . . ist es dir so genehm?«

Eifrig beugte sich der Bey vor, erschöpfte sich in Dankesbezeugungen und konnte nicht lebhaft genug versichern, wie sehr ihm dieser Gewinnerpreis behage. Der Touareg erhob sich, der Bey tat ein Gleiches; unmittelbar bevor er das Zelt verließ, wandte sich der Touareg um, sagte vertraulich: »Herr, erlaube mir noch zu sagen, daß diese meine Sklavin etwas seltsam ist und sehr schamvoll . . . sie kann es nicht ertragen, wenn man ihr Antlitz erblickt, und sie liebt es nicht, zu sprechen. Würdest du ihr gestatten, schweigend und verhüllten Gesichts bei dir zu sein?« Der Bey lachte, sagte heiter: »Wenn nur ihr Antlitz verhüllt bleibt, soll es mir recht sein!« Der Touareg aber murmelte vor sich hin: »Auch ist sie einer nicht durchbohrten Perle gleich«, verbeugte sich tief und war gegangen.

Völlig aus der Fassung geraten, sah der Bey dem Besucher reglos nach. Unberührt war diese Sklavin, und der

Touareg hatte gesagt, sie sei ihm wert? Seltsam, mehr als seltsam! Was konnte das auf sich haben? Aber darüber nachzudenken, blieb nicht viel Zeit, denn nun war es schon fast Abend, und mit der Schnelligkeit, mit der die Nacht in unsren Breiten sinkt, dunkelte es bereits. In hoher Erregung gab der Bey Achmed Befehle; vielerlei an Erfrischungen wurde bereitgestellt, Kerzen wurden entzündet . . . es sollte ein hohes Fest werden, und von dieser Nacht erhoffte der Bey völliges Vergessen jenes Bazilikonmädchens, das daheim im Erdloch saß und ihm nach Art des Unerfüllten nicht aus dem Sinn ging.

Zur selben Zeit aber bereitete sich seine junge Frau vor, die Hochzeitsnacht mit ihm zu feiern. Aus jenem Korbe wurden die zarten Seiden und Schleiergewänder genommen, Duftwässer machten das Zelt einem Blumengarten gleich. Um das Gesicht des Mädchens legte sich fest der rosenfarbene Schleier, der kaum zu durchschauen war, und dann hüllte der große Schleier die ganze Gestalt ein. Einer Peri gleich im Dunkel der Weite anzuschauen, huschte das Bazilikonmädchen in das Zelt des Beys hinüber, um ihres Gatten Weib zu werden.

Draußen hielt Achmed Ausschau, dem von der Mutter des Beys auf die Seele gebunden worden war, wie ein Genieh über die junge Herrin zu wachen, daß kein Schatten der üblen Nachrede sie berühre. Und so verging die Nacht der Verzauberung, hielt doch der Bey ein schweigendes Geheimnis in den Armen. Als die Dämmerung sich zu zeigen begann und das junge Weib sich stumm erhob, nahm sie seine Hände und führte sie mit einer Gebärde tiefster Ergebenheit an die Brust. »Mein Kleinod«, sagte er und mußte sich mühsam fassen, so schwer wurde es ihm, sie gehen zu lassen, »du warst das vollkommene Wunder, das tiefe, stille Glück. Nimm diese Kette aus reinsten Perlen, gleich deiner Unberührtheit, die du mir gabst, und wisse, daß ich dich niemals vergessen werde, niemals!«

Sie hüllte sich fest in ihren weiten Schleier ein und huschte davon, während ihre Tränen an dem rosenfarbenen Gesichtsschleier entlangliefen. Schon hatte Sali begonnen das Lager abzubrechen, und nur ihr eigenes Zelt stand noch; in höchster Eile verwandelte sich das junge verhüllte Weib in einen verhüllten Touareg, und kaum daß der Tag anbrach, waren sie schon unterwegs in der Richtung auf die Heimat zu.

Als der Bey aus tiefstem Schlafe erwachte und Achmed nach dem Touareg fragte, konnte dieser durchtriebene und doch so getreue Diener nur berichten, daß von dessen Lager nichts mehr zu sehen sei. Der Bey ließ sofort das eigene Lager abbrechen und begab sich an Plätze, wo ihm Zerstreuung winkte, doch gelang es ihm nirgends, das Erinnern an sein schweigendes Wunder zu übertäuben.

Indessen war das Bazilikonmädchen heimgekehrt und führte im Hause der Mutter ein Leben der Verborgenheit. Sie ließ die Diener viel daran arbeiten, den Gang zum Erdloch zu erhöhen und verbreitern, und erhielt oftmals den Besuch der Mutter des Beys, der sie immer wieder von des Touaregs Erlebnissen berichtete. Die Freude der Schwiegermutter, als sich herausstellte, daß die junge Frau nicht mehr allein sei, war unbeschreiblich. »Von Anbeginn an habe ich gesagt, daß deine und meines Sohnes Kinder etwas Besonderes sein würden. Daß sich aber noch ein Touareg hineinmischen würde, das, meine Tochter, hatte ich nicht erwartet!« Und sie lachten zu dritt zusammen.

Nach Monaten erst kehrte der Bey nach Hause zurück, und nun wurde es dem Bazilikonmädchen nicht ganz so leicht mehr, durch den Gang zum Erdloch zu gelangen, wie sehr der auch erweitert worden war. Immerhin, es ging noch, und als sie die Stimme ihres Mannes hörte, der oben stand und sein Sprüchlein vom Wangenkuß sagte, da mußte sie heimlich lachen über seinen Irrtum, vermochte es aber nicht, ihre frühere herbe Antwort dem zu geben, den sie zärtlich liebte. So sagte sie nur leise: »Du befiehlst, mein Bey«, und ließ ihn verwundert davongehen.

Jetzt aber griff die Mutter ein, die um das werdende Kind bangte, und sie forderte von ihrem Sohne, er solle die Sache mit dem Erdloch endlich aufgeben, lachten doch schon alle Diener darüber. Zu ihrer Überraschung stimmte der Bey sogleich zu und sagte: »Mir ist die Sache längst leid, Mutter, und ich denke, ich werde mich von dem Bazilikonmädchen nun trennen, um vielleicht dann eine andere zu ehelichen . . . denkst du nicht auch so, Mutter?« Die Frau stammelte nur erschreckt: »Wie du befiehlst, mein Sohn«, und eilte hinüber, diese Entwicklung mit dem Bazilikonmädchen zu besprechen. Zu ihrem Erstaunen aber begrüßte diese seltsame junge Frau den Entschluß des Beys lachend und erheitert. »Sage ihm doch, o meine Mutter, er solle mir die Scheidung im Erdloch aussprechen, dann ist uns allen geholfen, wußten wir doch bisher nicht, wie wir mein Fehlen dort erklären sollten während der Zeit, da unser aller Kind geboren werden wird. Es ist alles gut so, Mutter, auch wenn er sich wieder verheiraten will, lasse es zu, nur suche es hinauszuzögern, bis unser Kind einige Monate alt ist . . . dann wird auch dieses sich gut gestalten, glaube mir, Mutter!«

Die beiden Mütter lauschten voll Sorge, konnten aber, wie immer, nichts gegen den starken Willen der Tochter ausrichten, und so gab die eine Mutter, die des Beys, dem Sohne zu verstehen, daß es recht und passend sein würde, da seine Ehe bisher nur in einem Erdloch bestanden habe, auch über diesem Erdloch die Scheidung auszusprechen.

Der Bey lachte und erklärte sich einverstanden. Am Tage darauf, als das Bazilikonmädchen durch die Diener benachrichtigt worden war, daß der Bey zum Erdloch komme, saß sie wartend unten und spähte zu ihm hinauf, der langsam sich etwas herabbeugte. Er sah nur einen verschleierten Kopf, dachte einen Augenblick lang an sein verschleiertes Wunder, das er nie vergaß – ist doch ein schweigendes Weib der Wunder höchstes! –, und sprach dann feierlich und laut die uralten Worte, die eine Scheidung bedeuten, sowie sie ausgesprochen sind: »Dein Antlitz ist mir wie dein Rücken, hebe dich hinweg.« Leise, ein wenig lachend klang es zurück: »Du befiehlst, Herr.« Er vernahm ein Rascheln, etwas wie ein Rauschen, und dann war Stille. »Wohin kann sie nur verschwunden sein, sie, die im Erdloch saß? O Bazilikonmädchen, wie schade ist es doch um dich!« Und wie er es dachte, wußte er nicht, wen er meinte, die süße verschleierte Sklavin des Touareg oder das Mädchen hinter der Hecke mit dem Bazilikon.

Wie dem auch sei, hier gefiel es ihm nicht mehr. Reisen wollte er wieder, nach Ägypten, weit fort. Nichts sollte ihn mehr erinnern an Erdlöcher und schweigende Sklavinnen. Käme er zurück, würde die Mutter ihm eine Frau suchen, und alles wäre vorbei, was in Gedanken peinigte und sich als Träume erwies. Und so reiste er wieder in die Welt, ohne daß dieses Mal ein Touareg seiner Spur folgte.

Für seine Mutter wie für die Gärtnersfrau begann nun eine glückliche Zeit. Das ersehnte Kind wurde geboren, war ein Knabe und füllte die Tage der drei Mütter aus. Doch gab die junge Mutter keine Ruhe, vielmehr versuchte sie wieder und wieder, die Mutter des Beys dazu zu bestimmen, mit der Suche nach des Sohnes neuer Frau zu beginnen. »Und vergiß nicht, Mutter, es muß ein

Mädchen sein, dessen Angehörige ganz bescheidene Leute sind und deren Zorn leicht mit Geld zu beschwichtigen ist. Denke daran, und suche bald die Rechte.«

Alles gestaltete sich dann so, wie der starke junge Wille es befahl. Nach einem halben Jahre erst kehrte der Bey zurück, zum Manne gereift und voll ernster Ruhe, wie seine Mutter berichtete. »Ich habe es immer gewußt, daß er so werden würde«, sagte die junge Frau und drängte nun mehr und mehr auf die Festsetzung der neuen Heirat. Die Mutter hatte das gewünschte Mädchen für den Sohn gefunden, und er wehrte sich kaum, als sie ihn mahnte, nun die Hochzeit stattfinden zu lassen. Ihm war es gleich, denn keine Frau hatte ihn in der Zwischenzeit so beglückt wie die schweigende Sklavin, keine ihm soviel Kopfzerbrechen verursacht wie das Bazilikonmädchen, und er war sicher, diese unvermeidliche Ehe, die sein Haus mit Kindern bevölkern sollte, würde ihn nur langweilen, wie es meist die Gebote der Sitte taten.

Er kümmerte sich auch um fast nichts, wußte nicht einmal den Namen der Braut, überließ alles seiner Mutter, und die Hochzeit wurde, wie das üblich ist, hergerichtet. Droben auf dem Brautthron saß die Braut, deren alltägliches Gesicht der Bey einen Augenblick lang gesehen hatte, dann ging er wieder hinunter in den großen Raum, wo das Festessen gerichtet war und seine Freunde sich vereinigt hatten. Sie saßen auf niedern Polstern um die Tafel herum, hinter jedem zweiten Gast stand ein Diener mit den goldenen Becken und Kannen duftenden Wassers, über dem Arm ein feines gesticktes Tuch zum Abtrocknen der Finger. Die Geladenen zerrissen mit leichten und zierlichen Bewegungen gebratene Hühner und aßen mit Löffeln aus Schildpatt und Korallen den gelben Reis der Hochzeitsspeise dazu, nahmen dann Früchte und Süßigkeiten. Von draußen kamen viele herein und nahmen, wie üblich, am Mahl teil, doch achtete der Bey ihrer nicht, der auch den Freunden den Anschein erweckte, als ginge ihn das Ganze nichts an. Plötzlich aber sahen sie ihn sich aufrichten, sahen, wie er aufsprang, wie er einem schlanken schwarz gekleideten Jüngling entgegeneilte, der soeben den Raum betreten hatte und dessen dunkel verschleiertes Antlitz in der farbenfrohen Gemeinschaft fast erschreckend wirkte.

Die Freunde hörten, wie der Bey mit bebender Stimme ausrief: »Touareg, mein Freund, welch gutes Kismet führt dich her in mein Haus? O mein Freund«, fügte er dann leise hinzu und zog den Touareg ein wenig beiseite, »wie oft habe ich deiner gedacht! Wie bin ich hierhin und dorthin gereist, immer hoffend, dich wiederzufinden – vergeblich! Aber sage mir, ich beschwöre dich«, und der Bey neigte sich zu dem dunklen verschleierten Kopf, flüsterte: »hast du deine schöne Sklavin noch?« Der Touareg gab ebenso leise zur Antwort: »Ich habe sie noch, Herr . . . wolltest du etwa wieder Schach um sie spielen, Herr? Und . . . « Der Touareg winkte, und hinter ihm zeigte sich das vertraute Gesicht des getreuen Achmed, dieses Mal jedoch ohne jede Dienermiene, vielmehr mit einem Ausdruck so strahlender Freude, daß jedes Auge sogleich gefesselt ward; der Gegenstand dieser hohen Freude des Dieners aber war ein kleiner Knabe, der ihm auf dem Arm saß und der in seinen winzigen Fäustchen eine wunderbare Perlenkette auf und nieder tanzen ließ. Der Touareg fuhr fort: » . . . und ihr wieder eine Perlenkette schenken, Herr?«

Der Bey starrte den Touareg an, starrte das Kind an, griff nach der Perlenkette, die die kleinen Fäuste aber festhielten. »Habe acht, Herr, er wird sie zerreißen«, sagte Achmed warnend. »Sage Babam, mein Kleinod, sage Babam.« Die weichen Lippen versuchten es nachzustammeln. »Aman, ich verstehe nicht. Ist er meiner? Und wo ist sie . . . wo ist sie . . . ? Touareg, so unter deinem schwarzen Schleier ein Funken von Mannestum lebt, hilf mir, hilf mir, ich bitte dich!« Bei den Worten vom Mannestum unter dem schwarzen Schleier bekam Achmed einen Anfall, von dem man nicht wußte, ob er zum Ersticken führen würde. Nur eilige Flucht schien hier zu helfen.

Auch der Touareg benahm sich seltsam, stammelte endlich: »Herr, könnten wir wohl in einen anderen Raum gehen? Ich erkläre dir dann alles.« »Ja, komm, komm, schnell!« rief der Bey, faßte den Touareg beim Arm und zog ihn fort. Sie verschwanden in einem Nebenraum. Nach kurzem stürzte aus eben diesem Nebenraum ein aufgeregter Mann hervor, lief, als sei Feuer hinter ihm, hinauf zu den Frauengemächern, fand sie seltsamerweise verlassen von allen Frauengästen, raste auf den Brautthron zu, stieß atemlos hervor: »Dein Antlitz ist mir wie dein Rücken, hebe dich hinweg von hier!«, wandte sich ab und schrie zu seiner Mutter hin, die unerwarteterweise lächelnd am Eingang stand: »O Mutter, schaffe diese Fremde fort! Schnell! Und komm herunter, meinen Sohn zu sehen und sie, seine Mutter. O Mutter, die süße Sklavin im Bazilikon! Ach Mutter, kann ein Mensch so glücklich sein? Perlen in meines Sohnes Händen, eine Perle, seine Mutter . . . o komm doch, komm!« Die Mutter sagte leise: »Ich komme; doch aus Mitleid lasse mich diese hier erst fortschaffen. Und du, gehe zurück zum Bazilikon und atme seinen herben Duft, mein geliebter Sohn.« Der Bey ging langsam, fast ein wenig feierlich zurück zum Duft des Bazilikon, murmelte hauchleise: »Strafen wollte ich und wurde gesegnet . . . welch ein Tor war ich, und wie barmherzig ist Allah!« Dann packte es ihn, und er lief wie ein Knabe hin zum Glück.

Die Karawane

Von einem Mattenflechter haben wir zu berichten, einem hassyr-dji. Ein jeder weiß, welch stille, bescheidene Männer die Mattenflechter sind, diese, die ihre Waren unter die Füße der Armen breiten. Auch ist es bekannt, daß sie im Bazar immer ihre Werkstätten nahe den Nordtoren haben, wo die Armen und die Bescheidenen ihre Einkäufe machen. Wie alle solche Arbeitsplätze war auch der unseres Mattenflechters eingebaut in die schwere Dicke der Nordmauer, die gegen die Kraft der Stürme errichtet ist. Gestaltet wird es solcherart, daß aus dem Mauerwerk ein kleines Holzhaus hervorragt, darin die Handwerker leben. Den ganzen Tag verbrachte der Mattenflechter, wie es üblich ist, auf dem Vorbau seines Holzhauses, wo er saß und seine Matten flocht.

Es hatte eine Zeit gegeben, in welcher auch dieser Mattenflechter wie andere Menschen hie und da ein Wort sagte, ja, es lebten sogar im Bazar solche, die sich erinnerten, ihn früher einmal lachen gehört zu haben. Aber das war lange, lange her! Jetzt war er nicht nur ein stiller kleiner bescheidener Mann, dessen spitzes Bärtchen reglos über seine Arbeit geneigt blieb, nein, er sagte nichts, niemals ein Wort, gar nichts.

Das hatte seinen guten Grund, denn welchen Zweck hat es, etwas zu sagen, wenn jemand da ist, der sogleich das Gegenteil behauptet und es mit lauter Stimme, sehr lange, mit vielen Worten tut? Bedeutet es nicht Verschwendung an Kraft des Atems, Aufmerksamkeit des Zuhörens, Gefaßtheit in Geduld und Beherrschung aller Fähigkeiten des Ertragens? Warum also sich diesen Anstrengungen aussetzen, so man die Möglichkeit des Schweigens hat? Das Seltsame aber ist, daß es solche gibt, die auch das Schweigen dessen, zu dem sie laut schreiend reden, zu immer lauterem Schreien aufreizt. Und solcher Art war jene, deren Geschrei der Mattenflechter ertragen mußte und die, wie nicht anders zu erwarten, seine Frau war.

Nun gibt es ein gutes Mittel, um sich die Ohren zu verschließen, so man das Glück hat, das Fez der Alttürken zu tragen, welches tief über den Kopf gezogen wird. Man braucht sich dann nur zwischen Fez und Ohr ein wenig Wolle oder Werg zu stopfen, und die Geräusche der lauten Welt sind nicht mehr. Gut ist das, sehr gut. Aber die eigene Stimme, was ist mit ihr? So man sie niemals benutzt, weiß man dann noch, ob man sie besitzt? Um dieser Ungewißheit abzuhelfen, hatte sich unser Mattenflechter ein ausgezeichnetes Mittel erdacht. Am Abend, beim Beginn des Azanrufes, wenn die Geschäfte im Bazar geschlossen wurden und also auch keine Matten mehr geflochten zu werden brauchten, schloß unser Mattenflechter alles fort und hatte den einzigen freudigen Augenblick des Tages: er sperrte mit einem großen, wahrhaft erschrecklichen Schlüssel die Tür des Holzhäuschens zu und ließ das unerbittliche Geschrei darin zurück.

Dann begab er sich, gemächlich schreitend, durch das Nordtor des Bazars auf die breite staubige Straße, die in die unbebaute Landschaft führte, wohin sich um diese Tageszeit kaum jemand getraute. Denn dort lag, nur einige dreihundert Schritt entfernt, ein ganz verrufenes

Haus, eines, das von Angst und Grausen umgeben war, denn es hieß, ein besonders böser Djin treibe darin sein Unwesen. Nicht einmal die reichlich herumliegenden Steine des verfallenen Gemäuers wurden zur kostenlosen Errichtung eigener Baulichkeiten geholt, konnte doch sogar ihnen der Fluch des Djin anhaften. Dieses verfallene Haus war des Mattenflechters allabendliches Ziel, und dort konnte er vor jeder Störung sicher sein. Solcher Gewißheit bedurfte er aber auch, denn hier war es, wo er sich vom Vorhandensein seiner Stimme überzeugte und es so gründlich tat, daß die Steine davon bebten. Dann ging er in den Bazar zurück, schloß mit dem gewaltigen Schlüssel sein Haus auf, vergewisserte sich, daß das Werg fest vor seinen Ohren sitze, und legte sich mit dem Fez auf dem Kopf zum Schlafen nieder. Sein Tagewerk war wieder einmal getan.

Das ging viele Wochen lang gut. Der Mattenflechter spürte auf diese Art keinerlei Ungeduld mehr, wenn hinter ihm geredet wurde, denn er sprach sich alles vom Herzen, was ihn drückte, wenn er einsam in dem verrufenen Hause die Steine anschrie. Aber auch diese Befreiung von der Pein hatte ihm das Kismet nur für kurze Zeit gewährt, denn eines Abends, als er schön im Zuge war und mit solcher Stimmkraft redete, daß es in dem alten Gemäuer dröhnte, bewegten sich plötzlich die Steine vor seinen Füßen, hoben sich, wölbten sich hoch, Staub stieg auf, und mit einem Schnauben schüttelte ein schrecklich anzusehender Dew das um ihn herum stürzende Gestein ab, so wie ein Maulwurf die Erde.

Der Dew brüllte: »Du elendes Menschengewürm, lange genug habe ich mir dein Geschrei hier angehört, aber jetzt kann ich es nicht mehr ertragen. Packe dich fort und tue es sogleich, sonst wird dir geschehen, was sich dein armseliger Verstand nicht zu erdenken vermag!« Der

Mattenflechter stand und sah sich den Dew an. Es kommt ja nicht oft vor, daß man Gelegenheit hat, einen Dew zu sehen, und so muß man das Gebotene wahrnehmen. Nun war das aber eine Art des Verhaltens, die in nichts dem entsprach, was ein Dew zu verlangen berechtigt ist, denn er ist ein großer mächtiger Herr und darf erwarten, daß er geziemend begrüßt wird. Es gehört sich in solchem Falle, sich vor dem Dew platt auf den Bauch zu werfen und zu zittern, vor allem zu zittern, denn Angst ist es vornehmlich, was der Dew zu sehen wünscht.

Hier nun aber stand ein kleiner, bescheidener Mann vor ihm, hielt die Hände in den Ärmeln seines braunen Kaftans verborgen, hatte das Spitzbärtchen hochgerichtet, um den großen Dew gut betrachten zu können, und tat nichts als schauen, nur schauen. Mit Recht verstimmt, um nicht zu sagen erbittert, schrie der Dew mit Aufwand aller Stimmkraft, und das war viel, das armselige Stück Mensch an. »Was stehst du und schaust, du elendes Etwas? Hast du keine Angst? Graut dir nicht?« Denn, wie schon erwähnt, das gebührte dem Dew. Der Mattenflechter, ruhig und höflich sprechend, sagte bescheiden: »Vergib mir, Dew Effendim, aber ich habe keine Angst und es graut mir nicht.« Vor Erstaunen vergaß der Dew, daß er eigentlich beleidigt sein sollte, fragte ganz einfach und schrie dieses Mal nicht: »Wie kann das geschehen? Sehe ich denn nicht schrecklich aus?« Der Mattenflechter unterzog den Dew einer noch genaueren Besichtigung als vorher, wobei er den Kopf einmal rechts, einmal links zur Seite wandte, und stellte dann fest: »Dew Effendim, du siehst ganz gut schrecklich aus.« Das war zuviel für den Dew, wie verständlich, denn er war sehr eitel auf seine Schrecklichkeit, und so brüllte er wieder los: »Was soll das heißen, ganz gut schrecklich? Was nimmst du dir heraus? Hast du denn schon einmal etwas auch nur ähnlich Schreckliches gesehen, du Gewürm?«

Der Mattenflechter, weiterhin höflich und bescheiden, antwortete halblaut, denn unwillkürlich verfiel er gewohnheitsmäßig in immer leiseres Sprechen, je mehr von anderer Seite her gebrüllt wurde. »Dew Effendim«, sagte er, »ich will dich in keiner Weise beleidigen, aber es verhält sich so, daß ich schon ähnlich Schreckliches sah, oftmals sah!« Jetzt aber war die Anteilnahme des Dew geweckt, denn er hatte sich wirklich für einzigartig gehalten, und er wollte und mußte erfahren, wer oder was ihm so den Preis der Schrecklichkeit streitig machte. »Sage mir sogleich, was es ist, das du erblicktest, beeile dich, ich warte.«

Der Mattenflechter verneigte sich ein klein wenig, denn er stand im Begriff, etwas Unziemliches zu tun, aber es war offensichtlich unvermeidbar. »Du mußt mir vergeben, Dew Effendim, wenn ich es erwähne, aber jener Anblick, der dem deinen gleicht, ist der meiner Frau.« Er schwieg, beschämt, daß er von einer Frau gesprochen hatte, was, wie bekannt, hoch ungehörig ist. Aber der Dew starrte ihn an, als erblicke er ein Wunder, fragte mit einer Stimme, die nahezu die eines alten und übellaunigen Mannes hätte sein können, so sehr dämpfte er sie: »Eine Frau? Schrecklicher als ich? Deine Frau, sagst du?« Stumm nickte der Mattenflechter. »Aber dann ist sie ja das herrlichste Weib, das Menschen geboren haben!« schrie der Dew hingerissen, jetzt mit der Stimme eines Verliebten.

Der Mattenflechter beugte sich vor, starrte dieses Gebilde an und wußte nicht, was denken. Schon aber fuhr der Dew in seinem hingerissenen Gerede fort: »Das herrlichste Weib, sage ich, denn nur Schrecklichkeit ist schön, nur sie ist das Wunderbare! Dieses Weib muß ich haben! Auch wenn es das deine ist, mußt du es mir ge-

ben, verstehst du mich? Und sträube dich nicht, ich muß
es haben, das herrliche Weib!« Der Mattenflechter fragte
ernsthaft: »Ist es ein grausamer Scherz, Dew Effendim?
Du treibst Spott mit mir?« Aber des Dew geringer Vor-
rat an Geduld war erschöpft. »Reize mich nicht, ant-
worte: gibst du sie mir?« Einen ganz tiefen Atemzug
tat der Mattenflechter, rief: »Ich gebe sie dir!« Und
fühlte Lasten, schwere geduldig getragene Lasten von
sich abfallen, denn die alten Scheidungsworte hätte er
zu dieser seiner Frau nie aussprechen dürfen, gehörte
doch ihrem Gelde sein Geschäft.
»Wo finde ich sie?« hastete die Stimme des Dew. Der
Mattenflechter zog seinen großen Hausschlüssel aus dem
Gürtel, reichte ihn mit tiefer dankbarer Verneigung dem
Dew, sagte leise: »Ich habe gehört, es ist deiner Art
eigen, nach dem Geruch alles zu finden. So wird es dir
leicht fallen, sie nach diesem Schlüssel meines Hauses auf-
zuspüren. Und sei bedankt, Dew Effendim.« Er wandte
sich zum Gehen, wurde aber durch ein Gebrüll aufgehalten, das dem eines gereizten Kameles glich. »Du gehst
und beleidigst mich? Weißt du es nicht, daß ein Mann
dem, der ihm ein schönes Weib zum Geschenk macht,
eine Gegengabe schuldet? Nun, bin ich kein Mann?«
Der Mattenflechter sah sich das schreckliche Gebilde vor
sich an und wußte nichts zu antworten, fand aber dann
das tief in ihm verborgene Lachen wieder und fragte
heiter: »Wie denn, Dew Effendim, du willst mir meine
Frau nehmen und mir noch etwas dafür schenken?« Den
Dew aber verzehrte die Ungeduld, er sagte hastig:
»Reden wir nicht mehr, Mensch, denn du hast mir etwas
geschenkt, danach ich seit Jahrtausenden suche. Wähle
nun: du kannst Reichtum haben, mehr, als jemals ein
Mann besaß; du kannst Macht haben, diese kleine Welt
zu leiten; was willst du? Rede, ich habe Eile!«

Der Mattenflechter kam näher, denn er fühlte sich nun dem Dew schon ganz vertraut, und fragte: »Wenn es wahr ist, daß ein Dew alles beherrscht, dann bitte ich dich nur um eines: bringe mich fort von diesem Platz, der mir zuwider wurde, weit fort, so daß sie mich niemals mehr finden könnte, selbst wenn sie nicht von einem Dew geholt würde. Kannst du das, sage?« Der Dew machte eine verächtliche Gebärde, sagte höhnisch: »Welch elendes Geschlecht, diese Menschen! Immer nur Bettler, niemals Besieger! Also höre du, der mir einen Dienst erwies, ich tue ein Gleiches für dich: setze dich auf meine Schulter, atme tief, denn je tiefer du atmest, desto weiter kommst du fort. Bist du bereit?« Der Matten-flechter zögerte nicht länger, raffte sein Gewand hoch, kletterte auf einige Steine, um von oben her jene Schul-ter erreichen zu können. Dabei überlegte er, daß er keine Worte habe, um diesem Wesen, das nicht aus Allah kam, Dank zu sagen, und dann saß er schon, atmete, atmete so tief, daß er glaubte, er würde zerspringen! Fast so-gleich spürte er einen heftigen Stoß, und die Erde kam hoch um ihn zu schlagen. Aman, dachte der Matten-flechter, es war nichts! Nimmt mich auch nicht wunder, denn die so laut schreien, vollbringen niemals etwas. Aber er hatte sich geirrt. Denn als er sich umsah, er-kannte er, daß er auf dem Boden vor einem Tor saß, daß er noch niemals gesehen hatte, und als er aufschaute, be-merkte er am abendlichen Himmel eine dunkle Wolke, die sich schnell entfernte. Da fliegt er zu dem herrlichen Weibe – viel Vergnügen! dachte er und winkte hin-auf.

Dann erhob er sich, klopfte den Staub von seinem klei-nen brauen Kaftan, rückte sein Fez und den weißen Turban gerade und schritt eilends auf das Tor zu, denn soeben hörte er die letzten Worte des Azanrufes, und jeder weiß, daß die Tore der Städte in unseren Landen dann geschlossen werden. Bei der begreiflichen Verwirrung und Aufregung, darin er sich befand, fiel es dem Mattenflechter auch nicht als seltsam auf, daß er diese letzten Worte des Gebetsrufes jetzt hier vernahm, nachdem er den Beginn gehört hatte, als er den Bazar verließ. Er konnte nicht wissen, daß jeweils, wenn ein Mensch sich mit einem der Geisterwelt Zugehörigen unterhält, die Zeit, die nur zum Menschen, zu sonst nichts in Beziehung steht, sich wandelt und umdreht; kurz wird lang, und lang wird kurz; sie, die der Menschen Leben bestimmt, ist dann nicht mehr. So waren auch nur wenige Herzschläge aus des kleinen Mattenflechters Erdendasein ins Ewige verklungen, als er durch das Tor in jene fremde Stadt hineinschritt. Hinter ihm schlossen sich mit lautem Knarren die schweren eisenbewehrten Flügel, und unser kleiner hassyr-dji fühlte sein Inneres vor Freude springen bei diesem Ton, der ihm das Absperren seiner bisherigen Welt bedeutete.

Er stand und sah sich um, wußte er doch, daß immer in der Nähe des Haupttores sich auch das besuchteste Kaweh zu befinden pflegt. Hastig und besorgt überflog er in Gedanken den kleinwinzigen Betrag an Geld, den er bei sich hatte, berechnete aber, daß er für einen Kaweh gerade reichen würde, und weiterhin möge dann das Kismet sorgen.

So trat denn der Mattenflechter ein und setzte sich bescheiden gleich am Eingang auf einen Eskemleh nieder, geruhsam des Weiteren wartend. Der Kawehdji kam nach kurzem herbei, wie es sich geziemt, und brachte den Kaweh, ohne auf die Bestellung zu warten, denn wer eintritt, ist Gast, auch wenn er das Genossene vergütet. Der Kawehdji, gewöhnt an reiche und anspruchsvolle Gäste, verbarg höflich sein Erstaunen über den kleinen bescheidenen Mann, der sein hochberühmtes Haus betrat, und begrüßte ihn geziemend: »Hosch geldinis, sefah geldinis«, was besagt »Seid gut willkommen, seid freudig willkommen«, und der Mattenflechter antwortete mit »Tschock schükür«, vielen Dank. Des weiteren verlangt es dann die Höflichkeit des Wirtes, einige Fragen zu stellen, nicht etwa aus Neugier, nicht um etwas zu erfahren, nein, nur der gastlichen Sitte gemäß. Diese Fragen stellte nun der Kawehdji. »Ihr seid soeben eingetroffen?« Der Mattenflechter neigte bejahend den Kopf. »Du sagst es, soeben.« »Ihr gedenkt hier zu verweilen?« »Du sagst es, ich gedenke zu verweilen.« »Ihr treibt, es versteht sich, Geschäfte?« Hier überlegte der Mattenflechter die Antwort einen Herzschlag lang, denn er war insofern ein seltsamer Mann, als er gerne die Wahrheit sagte, erwog aber dann, daß sein Mattenflechten auch ein Geschäft sei, und bejahte die Frage. Es folgte die nächste: »Ihr erwartet hier Eure Karawane?«

Diese Frage nun bezog sich auf die Besonderheit des Platzes, an welchen der Dew den Mattenflechter gebracht hatte und davon dieser noch nichts wußte. Denn diese Stadt war einer der größten Umschlagplätze für den Handel mit Teppichen, mit schweren Seiden, mit hauchleichten Schleierstoffen, mit geschorenem Samt, weich wie die Haut einer Frau, mit Wohlgerüchen und Schmuck aus Silber und Gold. Nur Edelsteine und Perlen wurden nicht gehandelt, wie überhaupt aus Hindostan keine Karawanen hierher kamen. Aber Beludschistan, Kurdistan, Arabistan, Turkestan, alle diese schickten ihre Waren, um sie umzutauschen gegen solche, die von anderen Seiten hergebracht wurden. Daher ergab es sich, daß die Besitzer der Karawanen, die großen Handelsherren, an diesem Orte wartend verblieben, um die Umtauschgeschäfte zu beaufsichtigen. Weil es nun aber niemals genau zu berechnen ist, wann eine Karawane an einem bestimmten Orte eintrifft, ist sie doch abhängig von Sandstürmen und Überfällen, die ihren Weg verzögern, so saßen die Handelsherren oft wochenlang wartend an diesem Platz und vertrieben sich meist die Zeit mit dem Glücksspiel.

All dieses konnte der Mattenflechter nicht wissen, ebensowenig wie der Kawehdji ahnte, auf welche Art dieser für ihn erstaunlich bescheiden erscheinende Gast hierhergekommen war, denn nur die reichen Karawanenbesitzer waren für gewöhnlich seine Gäste. Daß er nach der Karawane des Gastes fragte, bedeutete allergeschliffenste Höflichkeit, denn was würde dieser bescheidene kleine Mann schon an Tieren haben, wenn er überhaupt welche besaß? Drei, vier allerhöchstens, und die von jener bräunlichen Zottigkeit, wie sie nur die billigsten Kamele hatten, mit einigen Matten oder ähnlichem beladen. So dachte der Kawehdji und wartete gelassen auf die Antwort des ärmlich gekleideten Gastes, während er ruhig dort stand und langsam das kleine Messingtablett, darauf er den Kaweh gebracht hatte, hin und her drehte. Er mußte eine gute Weile noch warten, ehe der Fremde sprach. Wie konnte er wissen, daß er ein Zauberwort ausgesprochen hatte, als er harmlos »Karawane« sagte.

Denn unser kleiner Mattenflechter hatte sich, wenn er im Bazar auf seinem Vorbau saß und Matten flocht, während das vielfarbige Leben an ihm vorbeiflutete und hinter ihm im Hause sein Weib schrie, oft eine eigene Karawane erdacht. Sie war von unerhörter Schönheit, so wie sie niemals noch erschaut worden war, und sie brachte von allen Enden der Welt die herrlichsten Dinge herbei. Manchmal blieb sie eine kleine Weile aus, weil Ungemach sie aufgehalten hatte, dann wartete er auf sie, tat es aber nicht voll Unruhe, nein, mit der Sicherheit, daß sie wiederkommen werde, seine wunderbare Karawane. Noch niemals hatte er über sie gesprochen, nichts je von ihr verraten, und als der Kawehdji ihn nun fragte, ob er seine Karawane hier erwarte, da durchschoß es diesen Schweiger, dessen Lippen plötzlich entsiegelt waren, heiß und glückselig. Er durfte sprechen von ihr, von seiner schönen, geliebten, seiner herrlichen Karawane! Welch ein Geschenk des Kismet, Maschallah, welch eine Gabe! So kam es, daß der kleine Mattenflechter auf die Frage des Kawehdji, ob er hier seine Karawane erwarte, wahrheitsgetreu antwortete: »Du sagst es, ich erwarte sie.«

Immer noch in gleichgültiger Höflichkeit sprechend, solcherart, daß der Ärmliche nicht in Verlegenheit gerate fragte der Kawehdji weiter, sein Tablett drehend: »Und woher erwartest du sie, Effendim? Von Beludschistan vielleicht?« Er sagte das, weil von diesem Lande, das zudem nicht allzuweit entfernt war, jene groben Teppiche kamen, an deren Kehrseite die langen Ziegenhaare hingen. Doch der kleine Mann, der so lange im Bazar beobachtend gesessen hatte, kannte die Eigenschaften der Waren aus Beludschistan ebenso genau, und er antwortete entrüstet, da seine schöne Traumkarawane solcherart herabgesetzt wurde: »Aus Beludschistan? Aman, Kawehdji, was fällt dir ein? Meine Karawane kommt aus Hindostan, nur daher.« Sagte es zufrieden und trank einen Schluck Kaweh. Dann fuhr er erschreckt zusammen, denn das kleine Tablett, das der Kawehdji die ganze Zeit hin und her gedreht hatte, fiel mit einem heftigen Klirren zu Boden, wo es der völlig aus der Fassung geratene Mann auch liegen ließ. Er stammelte: »Aus Hindostan? Aman, Effendim, noch niemals kam eine Karawane von dort hierher. Es geht doch nicht, Herr! Zu viele Berge dazwischen.«

Der Mattenflechter zuckte die Achseln. Was gingen ihn

Berge oder ähnliche Nebensächlichkeiten an? Seine Karawane überwand das alles mit Leichtigkeit. »Höchste Zeit dann, daß endlich eine hierher kommt, wenn noch keine da war«, sagte er verächtlich und nahm den zweiten und letzten Schluck aus dem winzigen Täßchen. Der Kawehdji sah den so ärmlich gekleideten Mann forschend an, denn es wollte ihm nunmehr scheinen, als habe er sich doch geirrt in dessen Beurteilung. Vorsichtig fragte er, und ahnte nicht, welche unbeschreibliche Freude er durch seine Fragen dem Mattenflechter bereitete, der endlich – ach, nun endlich! – von seiner Karawane sprechen konnte: »Und was, Herr, wenn die Frage erlaubt ist, bringt deine Karawane? Stoffe?« »Stoffe? Lächerlich! Sie bringt Perlen, was sonst? Verstehst du, herrliche Perlen und, um sie einzuhüllen, weißen Samt oder auch ganz weiches weißes Leder, von jungen Ziegen. Und sie ist weiß, meine Karawane, wie die Perlen, die sie bringt. Ja.«

Dem Kawehdji war zumute, als habe ihn jemand mit einem seiner eigenen Schemelstühle über den Kopf geschlagen. Er wollte mehr wissen von dieser erstaunlichen Karawane, viel mehr, aber er getraute sich nicht so recht zu fragen, denn an diesem Orte, wo alles nur nach Geld, Gewinn und Besitz ging, hatte ein jeder vor dem Reichtum die größte Hochachtung. Und wenn der kleine Mann in seinem braunen Kaftan auch ärmlich genug aussah ... wie reich, wie unvorstellbar reich mußte er sein, da er eine ganze Karawane mit Perlen beladen lassen konnte! Aber dieses mußte noch gefragt werden, dieses eine war dringlich zu wissen. »Du sagtest, Herr, sie sei weiß, deine Karawane; wie, vergib die Frage, ist das zu verstehen? Was ist an ihr weiß, Herr?«

Der Mattenflechter richtete sich auf, seine Augen strahlten, und er schien zu wachsen. »Sie ist weiß, mein Freund,

weil sie aus weißen Kamelen besteht.« Das sagte er und wußte genau, was er damit tat, wartete auch ungeduldig auf die nächste Frage. Sie kam, gestammelt, unsicher. »Weiße Kamele, Herr? Aber vergib deinem Diener, das kann nicht sein! Alle zwei, drei Jahre einmal wird irgendwo ein einziges weißes Kamel geboren … Wer hörte jemals von einer ganzen Karawane aus weißen Tieren?« Der Mattenflechter lächelte glücklich, sagte einfach: »Du.« Ratlos starrte ihn der Kawehdji an, flüsterte: »Wie meinst du, Herr? Wie sagtest du?« »Ich sagte, du habest als erster von einer weißen Karawane gehört, Freund. Und wenn du sie siehst, wirst du gleich mir entzückt sein! Es ist unbeschreiblich schön, wenn sie kommt, und ich weiß immer schon von weitem, was sie bringt. Sind die Satteldecken grün, so bringt sie Smaragden; blaue Decken zeigen Saphire an und rote Rubinen. Aber am schönsten bleibt es, wenn Perlen kommen. Du mußt wissen, Freund, ich lasse sie immer schon vor dem Versenden durchbohren, die Perlen, und es werden dann lange, lange Ketten. Sehr erheiternd ist es, wenn sie sich aus ihrer Umhüllung lösen und herabhängen, so daß sich gelegentlich die Füße der Kamele darin verwickeln.«
Und der Mattenflechter, tief beglückt von seiner Perlenkarawane, lachte leise vor sich hin. Hier aber war es ganz vorbei mit der Beherrschung des Kawehdji, und es will viel heißen, wenn es gelingt, den festen Panzer zu durchbrechen, der die Brust eines jeden umschließt, der mit der Versorgung von Gästen zu tun hat. So kam es dem Kawehdji sehr gelegen, daß er in diesem Augenblick von der anderen Seite des Kawehs herbeigerufen wurde, denn er bedurfte der Fassung, der äußersten Fassung. Geschmeidig eilte er, dem Ruf der reichen Gäste zu gehorchen, aber in dem Kopfe des klugen Menschenkenners brodelten seltsame und neue Gedanken.

Als er in den Bereich der Duftwolken kam, Wolken der kostbarsten Wohlgerüche, die von den seidenen Gewändern der reichen Handelsherren bei jeder leisesten Bewegung ausströmten, als er die Juwelen und blitzenden Schwertgurte sah, da wandte er noch einmal den Kopf zu dem kleinen Manne im braunen Kaftan zurück, und ein Lächeln huschte über seine sonst unbewegten Züge. Aber er löschte es schnell aus, verneigte sich vor den reichen Gästen, sagte leise: »Die Beys befehlen ihrem Diener?« Der reichste Bey der Stadt, der sich immer ein wenig als Hausherr gebärdete denen gegenüber, die gingen und kamen, sagte schwer geärgert: »Was fällt dir ein, dort bei dem kleinen Bettler so lange stehenzubleiben, während wir neuen Scherbet bestellen wollen? Und warum nimmst du jetzt solch ärmliches Volk bei dir auf, anstatt es fortzuweisen, wenn es sich hierher verirrt? Sag an, was soll das heißen? Du wirst auf diese Art unsere Kundschaft verlieren, das sage ich dir!«

Und hier war es, daß sich jenes fremdartige Brodeln im Kopfe des Kawehdji zu etwas verstärkte, das ihn wie ein starker und lebensvoller Windstoß durchfuhr. Er wußte plötzlich, daß er diese seidenen, wohlduftenden Herrchen schon lange nicht mehr ausstehen konnte und daß nun der Augenblick gekommen sei, wo er sich nicht mehr zu scheuen brauchte, es ihnen zu zeigen. So sagte er in aller Ruhe und mit der ihm eigenen Höflichkeit: »Bey Effendim, es würde mich schmerzen, Eure Kundschaft, der ich so vieles verdanke, zu verlieren, aber jener Eine dort, den Ihr, Bey Effendim, einen Bettler nennt, würde sie mir reichlich ersetzen.« Beflissen vorgeneigt, mit ausdruckslosem Gesicht, stand der Kawehdji vor dem reichsten Bey. Der starrte ihn verblüfft an, sagte halblaut: »Djanoum, was ist mit dir? Hat dich die Sonne geschlagen, daß du solche Torheiten vorbringst? Der ärmliche kleine Mann dort sollte ... lächerlich! So sieht kein Reicher aus, niemals!« Und der Bey tat einen tiefen Zug aus dem Nargileh, wandte sich achselzuckend ab.

In gleicher höflicher Ruhe sagte der Kawehdji: »Was die Kleidung anlangt, so ist sie gewiß ärmlich, doch bleibt zu bedenken, daß der größte Reichtum es sich leisten kann, bettelhaft auszusehen, während der geringste begreiflicherweise nach außen hin prächtig erscheinen muß.« Ein bezeichnender Blick huschte über die Gewänder der Handelsherren und ihre juwelengeschmückten Turbanzierden hin.

Der Kawehdji schwieg, aber der reichste Bey hatte das Wort vernommen, das ihn auch aus dem tiefsten Schlummer geweckt hätte, das Wort: Reichtum. Er setzte sich auf, fragte ernsthaft: »Was redest du von Reichtum? Und was kann er mit diesem Manne dort zu tun haben?« Der Kawehdji, den diese ganze Unterhaltung unsagbar erfreute, bedeutete sie ihm doch so etwas wie Befreiung von der Fesselung, die ihm die Anmaßung dieser Handelsherren bereitete, sagte bedächtig: »Ich weiß nicht, Bey Effendim, was Ihr unter Reichtum versteht; aber ich, ein bescheidener Mann, nenne es Reichtum, wenn einer eine Karawane aus Hindostan erwartet, die mit Perlen beladen ist und aus weißen Kamelen besteht, deren Füße mit eben diesen Perlen umwickelt sind.« Jetzt hatte sich der Kawehdji gewißlich nicht über Mangel an Aufmerksamkeit zu beklagen, und es war nicht einer unter den Kaufherren, der sich nicht aufrichtete, vorbeugte und Fragen zu stellen begann.

Der reichste Bey der Stadt aber überrief sie alle und fragte hastig: »Du sagtest Perlen und weiße Kamele? Und du bist sicher, daß du nicht vom Traumsaft genossen hast?« Der Kawehdji hatte Mühe, seinen Ärger zu unterdrücken und nicht merken zu lassen, wie sehr es ihn verdroß, des Opiumgenusses beschuldigt zu werden, als sei er einer jener immer halb verschlafenen Würdelosen, deren Schritt die Erde beleidigt. Er sagte kurz: »Geht hin und fragt ihn selbst«, wandte sich ab und begab sich in die Küchenräume.

Der reichste Bey sah ihm nach, überlegte kurz und bewies dann, daß man nicht umsonst der reichste Bey wird, vielmehr muß man es verstehen, auch dort eine Möglichkeit des Gewinnes zu vermuten, wo andere nur Torheit sehen. Darum erhob sich der reichste Bey, legte ein Geldstück auf das niedere Tischchen vor sich, grüßte die Kaufherren schweigend und ging dorthin, wo der kleine Mann in seinem braunen ärmlichen Kaftan saß. Höflich grüßte der Bey, wies auf einen Eskemleh, fragte: »Du erlaubst?«, ließ sich nieder, grüßte wieder und begann dann die Unterhaltung in genau der gleichen Art, wie es der Kawehdji getan hatte, denn auf andere Art geschieht es nie. Nachdem die Frage erledigt war, ob der Mattenflechter lange zu bleiben gedenke, folgte die Bemerkung: »Ich höre, du erwartest hier deine Karawane?« Und wieder antwortete der kleine hassyr-dji wahrheitsgemäß: »Ich erwarte sie immer.« Dabei sah er den Unbekannten forschend an und fragte sich, ob er ihm wohl von seiner wunderbaren Karawane erzählen könnte, das Schönste, was er kannte und nun erst tun durfte. Da kam schon die Frage, etwas spöttisch vorgebracht, mit der Überlegenheit des großen Herrn dem Gerede Untergebener gegenüber. »Der Kawehdji erzählte da ganz törichte Dinge, denn er behauptete, deine Kamele hätten mit Perlen umwickelte Füße und seien weiß ... Torheit, ist es nicht so?« Ganz aufgeregt antwortete der Mattenflechter: »Gewiß ist es Torheit, denn wie könnten meine schönen Kamele schreiten, wenn ihre Füße mit Perlen umwickelt wären, meine weißen, meine edlen Kamele, die ich so sehr liebe?«

Der Bey beugte sich vor, sah den kleinen Mann fragend an, sagte zögernd: »Es sind also wirklich weiße Kamele? Eine ganze Karawane?« Eifrig kam die Antwort, denn nun konnte ja wieder erzählt werden, wie schön war das! »Aber ja, alle weiß. Und wie ich schon sagte, wenn sie kommen, erkenne ich immer schon von weitem, was sie diesmal bringen, ob Rubine, Smaragden, Saphire oder Diamanten und Perlen, an der Farbe der Satteldecken erkenne ich es, verstehst du, Herr?« Nachdenklich nickte der Bey, sah weiter forschend den kleinen Mann an, fragte: »Und die Perlen? Wieso denn um ihre Füße, wie jener es verstand?« Lachend wurde ihm Antwort: »Er hat mißverstanden, denn ich sagte nur, wenn die Perlenschnüre sich lösen, verwickeln sie sich manchmal um die Füße der Kamele, das ist alles.« Der Bey tat, als lache auch er, fragte dann: »Und wie groß ist sie, diese weiße Karawane? Zwei, drei Tiere?«
Der Mattenflechter fuhr hoch, als habe man ihn geschlagen. In hoher Erregung rief er: »Zwei, drei Tiere, meine Karawane?! Herr, Herr, wie könnte so etwas denn sein? Unter fünfzig sind es nie, niemals!« Der Bey wußte jetzt nicht, hatte er einen Irrsinnigen vor sich, oder was geschah hier? Zu genau war auch ihm bekannt, daß es so viele weiße Kamele wohl auf der Welt nicht gäbe, aber konnte man denn wissen, mit was und wem man es hier zu tun hatte? In jedem Falle galt es, die Möglichkeit zu nutzen, sei sie auch einem Trugbild der Wüste gleich. So fragte er höflich: »Hast du, Herr, schon ein Unterkommen gefunden für diese Nacht?« Der Mattenflechter, der sich bewußt wurde, wie verdächtig es wirken mußte, wenn er so ohne Kleidungsstücke, ohne Diener, ohne Geld hier angetroffen wurde und zugleich von der Perlenkarawane erzählte, sagte leise und bedrückt: »Noch fand ich nichts, denn ich entkam nur mit dem Leben, und

alles, was ich bei mir hatte, wurde geraubt und ich ein Opfer des Verrates. So wie du mich hier siehst, Herr, so ...« Aber der Bey unterbrach höflich die Erklärungen, die ihm die ärmliche Kleidung begreiflich zu machen schienen, und sagte schnell: »Unterlassen wir alles Weitere, Herr, und wolle dich mit meiner bescheidenen Behausung begnügen. Tue mir die Ehre an, mein Gast zu sein, bis alles für dich wieder geordnet ist. Willst du, Herr?« Der Mattenflechter stimmte freudig und dankbar zu, denn jetzt erst ward es ihm klar, wie schwierig es für ihn geworden wäre, in dieser fremden Stadt, ohne Geld und ohne Mittel, sich welches zu verschaffen. So folgte er dem Bey hocherfreut und war zudem voll Erwartung, ihm im Laufe des Abends noch mehr und weiteres über die Karawane erzählen zu können.

Unterdessen hatten die Kaufherren dieser Stadt und ihre Besucher voll Erstaunen und Mißbilligung mit angesehen, wie der Bey den Mann von den perlenfüßigen Kamelen entführte. »Hat dieser Bey uns nicht bisher von jeder Milch die Sahne abgeschöpft? Ist es noch jemals gelungen, uns gegen ihn zur Wehr zu setzen und ihm auch nur einmal ein Geschäft zu verderben? Niemals! Jetzt aber, so will es scheinen, hat er doch etwas zuviel getan, meine Freunde, denn er entführt uns mit diesem unbegreiflich reichen Manne alle Gewinnmöglichkeiten. Soll er es ungestraft tun? Nein! Denkt ihr gleich mir, so geht auch mit mir zum Hüter der Ordnung, zum Verwalter des Volksbesitzes, zum Großvezier!« Nach dieser schönen Rede erhob sich der älteste Kaufherr zorngeschwollen und hatte es erreicht, sie alle in die gleiche Erregung, die ihn beherrschte, zu versetzen. Denn seine Worte rührten an die Stellen, wo das ihnen Wertvollste Platz hatte, das Wissen um Geld und Geldverdienst. Da sie nun in diesem besonderen Fall alle gemeinsam bedroht schienen, schlossen sie sich zusammen und handelten auch wie ein Mann. Sie riefen nach ihren Sänften und begaben sich zum Serail, wo sie hofften, den Großvezier noch anzutreffen, obgleich es schon spät am Tage war und nach Sonnenuntergang.

Wer aber und was war nun dieser, den sie aufsuchten, dieser Hüter der Ordnung, Verwalter des Volksbesitzes, der Großvezier? Er war dick. Er war so dick, daß er weder gehen noch stehen konnte und, wenn er sich vom Sitz erheben wollte, auf beiden Seiten hochgeschoben werden mußte. Zu diesem Zwecke befanden sich zwei riesenhafte schwarze Sklaven stets rechts und links von ihm. Es versteht sich, daß er so dick geworden war, weil das Hüten des öffentlichen Wohles und die Verwaltung des Volksbesitzes sich in solcher Art an ihm zu erkennen gaben. Doch muß man bei all diesem bedenken, daß ein Großvezier es schwerer hat als sein Oberhaupt, der Padischah. Wo dieser ein angenehmes Leben führen kann und sich mit schönen Frauen umgeben, zur Erholung fechten, zur Erfreunis jagen kann und als schlimmstes nur das Lebensende durch gewaltsamen Tod zu gewärtigen hat, muß der Großvezier sich mit dem Volk herum-ärgern, muß Verordnungen erlassen, hat die Mühe, jene Gehälter in seine eigene Tasche fließen zu lassen, die für zahlreiche Beamte bestimmt sind, kurz, er muß sich plagen, von früh bis in die Nacht plagen, und davon wird er dann so dick. Ist es nicht wirklich verständlich?

Zu diesem Großvezier also begaben sich jene, die fanden, der Bey habe ihnen zu oft die Sahne von der Milch geschöpft. Sie erreichten es auch durch reichlich nach allen Seiten verstreuten Backschisch, trotz der späten Stunde noch empfangen zu werden, und fanden den Gesuchten, wie üblich auf seinem Polster sitzend, rechts und links von ihm die Schwarzen. Nach Erledigung der von beiden

Seiten gebotenen Höflichkeiten sagte der zum Sprecher seiner Freunde erkorene Kaufherr: »Erhabener Herr, wir kommen, dir eilig etwas mitzuteilen, weil uns das Wohl des Staates am Herzen liegt und du der Hüter dieses Wohles bist.« Ungeduldig forderte der Großvezier, zur Sache zu kommen, da es schon spät sei in der Nacht und er noch Wichtiges zu erledigen habe. »Erhabener Herr, ich beeile mich«, sagte der Kaufherr, voll Angst, wie alle, die mit ihm zu tun hatten, vor dem unberechenbar und sinnlos ausbrechenden Zorn des dicken und mächtigen Mannes, dessen Folgen oft schreckliche waren.

»Es ist dieses, erhabener Herr: In unserer Stadt ist der reichste Mann der Welt eingetroffen, gekleidet als ein Bettler. Er besitzt Karawanen, die Perlen aus Hindostan bringen. Ihn hat der Bey mitgenommen, und er wird ihn allein ausbeuten. Dir dieses zu melden, kamen wir, Herr.« Der Großvezier hatte alle Langeweile und Ungeduld vergessen. »Ihr tatet recht, ich werde es euch nicht vergessen.« Er machte nach rechts und links einige Handbewegungen und rief: »Hebt mich, hebt mich, tragt mich, tragt mich ... ich begebe mich sogleich zum Bey«, ward gehoben und getragen, gelangte so zu seiner stets in Bereitschaft wartenden Sänfte, neben der die beiden Schwarzen im Paßgang hertrotteten.

Der Mattenflechter war indessen im reichen Hause des reichen Bey in solcher Art bewirtet worden, wie es sich für reiche Leute geziemt. Da er durch den bedauerlichen Überfall seitens der Wegelagerer aller seiner Sachen verlustig gegangen war, wurde ihm neue und reichliche Kleidung zur Verfügung gestellt, die er vorfand, als er aus dem Bade kam. Gewiß wäre nun ein anderer bescheidener kleiner Handwerker durch diesen plötzlichen Umschwung aller Lebensumstände in Erregung oder Staunen oder Verwirrung versetzt worden. Von all diesem aber war an dem kleinen Manne nichts zu bemerken. Er saß in der gleichen ruhigen und bescheidenen Art in seinem Mantel aus schwerem Brokat auf weichen Kissen, wie er vorher in seinem braunen Kaftan auf hartem Holz hockte, und das kam daher, daß sein ganzes Denken von einem einzigen Gegenstand beherrscht war: von seiner Karawane. Wie ihm dieser erdachte Besitz lange Jahre der Pein hindurch stumme und geheime Hilfe bedeutet hatte, so war er ihm jetzt Stolz und Freude. Und er war wirklicher Besitz, weit wahrheitsnäher als die prächtigen Gewänder, die er trug. Er sah sie vor sich, seine weißen Kamele, sah die Satteldecken aus weichem weißen Leder, sah die Perlenschnüre, die so weit herabhingen, und fühlte sich allem Reichtum weit überlegen, besaß unermeßlich mehr, als irgendein Mensch sein eigen nennen konnte, war in Wirklichkeit der reichste Mann der Welt.

So saß er noch geruhsam beim Mahl mit dem Bey, als das Kommen des Großveziers gemeldet wurde, der sich diesen reichsten Mann in gewinnbringender Art aus der Nähe betrachten wollte. Er war auch durchaus nicht enttäuscht von dem immer noch bescheidenen Aussehen des kleinen Mannes, denn ihm war bekannt, daß oft die bedeutsamsten Leute am unscheinbarsten wirken.

Die üblichen Höflichkeiten wurden ausgetauscht, die Fragen gestellt und beantwortet, die der Mattenflechter nun schon wie im Halbschlaf hersagte, und dann kam die Hauptfrage, die unvermeidliche, die nach der Karawane. Die Antwort lautete wie bereits mehrfach: »Du sagst es, Herr, ich erwarte sie auch hier.« Keinem der beiden Zuhörer fiel diese Wortbildung auf, für den Mattenflechter selbst aber bedeutete sie die Wahrheitsaussage. Der Großvezier beugte sich vor, sagte halb lächelnd, ein wenig ungläubig: »Es wurde mir zu verstehen gegeben, daß diese deine Karawane, Herr, aus Hindostan komme und nur Perlen bringe. Das wird wohl eines jener Mißverständnisse sein, wie sie immer auftauchen bei Absonderlichkeiten.« Kampfbereit richtete sich der kleine Mann auf, fragte: »Und warum, Herr, soll es ein Mißverständnis sein? Es ist so, wie dir berichtet wurde: sie kommt aus Hindostan und sie bringt Perlen, meine weiße Karawane.« Der Großvezier starrte diesen Wundermann an, sagte halblaut: »Aber von Hindostan hierher geht keine Karawanenstraße! Und warum nennst du sie weiß?«

Hier fiel der Bey etwas schadenfroh in das Gespräch ein, denn es bereitete ihm Freude, am Großvezier die gleichen Zweifel zu beobachten, die schon ihn heimgesucht hatten. »Der geehrte Gast sagt, es seien alles weiße Kamele, etwa fünfzig an der Zahl.« Der Vezier und der Bey wechselten einen Blick, der dem Mattenflechter nicht entging. Er sagte lebhaft und ärgerlich: »Es ist dennoch wahr, sie besteht aus weißen Kamelen, meine Karawane, und es sind deren nicht fünfzig, sondern siebenzig!«

Der Großvezier zuckte die Achseln, murmelte »Wie du befiehlst« und nestelte an seinem Gewand; er holte aus den reichen Falten über seiner Brust einen kleinen Beutel hervor, und während der Bey und sein Gast ihn schweigend beobachteten, lösten die Finger vorsichtig und sorgsam die Schnur, die den kleinen Beutel verschloß, entnahmen ein kleines Päckchen, offenbar aus weicher Seide, falteten die Umhüllungen auseinander und hielten dann mit scheuer Ehrfurcht eine wunderbare Perle hoch. Sie war birnenförmig, schimmerte wie die Morgenröte und hätte ein Tropfen Himmelstau sein können. Der Vezier hielt diese schöne Kostbarkeit dem Mattenflechter hin, fragte leise: »Du, der du ganze Karawanenladungen von Perlen erhältst, du, Herr, mußt von Perlen

alles wissen. So sage mir, was deucht dich von dieser?«
Und er drehte und wendete die Perle hin und her, daß
sich ihr Glanz im Lichte der vielen Öllampen immer neu
zu wandeln schien. Der Mattenflechter, der noch niemals
eine Perle in der Nähe gesehen hatte, betrachtete sich
genau dieses für ihn erste Muster und antwortete dann
wahrheitsgetreu, wie er sich immer bemühte, es zu sein:
»Nichts, Herr!«
Der Bey und der Vezier stießen gemeinsam einen einzigen tiefen Seufzer aus, und hauchleise flüsterte der
dicke Mann: »Ich wußte nicht, daß es so viel Reichtum
gibt . . . Nichts, sagt er . . . nichts! Meine Perle, mein
kostbarstes Gut . . . Aman, aman!« Während er so vor
sich hin sprach, verwahrte der Vezier die Perle wieder im
Beutelchen, versteckte dieses in den Gewandfalten, sagte
zum Bey: »Ich bitte dich, Bey Effendim, lasse meine
Leute holen. Ich muß eilends in einer wichtigen Sache
zum Serail, werde aber, so es mir verstattet ist, in Kürze
zurückkehren in dein gastliches Haus und hoffe, dann
den ehrenwerten Herrn auch noch anzutreffen.«
Die Schwarzen kamen, der Großvezier befahl, ihn zu
heben und zu tragen, die Sänfte stand bereit, und die
Männer trotteten zurück zum Serail, setzten den Vezier
auf seinen Kissenhaufen und erwarteten weitere Befehle. Die erfolgten auch sofort. »Schafft mir den Mann
her, der heute über die Gemächer des Padischah die
Wache hat, eilt!« Der junge Kammerherr, der gleich danach vor dem Vezier stand, glaubte nicht recht gehört
zu haben, als ihm befohlen wurde, den Padischah zu befragen, ob der Großvezier ihn sprechen könne. »Jetzt,
Herr, um diese Abendstunde? Unmöglich!« Der Großvezier sagte einige Worte, die dem jungen Manne klar
machten, daß es hier keine Unmöglichkeit geben könne,
denn es handle sich um das Staatswohl. »Gehe und tue

nach meinem Wunsch, Bey; ich lasse mich indessen in das Vorgemach tragen. Glaube mir, wenn ich dir sage, daß es von hoher Wichtigkeit ist.« Der Kammerherr murmelte zwar, auch sein Kopf sei ihm von hoher Wichtigkeit, tat aber doch, wie ihm befohlen ward, und hatte das Glück, zu erfahren, der Padischah sei noch nicht zur Ruhe gegangen. Trotzdem war der Herrscher keineswegs in rosiger Laune, als er kurz danach beim Vezier im Vorgemach stand. »Was ist denn, o Vezier? Brennt es? Gibt es Krieg? Warum nimmst du dir heraus, mich zu stören?«

Der Vezier verneigte sich so gut als möglich von seiner hockenden Stellung aus, brachte die gebotenen Höflichkeiten vor, fügte aber gleich an: »Erhabener Herr, es ist dieses: der reichste Mann der Welt ist bei uns eingetroffen, und wir müssen seiner habhaft werden, ehe es ein andrer tut; unsere Schatzkammer ist leer!« Der Sultan unterdrückte ein Gähnen und murmelte gelangweilt: »So sperre ihn dort ein, dann ist sie voll.« Mit verzweifeltem Nachdruck flehte der Vezier: »Herr, Herr, ich beschwöre dich, nimm es ernst! Wir brauchen Geld, viel Geld, und dieser hat es. Wir müssen ihn fesseln, Herr, das müssen wir wirklich!« Noch gelangweilter gähnend, sagte der Sultan: »Was geht denn mich das an? Seit wann muß ich denn Übeltäter fesseln? Gib Befehl, und es geschieht.« Flehend richtete sich der Vezier ein weniges auf, rief beschwörend: »Er ist doch kein Übeltäter, Herr, nur reich, unermeßlich reich! Ich will ihn auf die einzige Art fesseln, wie es bei einem Manne gelingen kann – durch eine Frau.«

Der Sultan zuckte die Achseln: »Um dieses Geschwätz anhören zu müssen, läßt du mich aus meiner Ruhe herbeiholen? Ich verstehe dich nicht mehr, mein Freund. Weiber gibt es genug. Wenn du eines brauchst für diesen reichen Toren, so nimm eines. Nochmals, was geht es mich an?« Der Sultan wandte sich zum Gehen, da schrie ihm der Vezier, zum Äußersten getrieben, nach: »Keine Weiber, eine deiner Töchter, Herr, muß es sein!« Der Sultan blieb erstaunt stehen, drehte sich um, fragte: »Was sagst du da? Töchter? Eine der meinen? Ja, habe ich denn Töchter?« Nun war es am Vezier, erstaunt zu sein. »Wie sagst du, Herr?« »Ich fragte, ob ich Töchter habe, das wüßte ich gerne. Meine Söhne kenne ich, von Töchtern weiß ich nichts.« Sehr unruhig geworden, fragte der Vezier: »Aber Herr, es muß eine deiner Töchter sein, die diesen Reichen ehelicht, nur so gelingt es, ihn an uns zu fesseln, nur so allein! Und wenn du nichts von deinen Töchtern weißt, wer wüßte es dann, Herr?«

Der Sultan begann sich jetzt gut zu unterhalten. Er ließ sich auf einigen Kissen nieder und bemerkte: »Das weiß der Khisler Agha, der Obereunuch. Wie, wenn wir ihn holen ließen und befragten? Bin ich gestört worden durch dich, soll er es auch sein. Holt ihn!« Diener stürzten davon, und während des Wartens berichtete der Vezier dem Sultan einiges über diesen reichen Mann mit der Perlen-Karawane. »Maschallah«, sagte der Sultan, »dann wird also diese zu vermählende Tochter, falls ich eine solche habe, viele Perlen ihr eigen nennen und glücklich sein. Ah, der Khisler Agha! Sei willkommen und ärgere dich nicht, denn ich habe auch hierherkommen müssen und nach des Veziers Wünschen tun. Sage mir, Agha, habe ich Töchter?«

Der Khisler Agha, ein hochgewachsener Eunuch mit der schlanken Gepflegtheit, die diesen seltsamen Lebewesen eigen ist, verbeugte sich tief und murmelte unbewegten Gesichts: »Wir haben viele Töchter, Herr. Wir sind sogar berühmt wegen unserer Töchter, haben wir sie doch in allen Farben, Herr.« Der Sultan, ganz hingenommen von diesem neuen Besitzanteil, fragte eifrig: »In allen Farben? Wie denn das, Agha?« Ernsthaft gab der Obereunuch Antwort, an seinen schlanken dunklen Fingern aufzählend: »Schwarz, braun, gelb und dann – wie unvermeidlich – auch weiß, je nach der Hautfarbe der Sklavin, welche du, Herr, mit deiner Aufmerksamkeit beglücktest.« »Dann sind es also mehrere, diese meine Töchter?« Wieder kam die ernste Entgegnung: »Es sind ihrer viele, Herr, gewißlich mehr als dreißig.« »Und alle meine, sicher meine?« Neugierig war das gefragt, mit leichtem Lächeln, aber der Obereunuch nahm es durchaus nicht lächelnd hin. Er richtete sich zu seiner ganzen schlanken Höhe auf, fragte ruhig und ernst: »Wann gab ich dir Anlaß, Herr, mich so zu beleidigen? Welch eine Art von verabscheuungswürdigem Geschöpf wäre ich, müßte der Sultan solche Frage an mich stellen!«

Der Sultan lachte leise, stand auf und klopfte dem Khisler Agha beruhigend auf die Schulter. »Lasse es gut sein, Freund, ich habe nicht an dir gezweifelt. Aber du könntest mir eine Freude bereiten: morgen gegen die Mittagsstunde stelle alle meine Töchter im großen Saale des Haremlik in einer Reihe auf, ordne sie nach Farben und lasse es mich wissen, wenn du damit fertig bist, dann komme ich, sie zu besichtigen. Ich freue mich darauf, denn ich wußte von diesen Mädchen nichts. Ist es dir so genehm, Agha?« Die ernsten Züge erhellten sich, und der Obereunuch murmelte: »Wir sind beglückt und geehrt, o Herr.« Der Sultan nickte, wollte gehen, besann sich, sagte halb lachend: »Der Großvezier hier will eine meiner Töchter haben; einige dich mit ihm, Khisler Agha, ich bin einverstanden« – grüßte mit einer Handbewegung und war fort.

Als der Obereunuch sich aus der tiefen Verneigung aufrichtete, sah er starr und voll Bestürzung auf den dicken alten Vezier. »Du, Herr, willst eine der Töchter des Sultans haben? Aber ich nahm doch an, du habest selbst alles, was du brauchst?« Doch der Großvezier war nun wirklich am Ende seiner Geduld angelangt. Er schlug sich auf einen seiner dicken Schenkel und rief zornig: »Willst auch du mich noch zum Irrsinn treiben, o mein Freund, wie alle es heute abend versuchen? Ich brauche doch kein Mädchen für mich, nur für einen reichen Mann, der durch eben diese Tochter des Sultans hier festgehalten werden soll, er und sein Geld. Lasse uns, ich bitte dich, schnell einig werden, denn ich muß diese Sache in der nächsten Stunde erledigt haben. Was also kannst du mir geben?«

Der Obereunuch dachte nach, mochte wohl im Geiste die vielfarbigen Mädchen vor sich sehen, fragte dann, immer gleich ernst und ruhig: »Sage mir erst, wie alt dieser Mann ist; ob sehr verwöhnt, was Farben angeht, und welcher Art sonst. Ist einer sehr reich, so muß man gut auswählen, denn er ist dann schon müde aller Genüsse, und je älter der Mann ist, um so jünger muß das Mädchen sein. Sage mir alles genau, und wir werden schnell wissen, was zu tun ist.« Der Vezier rief sich das Bild des still und bescheiden wirkenden kleinen Mannes zurück, der gar nicht verwöhnt schien und offenbar nur an seine Karawane dachte. »Er wird, so denke ich, etwa Ende Dreißig sein, ist klein und einfach und wird leicht zufriedenzustellen sein.« »Das ist ausgezeichnet«, sagte erfreut der Obereunuch, »dann kann ich ihm ein Mädchen geben, das schon beginnt zu altern, auch sonst nicht von besonderen Reizen ist und zudem weiß, was sie alltäglich aussehen macht. Sie ist schon vierzehn und hat einen großen Fehler: sie scheint mir nämlich klug zu sein, das schlimmste, was es für ein Mädchen geben

kann, glaube mir, Herr! Willst du sie uns abnehmen?«
»Ja, ja, ich nehme sie, und wir werden in drei Tagen die
Hochzeit feiern. Ich lasse das alles in deinen Händen,
Agha, und es mag dabei bleiben. Sei deine Nacht friedlich, mein Freund. Und ihr, hebt mich, tragt mich zurück zum Haus des Beys, woher wir kamen.«
Und wieder wurde der dicke Mann vor dem Mattenflechter niedergelassen, der in der Zwischenzeit dem Bey
so vieles von der Karawane erzählt und die Anzahl der
Tiere so vermehrt hatte, daß sich dem bedauernswerten
Bey das Gehirn im Kopf wie ein Kreisel zu drehen
schien. Er war darum glücklich, den Vezier wieder zu
begrüßen, dieser aber kümmerte sich kaum um ihn, rief
vielmehr, sich in scheinbar hoher Freudigkeit an den
Mattenflechter wendend: »Herr, ich habe dem Padischah, unserem Herrn, von deinem Kommen berichtet,
und er ist davon so hoch beglückt, daß er dich nicht
nur durch mich begrüßen läßt, sondern dich auch zu
seinem Sohne machen will.« Der überraschte Mattenflechter starrte den dicken Mann an, sagte verwirrt und
halb lachend: »Wie will er denn das machen, dieser Padischah? Wie könnte ich zu seinem Sohne werden, o Bote
der Freude?« Der Großvezier brachte es fertig, noch
mehr vor Beglückung zu strahlen, und rief aus: »Das ist
doch unendlich einfach, Herr! Du ehelichst eine seiner
Töchter und bist dadurch sein Sohn, begreifst du?«
Hier aber hörte für den Mattenflechter jede Art von Spaß
ganz und völlig auf. Heiraten? Er, der noch nicht einmal
einen ganzen Tag lang der verhaßten Fesseln los und
ledig war? Niemals! Und er rief dieses Wort seiner tiefsten Überzeugung wild dem Vezier ins Gesicht, vorgeneigt, ganz Erregung und Verneinung. Aber der schien
diese Ablehnung gar nicht ernst zu nehmen, lachte ein
wenig und sagte überredend: »Aber Herr, wer wird sich

denn erregen um einer solchen Kleinigkeit willen, wie es eine Heirat für den Mann bedeutet? Ein Frau, nun gut, die mag es wichtig nehmen. Aber ein Mann? Herr, Herr, vergissest du denn ganz, wie leicht es ist, die uralten Worte der Scheidung auszusprechen? Du heiratest, und wenn du der Frau überdrüssig bist, so sagst du ihr nach drei, vier Tagen, ihr Antlitz sei dir wie ihr Rücken, und du bist wieder frei. Vergaßest du das, o Herr?«

Nun hatte zwar der Vezier damit völlig recht, insoweit es sich um die Ehen der einfachen Leute handelte, nicht aber, wenn ein Mann die Tochter eines Sultans ehelichte. Er wurde dadurch Damat, das ist des Sultans Schwiegersohn, und seine Ehe band ihn unlöslich. Der Vezier wußte das und rechnete damit, daß es nicht allgemein bekannt sei, womit er in diesem besonderen Falle durchaus recht hatte. Ahnungslos, daß er sich für immer binden würde, hörte der Mattenflechter sich diese rosigen Darstellungen an und erfuhr dann schließlich so viel Verlockendes über die in Aussicht genommene Braut, daß seine Abwehr mehr und mehr einschlief. Der Vezier schilderte das Mädchen so, wie ein Mann eine Frau zeichnet, die er nie gesehen hat und auch niemals sehen wird, und der Mattenflechter überlegte nicht, daß er auch hierbei allzu leichtgläubig sei – denn wie konnte es angehen, daß dieser beredte dicke Mann das Mädchen jemals gesehen hätte? Das war so völlig ausgeschlossen wie, daß es Tage ohne Nächte gäbe oder Wüste ohne Sand. Aber dem Vezier glitten die Worte von der Lieblichkeit und Jugend der Braut wie Honigtau von den Lippen, und endlich gab der Mattenflechter nach. Was ihn gefangen hatte, war der Gedanke, ein junges Mädchen im Arm zu halten, und er bildete sich ein, solche Jugend und Lieblichkeit könne nur mit dem Zauber des schweigenden Gewährens verbunden sein.

Also gab er nach, und von nun an hatte er nicht einmal mehr einen freien Augenblick, um über seine Karawane zu sprechen. Der Bey, der vom Vezier eine sehr ansehnliche Summe zugesichert bekommen hatte dafür, daß er diesen reichsten aller Männer dem Lande bewahrte, umgab den künftigen Damat mit allen Ehren, die königlichem Geblüt zukamen, und der arme kleine Mattenflechter kannte sich hinfort selbst kaum noch. Um nicht ganz unterzugehen in diesem lauen Meere der Ehrungen, klammerte er sich an etwas, das ihn an sein bisheriges Leben gemahnte, und das war sein kleiner brauner Kaftan, der ärmliche. Er hatte ihn einem Diener entrissen, der ihn vernichten wollte, und verbarg ihn heimlich unter den prächtigen Gewändern, die ihn am Tage der Hochzeit in das Serail begleiteten.

An diesen Tag erinnerte er sich später immer nur ganz ungenau, so viele Männer hatte er begrüßen müssen und war von so vielen prüfend betrachtet worden, daß ihm ganz bange wurde. Es war verständlich, daß sie alle den neuen Damat zu beurteilen versuchten, denn ein solcher konnte eine Macht am Hofe werden. Auch der Sultan hatte den kleinen Mann erstaunt geprüft, denn den reichsten der Welt hatte er sich anders vorgestellt. Endlich war dann der Mattenflechter mit der jungen Prinzessin allein, und jetzt prüfte ihn diese wiederum. Man hatte ihr gesagt, der Mann sei so reich, daß er sie von Kopf zu Fuß in Perlen wickeln werde, und nun wartete sie auf diese Wickelung. Als nichts erfolgte, nur ein freundlicher kleiner Mann sich ihr mit großer Befangenheit näherte und im weiteren Verlauf des Beisammenseins sie immer »meine schöne Morgenröte« nannte, wußte sie mit dieser ganzen Langweilerei nichts anzufangen. Aber sie war wirklich ein kluges Mädchen und bewies diese bei einem schönen Kinde als so störend betrachtete Eigenschaft dadurch, daß sie einen Tag lang nichts fragte, ja auch noch einen zweiten Tag schwieg. Dann aber war die Grenze ihres Ertragens erreicht.

Am dritten Morgen wurde der Mattenflechter durch ein heftiges Rütteln und Schütteln geweckt, und eine harte, laute Stimme sagte: »Heh du, wach mal auf!« Er rieb sich die Augen, setzte sich hoch, sagte zufrieden: »Oh, du bist es, meine schöne Morgenröte! Ich hatte eben einen schrecklichen Traum, ich dachte, die Stimme meiner Frau zu hören . . .« Doch mit gleicher Lautstärke und Härte sagte es wieder neben ihm: »Hast du ja auch gehört. Bin doch deine Frau.« Zuerst noch ein wenig vom Schlaf benommen, eingesponnen auch in das Trugbild von der Morgenröte, verstand der Mattenflechter nicht sogleich, was ihm geschah. Dann aber stürzte eine eiskalte Welle der Erkenntnis über ihn, und er murmelte vor sich hin: »Ach, so ist das! Ob vierzehn, ob vierzig – es ist die Stimme der Ehefrau . . . ja also, was wünschest du?« Sie sah ihn zornig und verächtlich an, fragte hart: »Ich will wissen, wo deine Karawane ist.« Er gab traurig zur Antwort, denn er sah die geliebte Karawane in diesem schlimmen Augenblicke nicht vor sich: »Ich weiß es nicht.«

Sie stand vor ihm, erregt, böse, unschön, schrie ihn an: »Und was ist mit den Perlen? Heh du, wo sind die Perlen?« Der Mattenflechter hatte sich erhoben, suchte unter den seidenen Kissen des Bettes, zog seinen ärmlichen braunen Kaftan hervor, legte ihn sich um und antwortete der jungen Frau, ohne sie anzuschaun: »Ich weiß auch das nicht.« Dann ging er aus dem prächtigen Gemach schweigend davon, kam in die Vorzimmer, gelangte in die weiten Gänge und traf keine lebende Seele, denn es war noch sehr früh am Morgen. Er war jetzt am

Tor des Serails, das soeben geöffnet wurde; niemand achtete auf den kleinen Mann im braunen Kaftan, und er war draußen.

Die Straßen waren noch menschenleer. Der Mattenflechter strebte zum Tore hin, wo ihn, so wollte es ihm scheinen, vor unendlich langer Zeit der Dew hatte niederfallen lassen. Auch hier war das Tor schon offen, und er schritt hindurch, setzte sich draußen auf den Stein, der da zu stehen pflegt und von dem aus man das Pferd besteigt. Da saß er, legte die Hände vor das Gesicht, war so tief traurig und entmutigt, daß er nur vor sich hin stöhnen konnte. »Aman . . . Aman . . . Aman . . .« klagte er und hob den Kopf, denn es war ihm gewesen, als werde er gerufen; doch was er sah, war nur Staub, der hochwirbelte und, von den Strahlen der aufgehenden Sonne getroffen, sich zu bewegen und zu regen schien. Aber da, war das nicht eine Gestalt, und zeigte sich nicht ein Gesicht? Sahen ihn nicht unsagbar traurige Augen an? Und nun war eine Stimme zu vernehmen, die sagte: »Du hast mich gerufen, was begehrst du?« Der Mattenflechter sagte leise: »Ich rief dich nicht, und ich begehre nichts.« Die Stimme aber sprach wieder: »O doch, du riefst mich. Mein Name ist Aman, denn das ist der Menschen tiefster Seufzer. Und du begehrst, ich weiß es wohl, Perlen, um ein junges Weib damit zu schmücken, und zudem deine weiße Karawane. Sieh hin, da kommt sie . . .«

Der Geist zeigte in die Ferne, und aus dem Sonnendämmern des Morgens ward sie sichtbar, die weiße Karawane der Träume, leuchtend und schimmernd, wie es nur Träume sind. Der Mattenflechter starrte und starrte, vernahm aber noch die Geisterstimme, die sagte: »Wenn du mich wieder brauchst, rufe mich ebenso; du wirst noch viel begehren müssen. Junge Weiber sind habgierig, du armer Reicher.« Und der Geist war nur noch eine Staubwolke, die um die Füße der Kamele schwebte.

Dann stand neben dem Stein, darauf der Mattenflechter gesessen hatte, ein weißes Berberroß, auf dessen Sattel ein weißer Burnus lag. Der Mattenflechter warf ihn sich über, stieg von dem Stein der Klage aus zu Pferd – und er, der noch niemals in einem Sattel gesessen hatte, fühlte, daß er reiten konnte. Zum Tor hinein, der weiße Berber voran, unabsehbar hinter ihm die weißen Kamele.

Droben, auf den Mauerzinnen waren schon seit Tagen Wächter aufgestellt, Ausschau zu halten nach der weißen Karawane. Und jetzt erhob sich laut und schreiend der Klang ihrer Hörner, davon die Stadt zu brandendem Leben erwachte. Von überall her riefen Stimmen, antworteten andere und alles dröhnte von dem Ruf: »Die Karawane kommt, die weiße Perlenkarawane!«

Die Prinzessin droben im Serail, die Jungvermählte, hörte die Rufe, verstand die Worte und spürte gegen sich selbst heftigen Zorn. Sie stand vor dem Spiegel und schalt auf das ihr daraus entgegenschauende eigene Antlitz. »Wie dumm von dir, wie sehr dumm, ihn diese harte Stimme hören zu lassen! Und er geht stumm und holt mir die Perlen! O ich Törin, wie kann ich es ihn nur vergessen machen? Weich wird sie von nun an ihm immer klingen, diese meine Stimme, weich wie der Glanz der Perlen, die er mir bringt ...«

Und der Mattenflechter, auf dem weißen Berber einherreitend, bemühte sich zu glauben, daß er sich doch geirrt habe, dennoch geträumt habe und die harte Stimme in Wirklichkeit nie gehört habe. »Warte, meine schöne Morgenröte, ich werde dich in Perlen hüllen, ganz einhüllen in sie, die weiß sind wie deine duftende Haut ...«

So dachte der arme reiche Tor und neigte hie und da den Kopf, den begeisterten Grüßen antwortend.

Er ritt ein in das Serail, ein Sieger, ein Reicher, und er wußte nicht, daß er von nun alles würde bezahlen müssen: Liebe, Treue, Freundschaft, alles, alles nur gegen Bezahlung erhalten und auch nur, solange diese ausreichte. Und daß er für immer das höchste Gut verloren hatte: den unermeßlichen Reichtum der Armen.

Der geheime Garten

Ein Sultan liebte seine Sultana zärtlich und zeugte mit
ihr viele Kinder, doch ach, es waren nur Mädchen! Was
aber ist der Nutzen eines Mädchens? Keiner. Und zudem
bedurfte das Reich und der Thron eines Erben, sollte
nicht alles späterhin an Fremde fallen und des Sultans
Tun und Schaffen vergeblich sein. Als darum die Sultana
wieder einmal der Niederkunft entgegensah, sagte der
Sultan, von Angst und Sorge bewegt: »Meine Teure,
ich habe dir Schweres zu künden, denn ich bin dieses
Mal nicht ich selbst, dein Gemahl, der dich verehrt
und liebt, nein, ich bin der Sultan und zugleich ein
Bote des Willens meiner Räte.« Die Sultana sah den geliebten Gemahl angstvoll an, hüllte sich wie frierend
in ihre seidenen Gewänder und sagte leise, fragend:
»Was ist es, das du mir zu künden hast, mein Herr und
Gebieter?«
Der Sultan wandte sich von ihr, die er liebte, ab, ging zu
der hohen Bogentür, die sich auf den Haremsgarten
öffnete, stand dort und sagte, in die Ferne des Dämmer-
grüns sprechend: »Es ist mir die Aufgabe gestellt worden,
dich, meine Seele, zu verstoßen, wenn du dieses Mal
nicht einem Knaben das Leben gibst.« Ein leiser Jammer-
laut ließ ihn sich umwenden, und dann war er schon
neben der Weinenden, hielt sie an sich gepreßt und sprach
auf sie ein, tröstend, sie der helfenden Güte Allahs ver-

sichernd und ihr alles zusagend, alles, wenn sie nur wieder heiter sein wolle und voller Zuversicht.

Als sie sich beruhigt hatte, von seinen Worten in Sicherheit gewiegt, eröffnete ihr der Sultan, daß er gezwungen sei, eine kleine Reise zu unternehmen, da an den südlichen Grenzen des Reiches sich Unruhen zeigten. »Wenn ich zurückkehre, schließe ich dann meinen Sohn in die Arme und alles wird gut sein – ist es nicht so?« Die Sultana neigte ihr Gesicht, daß er ihre Blässe nicht bemerke, flüsterte ein inbrünstiges »Inschallah« und ließ sich von dem Gemahl zum Abschied küssen. Doch als er sie verlassen hatte, gab sie ihrer Angst und Bangigkeit völlig nach und achtete auch der Ermahnungen der dienenden Frauen nicht, die sie beschworen, um des zu erwartenden Kindes willen sich nicht so zu erregen.

So geschah es denn, daß ein kleines Wesen geboren wurde, ehe noch der Ruf zum Leben voll ergangen war. Die weise Frau und alle Dienerinnen der Sultana waren die Nacht hindurch voll Sorgen helfend beschäftigt und priesen das Geschick darum, daß der Sultan abwesend sei, wußten sie doch nun alle durch der Herrin Klagen, was dieser bevorstand: denn ach, es war wiederum ein Mädchen! Die Sultana war noch zu ermattet, um davon zu erfahren, und während sie sich ruhend erholte, saßen die vertrauten Dienerinnen mit der weisen Frau zusammen. Diese Achrimeh, die schon vielen Kindern zum Leben verholfen hatte, ehe sie in die Dienste der Sultana trat, war weise geworden durch die vielen Tränen, die sie hatte fließen sehen, darum war ihr Lachen immer bereit, und sie wußte für alles Rat. Auch dieses Mal versagte ihre Weisheit nicht, und während die dienenden Frauen in Jammern ausbrachen, sagte Achrimeh mahnend: »Seid still, denn die Herrin ist sehr schwach, und sie darf keine neue Erregung haben; darum werden wir ihr auch nichts davon sagen, daß sie wieder ein Mädchen gebar.«

Die älteste Dienerin und Vertraute der Sultana, Hakinah, sah verächtlich und zornig aus, sagte streng: »Wie kannst du so sinnlos daherreden, Achrimeh? Meinst du, die Herrin vermöge nicht ein Mädchen von einem Knaben zu unterscheiden? Es ist mir nicht zum Lachen zumute, darum sei auch du still.« Aber die weise Frau dachte nicht daran, sich diesem strengen Verweis zu beugen, lachte nochmals leise und sagte: »Bin ich dafür da, für zwei Leben einzustehen, oder bist du es, Hakinah? Glaubst du, ich spaße, wo es um Leben geht, für die ich Allah Antwort geben muß? Denn dieses sage ich dir, sage ich euch allen: wenn die Herrin es erfährt, wird sie sich so erregen, daß sie stirbt, und das kleine Wesen, das zu früh geboren ward, wird ihr in den Tod folgen. So gewiß ich hier stehe, weiß ich das. Und ihr glaubt, ich sei zu Späßen aufgelegt? Schande über euch!« Tief beschämt bat Hakinah um Vergebung. »Aber was soll geschehen, o weise Achrimeh?« fragte sie ratlos. »Eben darum habe ich vorhin ein weniges gelacht, weil ich dachte, wie leicht doch Unheil abzuwenden ist, mit solch einer Kleinigkeit wie einem Stück Wachs.« Die Frauen starrten verständnislos, und Achrimeh lachte wieder ganz leise, immer bedacht, die ruhende Sultana nicht zu stören. »Was schaut ihr so erstaunt? Habt ihr noch nie von Wachs gehört? Das, was die Bienen machen? Nicht Honig, Wachs.«

Hakinah gewann zuerst die Sprache wieder, fragte kaum hörbar: »Nun, und ... was ist mit dem Wachs? Wie soll es uns helfen?« Die weise Frau sagte vor sich hin: »Immer heißt es, Frauen seien voll Witz und Hinterlist, und jetzt? Keine versteht! Djanoum, begreife doch! Etwas ist an diesem Kinde vergessen worden, auf daß es ein Knabe sei, und wir werden jetzt dieses Vergessene mit ein wenig

Wachs an dem kleinen Körper anbringen. Das Kind, das sie noch nicht sah, werden wir so ausgestattet der Sultana zeigen, und sie braucht erst Tage später, wenn es ihr bessergeht und das Wachs längst fortgeschmolzen ist, zu erfahren, daß ... nun eben, daß es Wachs war!«

Jetzt endlich hatten die Frauen verstanden, und es begann nun in dem weiten Frauengemach wirklich wie in einem Bienenkorb zu summen, zu lachen und voll Bewegung aller Art zu sein. Die Trauer war wie fortgeweht, und wenn auch alles Erheiternde nur für einige Tage Gültigkeit haben konnte, so stand doch für den Augenblick nur Freude für die Sultana bevor und also auch für ihre Dienerinnen. Welch ein köstlicher Spaß war es dann, unter der kundigen Leitung der weisen Frau das fehlende Teilchen kunstgerecht herzustellen und so das kleine Wesen für den ersten Besuch bei der Mutter herzurichten!

Alles ging zuerst gut, und die Sultana hatte einige Tage ungeteilter Freude, ehe die weise Frau es an der Zeit fand, die überglückliche Mutter des Thronerben aus ihren Träumen zu reißen. Das geschah einen Tag bevor der Sultan zurückkehrte, früher, als er es beabsichtigt hatte, zur Eile beflügelt durch die glücksverheißende Botschaft, die ihn erreichte. »Es ist doch so einfach, Herrin, bedenke es wohl und fürchte dich nicht. Sieben Jahre lang gehört das Kind dir und nur dir, ehe es der Obhut des Selamlik übergeben wird. Unbekleidet wird der Gebieter das Kind nur jetzt, wenn er heimkehrt, sehen wollen, und da werden wir es verstehen, seine Aufmerksamkeit zu fesseln durch allerlei Jubelgesänge und ähnliches. Vertraue mir, geliebte Herrin meiner Seele, und achte nur darauf, ein stolzes und zufriedenes Gesicht zu zeigen. Es kann nichts geschehen, zumal ich das Kind nicht aus den Armen lasse.« Aber dennoch wurde es der Sultana schwer, den

Spaß an dem ganzen Begebnis zu genießen, wie es ihre Frauen taten, liebte sie doch ihren Gemahl und schämte sich, ihn zu betrügen. Bald aber wiegte sie sich dennoch in Sicherheit, denn es geschah nichts, um sie zu verraten, hing doch auch das Leben der dienenden Frauen von ihrer Verschwiegenheit ab.

Zeit verging, und des Sultans jüngstes Kind erwies sich auch als das klügste. Man rief das Kind Osman, und der stolze Name unseres Volkes gab jedesmal der Sultana einen Stich ins Herz. Ihr Gemahl hatte sich ihr entfremdet, denn sie gab vor, an einem Leiden erkrankt zu sein und keine Kinder mehr gebären zu können, weil sie die gleiche Angst nicht noch einmal durchmachen wollte. So wandte der Sultan sich anderen Frauen zu, ehrte aber die Mutter seines Sohnes weiterhin wie es sich geziemt. Das Kind selbst, das sorgsam von seinen Schwestern getrennt gehalten wurde, wußte nichts davon, daß es kein Knabe sei, denn wie eine junge Seele angerufen wird, so antwortet sie. Auch mit anderen Knaben wurde der Thronfolger nicht zusammengebracht, weil der Sultan dem Wunsch der Mutter gehorchte, die gebeten hatte, ihr zum Ersatz der Liebe ihres Gemahls das Kind bis zum siebenten Jahre ganz allein zu überlassen. Zeit ist lang, wenn sie sich vor dem Wünschen erstreckt, kurz, wenn das Auge des Herzens auf sie zurückschaut, und sieben Jahre vergehen schnell.

Es geschah in der zweiten Hälfte des siebenten Jahres, daß das Kind, das Osman gerufen wurde, mehr und mehr bemerkte, wie die Mutter, die sein ein und alles war, ihre Tage und Nächte seufzend und weinend verbrachte. Trauer erwachte in dem kleinen Wesen, und es hatte nur einen einzigen Freund, bei dem es vielleicht Trost finden konnte, das war Taseh, das wunderbare schwarze Pferd, das im Marstall gleich links vom Eingang stand. Osman, der Thronfolger, hatte heimlich schon mehrfach auf des schwarzen Pferdes Rücken gesessen zu der Zeit, wenn die Pferdepfleger bei ihren Mahlzeiten waren, und sicherlich hätte sich manch einer darob gewundert, wie das kleine Wesen auf das große Pferd hinaufkam. Das geschah aber auf die Art, daß Osman einen leisen Ruf ausstieß, worauf sich Taseh nach dem Knaben umwandte, zur Seite wich und, wenn das kleine Menschlein ganz nahe gekommen war, den linken Vorderfuß gekrümmt in halber Höhe hielt. An dieses Bein geklammert, schob sich Osman bis zum Hals des Pferdes hoch und saß dann dort, den schönen dunklen Pferdekopf mit beiden Armen umschlingend. Sein Gesicht drückte er in die Locken, die zwischen den Ohren wuchsen, und dann flüsterte er all seinen Kummer in diese aufmerksam zuckenden Ohren hinein.

Wie oftmals schon, war es auch so an diesem gesegneten Freitag, einem Tage, an dem die Mutter mehr als sonst geweint hatte und ihres Kindes Herz immer schwerer geworden war. Osman ahnte nicht, daß nur noch eine kurze Gnadenfrist für die geängstigte Sultana verblieb, die sich weniger vor ihrem eigenen Tode fürchtete als um das Leben ihrer dienenden Frauen bangte. »Oh, Taseh, mein Freund«, hauchte Osman in das Ohr des großen schwarzen Pferdes, »ich habe Kummer um die geliebte Mutter, kannst du mir nicht helfen, sie zu trösten, wenn sie klagt?«

Taseh bewegte ein wenig seinen stolzen Kopf, und dann erschrak Osman heftig, denn urplötzlich saß zwischen den schwarzen Locken eine kleine weiße Maus. Sie saß aufrecht, schaute aus tiefschwarzen Augen Osman an und sagte mit einer kleinen hohen Silberstimme: »Habe keine Scheu, Scheichzadeh, denn wir wollen dir helfen, Taseh und ich, weil du nicht um dich, nein, um deine Mutter

bangst. Wollen wir nicht, Taseh?« Und die Scheu wurde zum Schrecken für Osman, als nun eine tiefe, dunkle Stimme sagte: »Gewiß wollen und werden wir helfen, bist du doch mein Freund seit langem, du, den man Osman ruft!« Das Kind sah sich nach allen Seiten um, weil es glaubte, ein Stallbursche habe gesprochen. Aber die kleine Maus gab ein zwitscherndes Geräusch von sich, das Osman später als ihr Lachen kennenlernte, und sprang ganz nahe zu dem Kinde heran, saß vor ihm, bewegte die feinen rosigen Vorderpfoten und sagte: »Es war seine Stimme, die du hörtest, die von Taseh, niemandes sonst. Vernimm nun, was ich dir rate: wenn du deine Mutter genug liebst, um ihr den Kummer zu nehmen, daran sie jetzt leidet, so komme heute zur Nacht hierher. Deine starke Liebe wird uns verlorene Flügel wiedergeben, und wir werden mit dir entfliehen und Hilfe für deine Mutter holen. Willst du, Scheichzadeh?«
Die kleine weiße Maus legte den Kopf auf die Seite und sah Osman von unten her an. Das Kind mußte lächeln über den reizenden Anblick des leuchtend weißen Geschöpfchens zwischen den schwarzen Pferdelocken, streckte einen zaghaften Finger vor und strich ganz sanft über den glatten kleinen Kopf. »Wie heißt du denn, du reizende Kleine?« »Sie heißt Fareh«, gab die tiefe Stimme Tasehs zur Antwort, »und sie ist, wie du es gesagt hast‛ Scheichzadeh, die Lieblichste, die Reizendste, die es gibt.« Wieder erklang das zarte zwitschernde Geräusch, und Fareh sagte: »Höre jetzt nicht auf ihn, laß uns weiter beraten. Willst du kommen? Ja oder nein?« Osman über-legte für kurze Zeit, fragte dann: »Wenn ich mit euch komme, wird dann die geliebte Mutter nicht zu dem Kummer, der sie jetzt drückt, auch den noch haben, daß sie nicht weiß, was aus ihrem Kinde wurde?« Fareh sprang ein wenig vor, saß jetzt ganz dicht vor Osmans Augen,

strahlte mit ihrem Blick in den seinen hinein und sagte: »Es ist alles recht, du verstehst wirklich zu lieben, und du gibst uns die Flügel, deren wir bedürfen. Um deine Mutter sorge dich nicht; sie wird einschlafen und vieles träumen, aber erst erwachen, wenn du wieder bei ihr bist. Kommst du?« Osman strich wieder sanft über den kleinen glatten Kopf, murmelte: »Reizende, ich komme. Wann soll ich hier sein?« Die Maus piepte einmal glücklich auf, wie feines Pfeifen klang es, und sagte schnell: »Gleich nach dem Azan. Du wirst bemerken, daß deine Mutter einschlummert und die Dienerinnen auf nichts achten, dann schlüpfe du davon und komme hierher. Auch hier wird niemand sein, der dich sieht. Gehe jetzt, du unser gesegnetes Kismet, und mögen auch wir dir ein gutes Kismet sein.«

Die tiefe Stimme sagte: »So sei es denn; komm herunter, Osman, ich helfe dir.« Und das glatte schwarze Pferdebein hob sich so hoch als nur möglich dem Kinde entgegen, das geübt und leicht daran herunterglitt. Ohne sich umzuschauen, voll von Freude und heimlichem Staunen lief Osman durch die schmale Nebentür des Marstalles davon. Heiter war das kleine Wesen die wenigen Stunden lang, die noch bis zum Abendgebet vergingen, aber als die ersten Worte des Gebetsrufes erklangen, schlug das junge Herz einen tollen Wirbel. Wird es nun geschehen, wie Fareh gesagt hatte, oder war alles nur ein Traum gewesen? Hatte keine Maus gesprochen, kein Pferd geredet, und würde die Mutter weiter weinen müssen? Während Osman so dachte, verklangen langsam die Worte des Azan, und kaum war das letzte gerufen, als die Mutter sich auf ihren Polstern zurücklehnte, leise murmelte: »Wie mich schläfert!«, und allsogleich einschlummerte. Osman hätte beinahe aufgeschrien vor Entzücken, denn sieh nur, es war kein Traum, nein, wahrhafte Wirklichkeit, hatten sich doch die dienenden Frauen auch schon fortbegeben, und niemand schien mehr wach zu sein als nur Osman allein.

Noch einen Blick auf die Mutter, die so innig geliebte, und das Kind lief leicht und flüchtig davon, einen Gedanken der Liebe mit einem des Dankes an die Helfer vermischend. Keine Tür schien verschlossen zu sein, kein Wächter irgendwo aufzupassen, und kaum gedacht, war Osman schon im Stall. Da war Taseh bereits außerhalb seines schmalen Standes, und zwischen seinen Ohren leuchtete es hell: die kleine weiße Maus. Das schwarze Bein streckte sich dem Kinde entgegen, und oben saß Osman. Fareh piepte voll Freude, hüpfte näher, sagte: »Nimm mich in deinen Ärmel, Freund, denn es geht nun durch die Luft, und ich würde vielleicht herabfallen. Auch ist es wärmer nahe bei dir. Du mußt wissen, du bist jetzt in den Händen des Kismet wie wir auch, und du darfst nicht fragen, wohin und wozu. Hast du Angst, sage?« Osman lachte, denn dieses Gefühl war ihm fremd. »Angst, wenn es nun durch die Luft geht? Wie kannst du fragen! Komm in meinen Ärmel, ich hülle dich ein.« Die kleine Fareh kroch mit ihrem zwitschernden Lachen in die schwere Seide des Ärmels hinein, und schon fragte die tiefe Stimme von Taseh: »Seid ihr bereit? Können wir uns auf den Weg machen?« Osman beugte sich vor, sagte in eines der zuckenden Ohren hinein: »Fareh ist geborgen, wir sind bereit, o du großer Freund Taseh!« Kaum hatte Osman das gesagt, als Taseh auch schon mit einem Satz bei der großen Pforte des Stalles war, und diese, sonst durch viele Schlösser und Riegel gesichert, öffnete sich lautlos vor ihm. Draußen im Dämmern standen sie. Taseh drehte den Kopf rückwärts, sagte eindringlich: »Halte dich an meiner Mähne fest, senke den Kopf auf meinen Hals, schließe die Augen, denn es geht in die

Luft, hinauf, weit hinauf. Bist du bereit?« Eine jubelnde junge Stimme rief etwas, das schon nicht mehr zu verstehen war, und Taseh rief, schrie: »Flügel seiner Liebe, hebt mich, tragt mich!« Da flogen sie. Da waren sie schon hoch oben, und Osman fühlte, wie die Winde des Himmels in seinen Haaren wühlten, wie die Schatten der Dämmerung um seine Stirne strichen. Er jauchzte vor Glückseligkeit und wußte es nicht, daß er rief: »O Mutter, Mutter, wir fliegen, siehst du mich, geliebte Mutter?« Es verwunderte ihn auch gar nicht, die vertraute Stimme der Mutter antworten zu hören: »Ich sehe dich, mein Kind, und ich weiß, du fliegst, mir die Freude zu holen. Halte dich fest, geliebtes Kind!«

Wußte sie es alles, sah sie es alles? Teilte sie in ihrem seltsamen Schlummer ihres Kindes großes Erleben? Wer weiß es, und wer muß auch immer alles wissen?

War es ein weiter Flug, war es nur ein Aufseufzen des Entzückens gewesen? Osman wußte es nicht, spürte nur das langsame Sinken des schwebenden Pferdes und fühlte die Luft weicher und wärmer werden. Dann gab es einen kleinen Stoß, Taseh stand auf dem Boden. Fareh krabbelte hastig aus dem Ärmel hervor, und weil sie ihn sehr kitzelte, ließ Osman sie gern heraus. »Setze mich auf deine Schulter«, piepte sie, »und steige schnell hinunter, die Zeit ist da.« Das glatte Bein wurde hochgehalten, Osman stand auf dem fremden Erdboden. »Geh nun, reiße Taseh drei Haare aus seinem Schwanz, denn wir brauchen sie; sei ohne Sorge, es schmerzt ihn nicht.« Das wurde gesagt, weil Osman sichtlich zögerte, seinem großen Freunde etwas zuleide zu tun. »Tu's nur und beeile dich!« sagte auch Taseh, und so ging Osman daran, drei der schönen langen schwarzen Schwanzhaare auszureißen. »Komm her damit«, befahl Taseh, »lege eines unter meinen linken Vorderhuf, schnell!«

Eifrig gehorchte Osman, und als er näher hinblickte, sah er zu seinem Erstaunen, daß nun statt des Haares ein kleines kurzes Schwert dort lag. »Nimm es, es ist deines, und es wird deiner Hand die Geschicklichkeit verleihen, die ihr noch fehlt. Lege das andere Haar unter meinen rechten Vorderhuf.« Eilig gehorchte Osman, der nun jedoch über alles Erstaunen hinaus war und sich auch nicht wunderte, als statt des Haares ein kleiner Schild sichtbar wurde. »Nimm ihn, er wird dich schützen. Das dritte Haar verwahre gut in deinem Gürtel, denn es ist bestimmt, mich herbeizurufen, wenn ihr meiner bedürft. Und lebt wohl! Hüte mir Fareh, Osman, sie ist mein liebstes Gut. Lebt wohl!« Einmal nur schlug Taseh mit den Vorderhufen auf den Boden, als wolle er sich laufend in Bewegung setzen, aber im nächsten Augenblicke hatte er sich in die Luft erhoben, und Osman konnte nur noch in der Ferne eine dunkle Wolke entschwinden sehen.

»Er ist fort!« sagte er leise und traurig, da piepte es an seinem Ohr: »Ja, er ist fort, und dir sind nun einige Taten bestimmt. Dieses Tor eines Serails, vor dem wir hier stehen, wird dir der Durchgang zu vielem sein, mein Freund Osman. Höre nun gut zu: Dort, im vierten Hofe, befindet sich ein Padischah, der umgeben ist von klagenden Gefolgsmannen. Sie wissen, daß ein Djin kommen wird, wie er es jeden dritten Freitag tut, dem Padischah ein Stück der Leber herauszureißen, darum klagen sie.« Erstaunt fragte Osman: »Aber warum klagen sie nur und tun nichts?« Das zwitschernde Lachen der kleinen Fareh erklang, und sie sagte zufrieden: »Recht ist deine Frage, und du bist es, der nun etwas tun soll. Höre weiter zu, Osman. Dort sitzen in drei Höfen die Töchter des Padischah. Du mußt an ihnen vorbei, halte dich aber nicht auf, gehe in den vierten Hof. Bald kommt der Djin, und du mußt ihm nur das Ohr abschlagen, dann ist er besiegt.

Halte den Schild so, daß er dich nicht anspucken kann, denn es ist Gift, was er speit, und du würdest daran erblinden. Tue mich nun in deinen Gürtel, daß ich nicht zu sehen bin, und gehen wir.«

Osman nahm die kleine Fareh behutsam von seiner Schulter, hielt sie ein wenig in der Hand, strich sanft über das weiche weiße Fellchen und setzte sie dann in die Gürteltasche, die ihm an der linken Seite hing. »Gehen wir also«, sagte er lachend und fühlte, wie sich das kleine Schwert in seine Hand schmiegte, als sei es lebend.

Er kam in den ersten Hof. Da saß inmitten, auf einem Throne eine Sultana, in grüne Schleier gehüllt, hielt den Kopf in den Händen verborgen und weinte. Osman achtete ihrer nicht, ging weiter. Im zweiten Hofe inmitten, auf einem Throne saß eine Sultana, ganz in gelbe Schleier gehüllt, hielt den Kopf in die Hände gesenkt und weinte. Osman ging vorüber. Im dritten Hofe aber saß auf einem Throne, inmitten, eine Sultana, ganz in rote Schleier gehüllt, hielt den Blick geradeaus gerichtet, sah lächelnd in die Ferne und schien sonst nichts zu beachten. Osman blieb stehen, sah an ihr hinauf, sagte zornig – er wußte selbst nicht, warum ihn ihr Lächeln so ärgerte –: »Du scheinst freudig erregt, o Sultana, während deine Schwestern weinen. Was erfreut dich? Das Klagen dort drinnen?« Die Sultana wandte ihren Blick von der Ferne ab, sah auf Osman herab, sagte leise: »Geh weiter, schöner Knabe, störe mich nicht«, und blickte wieder lächelnd in die Ferne.

Osman zuckte die Schultern und stand dann schon im vierten Hof. Dort lag nun der Pascha auf einem Diwan, und ihm zu Füßen hockten die klagenden Gefolgsleute. Osman kam herbei, sah sie sich einzeln an, fand sie ebenso jämmerlich wie albern, wandte sich zu dem Padischah, verneigte sich geziemend und sagte: »Erhabener

Padischah, ich bin gekommen, den Djin zu töten. Gibst du mir Erlaubnis?« Da schauten die Höflinge auf, und sie ließen ihr Klagen sein, begannen zu lachen, riefen: »Du, ein Knabe, willst vollbringen, was Pehliwans nicht vermochten? Aman, welch eine Anmaßung!«

Es blieb aber keine Zeit mehr, nicht für Klagen, nicht für Lachen, nicht für Fragen noch Antworten, denn durch den weit geöffneten Fensterbogen strömte stinkende Luft herein, und ein Djin von ekelerregendem Aussehen drängte sich hindurch. Osman betrachtete die häßliche Schwammgestalt, während alle anderen sich die Augen verhüllten, ging auf den Djin zu, denn er fand ihn eher lächerlich, hielt den kleinen Schild hoch, damit ihn das Gift nicht treffe, und dachte nur, ob er wohl bis hinauf zu dem Ohr reiche? Da piepte es aus der Gürteltasche: »Recke dich, so wächst du und reichst heran.« Das tat Osman, hob sich dann noch auf die Zehen und schlug das Ohr des Djin ab. Der hatte noch keine Zeit gehabt, sich auf den Padischah zu stürzen, versah sich auch keines Angriffs von so schmächtiger Gestalt und sah plötzlich sein blutiges Ohr vor sich auf dem Marmorboden liegen. Er wollte es aufheben, da piepte Fareh angstvoll: »Den Fuß drauf, Osman, schnell!« So tat Osman, und da geschah es, daß der Djin wie eine übelriechende Wolke zusammenfiel, in dicken, gelben Luftschwaden über den Boden rollte, hin zum Fenster, durch das er eingedrungen war, und verschwand. »Hebe das Ohr auf, eile, zeige es dem Herrscher, aber behalte es, schnell, schnell!« sagte Fareh, und Osman tat, wie sie befahl. Er bückte sich nach dem großen dunklen Ohr, legte es, weil es ihn anzurühren ekelte, auf seinen Schild und trat vor den Diwan des Padischah. Die Höflinge hatten sich erhoben, standen und sahen stumm diesen jungen Kämpfer an, den sie verlacht hatten, machten ihm ehrerbietig Platz.

»Herr«, sagte Osman, beugte das Knie und hielt seinen Schild hoch, »hier ist das Ohr des Djin, der dich nicht mehr belästigen wird. Ich bin beglückt, dir gedient zu haben.« Der Padischah griff nach dem Ohr, aber da schloß sich der Schild wie eine feste Hülse darum, und der Herrscher wie Osman sahen erstaunt auf dieses Geschehen. Der Padischah mußte ein wenig lachen, bemerkte heiter: »Ein hübsches Spiel, mein Sohn, du mußt es mir einmal erklären. Aber wie kommt es, daß du ein großer schlanker Jüngling bist, der du vorher ein schmächtiger Knabe warst?« Osman lächelte, sagte bescheiden: »Ich mußte mich recken, Herr, sonst hätte ich das Ohr nicht erreicht.«

Auf diese Antwort hin kamen alle Höflinge herbei, umstanden diesen jungen Helden, der sich selbst verlachte, und hatten ihm viel Schönes zu sagen. Da hob der Padischah die Hand, sagte ernst: »Genug des Lachens, denn dieser hier hat mir das Leben gerettet und ist in meinen Landen von nun an ein Großer. Alle Wünsche seien ihm erfüllt. Nenne mir sogleich einen, mein Sohn, der dir gewährt ist, noch ehe du ihn aussprachst. Rede!« Soeben wollte Osman antworten, er begehre nichts als ein Glas Wasser, da ihn sehr dürste, da vernahm er die zarte Stimme von Fareh, die rief: »Die rote Sultana!« Schon hatte sich Osman so sehr gewöhnt, Fareh und Taseh zu gehorchen, daß er, ohne sich zu besinnen, nur die Worte wiederholte und damit größten Schrecken auslöste. Die Höflinge wichen zurück, und der Padischah sagte ernsthaft: »Ich versprach, dir jeden Wunsch zu erfüllen, so sei dir auch dieser gewährt, aber ich warne dich, mein Sohn ... es ist schlechter Lohn für solch mutige Tat, sich eine böse Last aufzuladen. Willst du nicht etwas anderes fordern? Alles sei dir gewährt, alles!« Schon wollte Osman zustimmen, denn der Zweck dieser roten Sultana blieb ihm völlig verborgen, aber wieder rief Fareh ihren Befehl, und so wiederholte Osman nochmals die Worte.

Der Padischah neigte den Kopf, befahl, man möge die Sultana holen. Sie kam, und ihre roten Schleier schleiften zu allen Seiten auf dem Boden. Lässig bewegte sie sich, neigte sich flüchtig vor dem Vater, murmelte: »Du befahlst?« Der Padischah sah die Tochter nicht an, sagte hart: »Ja, ich befahl dich vor mich, um dir bekanntzugeben, daß du diesem Jüngling hier, der mich von jahrelanger Pein befreite, zu gehorsamen hast. Geh und tue nach meinem Befehl.« Eine Handbewegung scheuchte die rote Sultana fort, und ihr blieb nichts übrig, als zu gehen. Einen haßerfüllten Blick warf sie auf Osman und bewegte sich ebenso lässig fort, wie sie vorher gekommen war. Der Padischah sah ihr nach, neigte sich dann wieder zu Osman, sagte beunruhigt: »Du hast es so gewollt, mein Sohn, nun sei das Kismet dir gnädig. Doch verlangt die Sitte, daß du mir deinen Namen nennst, auf daß ich ihn in mein Gebet einbeziehen kann.« Osman erhob sich, sagte stolz und ruhig: »Osman, der Sohn des Padischah von Djem.« Die Höflinge beugten sich tief, der Padischah stand vom Lager auf und küßte Osman rechts und links auf die Wangen. »So weich die Wangen, so jung und schon ein Held! Mein Bruder von Djem ist wahrhaft gesegnet. Geht und laßt dem Scheichzadeh Räume anweisen nahe bei denen meiner Tochter, die ihm hörig wurde. Und dich, mein Sohn, werden wir nach dem Azan wiedersehen. Allah ismagladih.«

Osman war entlassen. Er griff nach dem Schild, der das Ohr des Djin enthielt, packte sein Schwert fester und fühlte nach der Gürteltasche, ob auch Fareh nichts geschehen sei, dann folgte er den Höflingen. Kaum hatten sie ihn geleitet, verabschiedete er sie alle und holte Fareh aus der Tasche, um sie nun genau nach dem Wie und Wofür aller dieser Geheimnisse zu befragen. Ehe er aber etwas sagen konnte, rief Fareh eifrig: »Hast du das Djinnenohr?« Er griff nach dem geschlossenen Schild. »Ja, hier drinnen ist es. Wollen wir das ekle Ding nicht fortwerfen?« Fareh hob erschreckt die kleinen Vorderpfoten, was um so possierlicher aussah, als sie wieder aufrecht auf ihrem Schwanz saß. »Niemals, nein! Es ist so wichtig für dich, wie du nicht ermessen kannst! Nimm es nun. Warte, ich öffne den Schild.« Wenn sich Osman auch das Staunen schon abgewöhnt hatte, so traute er doch seinen Augen kaum, als er sah, wie Fareh den in sich gekrümmten Schild dadurch öffnete, daß sie ihr Schwanzende zwischen die Vorderpfoten nahm und damit auf der Krümmung entlangstrich. Der Schild sprang auf, und da lag das häßliche, blutige, haarige braune Ohr. »Nimm es, Osman, und streiche damit dreimal über dein Herz. Nein, ekle dich nicht, denn eben hierdurch stillst du deiner Mutter Tränen. Entblöße die Brust, streiche dir übers Herz!« Leise schaudernd tat Osman, wie ihm geboten wurde, und da war es ihm, als schösse durch seinen Körper eine Feuerwelle, als brause sein Blut auf, und er sprang hoch, ließ das Ohr achtlos fallen, reckte die Arme, rief: »Wie reich ist das Leben, wie stark und wie voll Schönheit! Ich wußte es niemals ... wie weiß ich es jetzt?« »Weil du jetzt ein Mann bist, Osman, Scheichzadeh«, sagte ganz leise die kleine Fareh. Osman lachte. »Welche Torheit sprichst du, Fareh, war ich nicht immer ein Mann, will sagen, ein Knabe? Was hat sich gewandelt?« Fareh schwieg eine kleine Weile und dachte, es sei besser für die Menschen, wenn sie nicht alles wüßten, war die Erkenntnis denn nicht schon für die Geisterwelt schwer genug? So antwortete sie nur: »Die erste Mannestat ist immer berauschend, und daß du sie vollbracht hast, hat dich so gewandelt. Doch lasse nun das Forschen und

Fragen und begnüge dich damit, zu wissen, daß du getreu deiner Aufgabe, die geschrieben steht, deiner Mutter hilfst. Daß du so schnell höher wuchsest, entspricht deinen Taten, je mehr du ihrer begehst, desto größer wirst du werden. Die rote Sultana ist eine Aufgabe wie die anderen auch, und uns obliegt es, von diesem Raum aus sie zu belauschen und alles über sie zu erfahren, wonach wir weiter handeln können. Der Vorhang dort verbirgt den Eingang zu ihren Gemächern, doch müssen wir noch ein wenig warten, ehe wir hindurchspähen, denn die Dämmerung muß erst zu sinken beginnen. Lege dich nieder indessen, denn diese Nacht wird noch ermüdend sein für uns. Halte mich in deiner Hand, nahe deinem Ohr, auf daß ich dich wecken kann, wenn es an der Zeit ist.« Unter den leisen hellen Worten der kleinen Maus war Osman schon ganz ruhig geworden, und jetzt spürte er auch seine große Müdigkeit. Er ließ sich auf dem weichen Diwan zurücksinken, hob die Hand, darin die Maus sich einringelte, nahe an sein Ohr und war sofort eingeschlafen.

Das heftige Piepen der kleinen Fareh weckte ihn, und sie sprach hastig: »Schnell, schnell, setze mich auf deine Schulter, und spähen wir jetzt in das Nebengemach, wo sich vieles begibt. Vorsicht, sei leise, sehr leise, Osman!« Der Jüngling erhob sich, schlich zum Vorhang, schob ihn um weniges zur Seite, neigte den Kopf zur Schulter, auf der Fareh saß, und schaute erstaunt auf das Geschehen in dem anderen Gemach. Dort war die hohe Fenstertür weit geöffnet, und das Abendlicht strömte herein, spiegelte sich in einer großen Goldschale, die mit Wasser gefüllt am Boden nahe dem Fenster stand. Die rote Sultana war in wartender Haltung zu sehen; die Arme gehoben, den Kopf vorgestreckt, war sie ganz Spannung. Jetzt wurde ein Schatten vor dem geöffneten Fenster

sichtbar, und zugleich stieß die Sultana einen leisen Jubel-
ruf aus. Ein großer Vogel, dessen Gefieder in allen Tönen
von Rot und Gold schimmerte, flog herein, ließ sich im
Goldbecken nieder, schüttelte die Wassertropfen von
seinem Gefieder und stieg als ein wunderbar anzuschau-
ender Jüngling aus dem Bade hervor. Die rote Sultana
warf sich an seine Brust, umschlang ihn eng und redete
hastig, atemlos, den Blick zu ihm gehoben, an ihn geschmiegt wie die Luft, die seinen Leib umkoste. Sie sagte
bang: »O mein strahlender Geliebter, mir ist Schlimmes
geschehen ... ich soll ... ein Jüngling kam ...« Der
schöne Fremde aber legte die Finger leicht auf die Lippen der Sultana, sagte lächelnd: »Ich weiß, meine schöne
wilde Blume, ich weiß alles! Wie wäre es anders möglich,
daß ein Ifrit nicht wüßte, wenn eines Djin Macht ge-
brochen wird? So ist es mir leid, dem Schaden zuzufü-
gen, der auch für uns gefochten hat, doch mußt du von
ihm frei werden. Darum fordere von ihm den Spiegel
der Djinnen, hörst du?«
Die Sultana, deren ganze harte, wilde Art von ihr abge-
fallen war, so als werfe eine Stachelpflanze rote Blüten
ab, fragte leise: »Was aber, geliebter Herr, ist der Djinnenspiegel? Ich gehorche dir immer, du weißt es, doch
müßte ich, um die Forderung an jenen Jüngling zu
stellen, mehr von dem Spiegel wissen.« Der schöne Jüngling strich über das leuchtend rote Haar der Sultana und
sagte leise: »Du hast recht, meine Feuerblüte; es ist so:
Dieser Spiegel verleiht dem Weibe, das ihn besitzt, ewige
Jugend und Schönheit, wenn sie sich täglich beim Auf-
und beim Untergang der Sonne darin spiegelt und die
Worte spricht: Abend- und Morgenlicht ist ewige Schönheit vereint. Der kleine von Edelsteinen leuchtende
Spiegel befindet sich am Grunde einer Quelle, die in
einer Höhle am Nordende der Gärten des Serails von den

Djinnen bewacht wird. Wenn jener dann dort suchen wird – und ich werde ihm den Weg erleichtern –, dann werden ihn die Djinnen verfluchen, so daß sein Gesicht sich nach hinten wendet und er ein Abscheu wird. Danach dann wirst du von ihm verschont sein, meine rote Blume.« Der Ifrit sah die rote Sultana an, aber sie fragte leise und zärtlich: »Wenn er den Spiegel nicht bringt, könntest du dann ...? Ich möchte doch für dich ewig jung und schön sein ...«

Hier aber hauchte Fareh in das Ohr von Osman: »Komm fort, diese Albernheiten sind nicht für uns, und wir wissen nun, was wir zu tun haben, komm!« Osman war sehr zufrieden, nicht mehr den Lauscher spielen zu müssen, und gehorchte Fareh, die ganz erregt zu sein schien. Sie mahnte, das Gemach zu verlassen. »Und wenn du einen Diener triffst, so sage, du wolltest dich in der Abendkühle in den Gärten ergehen. Halte mich in der Hand, komm.«

Osman gehorchte und tat, als sei er nur ein Lustwandler in den schönen weiten Gärten, fühlte aber immer wieder, sowie er verweilen wollte, einen zarten Stich der spitzen Mäusezähne in seiner Handfläche; so hob er die Hand und Fareh wies ihm die Richtung zum Norden hin und gebot Eile, nur Eile! Dann waren sie angelangt, und das Rauschen der unterirdischen Quelle ward hörbar. »Was nun, Fareh? Wo ist die Höhle? Wie gelangen wir hinein?« Denn es war nur ein winziges Schlupfloch zu sehen, kein Zugang, nichts.

Fareh richtete sich in Osmans Hand auf, saß da auf ihrem Schwanz, sah ihn mit den schwarzen Augen forschend an und fragte: »Ist es so, Osman, daß du auch keine Angst verspüren würdest, dich in ein Tier zu verwandeln?« Osman lachte. »In ein Tier? Köstlicher Spaß! Welch ein Tier soll es sein, und wie geschieht es?« Fareh aber blieb ganz ernst, sagte leise: »Es müßte ein Tier sein, das es vermöchte, in diesen Höhleneingang zu gelangen und dann auch den Spiegel zu umschlingen und herauszuholen.« Nachdenklich sagte Osman: »Das könnte doch nur eine Schlange sein, ist es nicht so?« Fareh bewegte sich unruhig hin und her. »Du sagst es, eine Schlange allein vermag es. Aber es ist gefährlich für dich, Osman, und wenn auch du keine Angst hast, so habe doch ich sie. Denn Schlangen gehören zum Reich der Djinnen, und vielleicht hält man dich dann dort fest . . . ?« Doch dieses Mal lachte Osman noch mehr, sagte zuversichtlich: »Wie kann es denn geschehen, daß eine so kluge kleine Maus wie du so töricht ist? Aus den Erzählungen meiner Mutter weiß ich gewiß, daß die weißen Schlangen zum Reich der Ifrits gehören, also könntest du mich doch dazu wandeln, ist es nicht so? Denn es will mir nach allem scheinen, als wärest du, Fareh, vom Reich des Ifrits nicht allzuweit entfernt. Habe ich recht?« Jetzt zwitscherte Fareh wieder, sagte aber mahnend: »Besser nicht zuviel fragen und zuviel wissen, Osman Scheichzadeh!«

Jede Verwandlung ist leicht und kommt schnell zustande, wenn der, dem eine andere Gestalt zugedacht ist, sich bereitwillig in solche denkt. Da nun Osman an die weißen Peri-Schlangen dachte, davon er so viel schon gehört hatte, war er bereits in der fremden Gestalt, ehe er noch das sanfte Streichen von Farehs Schwanzspitze deutlich fühlte. Und plötzlich stand sie hoch über ihm, die kleine Maus, sah mit strahlenden Augen auf ihn herab. »Du kannst jetzt nicht sprechen, Osman, mein Freund«, sagte sie kaum vernehmbar, »aber du wirst bald bemerken, daß es besser ist so, wirst du dich doch dann nicht verraten. Und eines mußt du wissen: du leuchtest. Denn die weißen Peri-Schlangen sind Abgesandte des Lichtes. Wenn du also in die Höhle hinunterkommst, wirst du dir selbst den Weg erleuchten, aber verstecke dich so gut du es vermagst, daß sie dein Licht nicht sogleich sehen, diese Kinder der Dunkelheit. Und dieses muß ich dir noch sagen: die Djinnen schlafen mit offenen Augen, dann also sehen sie nichts; doch sind die Lider geschlossen, bemerken sie alles. Du gleite in die Quelle, wenn du offene Augen siehst, umschlinge den Spiegel mit dem Schlangenschwanz und gleite zu mir zurück; ich werde pfeifen, um dich den richtigen Weg wissen zu lassen. Aber auch du hast eine Waffe, denn wenn du dich aufrichtest, blendest du die Djinnen und sie vermögen nichts gegen dich. Und nun sei von guten Gedanken geleitet, oh, du Sohn einer geliebten Mutter.«

Osman wand sich, denn er wollte alle Möglichkeiten seines neuen Körpers auskosten, und innerlich lachte er noch immer, fand er es doch einen köstlichen Spaß, eine Schlange zu sein, die leuchtete. Nicht weit entfernt sah er einen großen Haufen liegen, kroch darauf zu und fand seine Ahnung bestätigt, daß es seine Kleider seien. Fareh aber war nicht gesonnen, ihm weitere Ausflüge der Neugier zu erlauben, lief ihm nach, rief hastig: »Verliere keine Zeit, denn wenn die Nacht gesunken ist, haben die Djinnen die Macht. Eile, Kind des Lichtes, eile!« Und die weiße Schlange eilte. Er fand es herrlich, so geschmeidig zu gleiten wie ein Wassertropfen auf einem Blütenblatt. In den Höhlenschlund gelangte er leicht, und dann bemerkte er freudig, wie hell sein eigenes Licht war. Schon sehr bald vernahm er das Rauschen der Quelle und verbarg sich hinter einem vorstehenden Gestein. Von dort aus vermochte er die Djinnen zu beobachten, die, dicken, braunen Gebilden gleich, um den Rand des Quellenbeckens hockten und mit weit geöffneten Augen schliefen. ›Jetzt‹, dachte Osman, ›schnell und gleich jetzt!‹ und glitt vorwärts.

Aber durch das Wasserrauschen hindurch hatten die scharfen Ohren der Wächter doch das geringe Geräusch vernommen, das der gleitende Schlangenleib verursachte, und sie schlossen die Lider, richteten sich hoch, begannen drohende Töne auszustoßen. Osman, der an diesem Tage schon einen Djin besiegt hatte, gedachte auch diese zu überwinden, und so versuchte er, sich hochzurichten. Der Fähigkeiten des Schlangenleibes noch ungewohnt, bedurfte es dafür einiger Kraft, aber es gelang. Hochgereckt in schmaler Schönheit, wie eine weiße Flamme in der düsteren Höhle leuchtend, stand die Peri-Schlange auf ihrer Schwanzspitze und wiegte sich leise hin und her. Die Söhne der Dunkelheit vermochten den Anblick nicht zu ertragen, beugten die unförmigen Köpfe in die Arme und jammerten gequält vor sich hin. Eben wollte die Schlange sich in das Quellbecken gleiten lassen, da stieg schon der von unzähligen Edelsteinen leuchtende kleine Spiegel empor, dem Licht entgegen, da er der hellen Schönheit diente und nun befreit war von der Dunkelheit. Die Peri-Schlange legte sich in weichen Windungen um den glitzernden Schatz und glitt nun, so belastet, etwas mühsam davon.

Schon hörte Osman das Pfeifen von Fareh, da fühlte er, wie die Dunkelheit um ihn zunahm, und blitzschnell wandte sich die Schlange nach rückwärts, ließ den Spiegel entgleiten und richtete sich nochmals auf. Der einzige Djin, der der Peri-Schlange gefolgt war, verhüllte erschreckt die Augen, beugte sich aber nieder, um den Spiegel wieder in Besitz zu bekommen. In diesem Augenblick schoß etwas Weißes, das einen Feuerschweif zu tragen schien, durch die Höhlenöffnung herein, wandte sich um und fegte mit dem hell leuchtenden Schwanz dem Djin über Gesicht und Hand, über alles, was erreichbar war. Der ließ mit einem Aufschrei den

Spiegel, den er schon gepackt hatte, fallen und raste in die bergende und helfende Dunkelheit davon. Fareh rief hoch und hastig: »Nimm den Spiegel, Osman, schöne Schlange, nimm ihn schnell, komm, ich leuchte dir!« Und die kleine weiße Maus hielt den Schwanz hoch, der wie eine winzige Fackel den Weg erhellte, den kurzen und leichten, der noch bis zum Höhleneingang zurückzulegen war.

Dann waren sie draußen, und die Schlange entrollte sich zwar, legte sich aber auf den glitzernden Spiegel, schien ihn verstecken zu wollen. Fareh saß vor der Schlange, zwitscherte und fragte: »Willst du den Hüter eines Schatzes spielen, Osman, mein Freund? Ich lasse dich nicht, ich wandle dich wieder um!« Und die Schwanzspitze strich sanft über die weiße Schlange hin, der es heiß und bange wurde und die ihre Hülle sprengte. Da stand er wieder, der Scheichzadeh, bückte sich und kleidete sich an, hob dann Fareh hoch, blickte aber nochmals zu Boden und nahm die helle Schlangenhaut an sich. »Wird sie weiter leuchten? Es war sehr schön, eine Schlange zu sein. Ach, wie schwer und plump ist nun mein Körper! Gehen wir also, dieser rothaarigen Frau den Schönheitsspiegel zu bringen. Ist damit alles geschehen, Fareh? Kehren wir dann zurück?«

Fareh saß jetzt wieder auf Osmans Schulter, und sie kehrten gemächlich zurück zum Serail. »Ich weiß es nicht gewiß«, sagte die kleine Maus, »wir müssen hören, wie alles sich weiter gestaltet, wenn du den Spiegel überreicht hast. Aber da fällt mir ein: wie willst du erklären, daß du vom Spiegel wußtest? Mir scheint, es wird besser sein, du begibst dich jetzt zum Padischah, der dich nach dem Azan zu sich befahl. Hüte indessen den Spiegel in deinem Gürtel, und ich werde wieder in die Gürteltasche gleiten. Morgen am Tage ist es noch Zeit, der Roten den

Spiegel zu überbringen und zu erfahren, was ihr Geliebter, der Ifrit, uns noch für Aufgaben stellt.«

So geschah es denn auch, und der Scheichzadeh verbrachte einige Stunden, in denen er von allen Seiten geehrt wurde, während köstliche Speisen den Gaumen erfreuten und Lieder und Erzählungen das Ohr. Unter dem Licht des Mondes gelangte Osman in seine Räume zurück und schlief friedlich und traumlos.

Für den nächsten Tag waren allerlei Vergnügungen ersonnen, wie Pfeil-Schießen, Schwert-Fechten und Reiterstücke, so daß Osman erst spät am Tage durch die Dienerinnen seinen Besuch bei der roten Sultana melden lassen konnte. Sie saß starr aufgerichtet, in ihre Schleier gehüllt, auf einem Ruhebett und neigte kaum den Kopf, als er eintrat. Osman sah die rothaarige Frau jetzt mit anderen Augen an als am Tage vorher und wunderte sich, daß sie ihm so verabscheuenswert erschienen war. Eine eigenwillige Schöne war sie, die wohl ebenso heiß lieben wie hassen konnte, dachte der Jüngling und freute sich auf das Erstaunen, das sie zeigen würde. »Herrin«, sagte er und stand vor ihr, die Hand leicht auf das mit ihm gewachsene Schwert an seiner Hüfte gestützt, »ich habe das Glück genossen, von dir heute nacht zu träumen, was auch in Wahrheit nicht verwunderlich erscheint, ist es nicht so?«

Die Sultana zuckte nur die Schultern und sah an ihm vorbei in die Ferne, aus der sie den Geliebten erwartete. Osman fuhr ruhig in gleicher Art zu sprechen fort, wechselte nur die Stellung seiner Füße. »Und es träumte mir, Herrin, daß du den Wunsch hegtest, einen Spiegel zu besitzen, einen, der dir ewige Jugend und Schönheit gäbe ...« Hier zerbrach die verächtliche Ruhe der Sultana. Sie erhob sich halb, beugte sich vor, stammelte fassungslos: »Wer bist du, daß du solches weißt? Welches böse Kismet hat dich hergeführt, o du, vor dem mir graut?«

Osman sah sie an, die nun in Zorn, Bangen und Schönheit glühte, und sagte ernsthaft: »Wie kannst du es ein böses Kismet nennen, was deinem Vater Errettung brachte, o Herrin?« Die Sultana schien in sich zusammenzusinken, nickte mit dem verschleierten Kopf, wobei die roten Haare unter den Schleiern aufleuchteten, und sagte müde: »Du hast recht, Fremdling. Aber sprich mir von dem Spiegel und was du davon weißt, ich bitte dich.« Osman zog den Spiegel unter seinem Gürtel hervor, neigte sich ein wenig zu der Sultana, sagte: »Sieh her, hier ist der begehrte Spiegel. Die Djinnen senden dir ihre Ehrerbietung und erhoffen, wie es geschrieben steht, für dich ewige Jugend und Schönheit. Mögest du ihrer niemals überdrüssig werden, Herrin. Hier, nimm!« Die Sultana richtete sich wieder auf, griff gierig nach dem Spiegel, sah flüchtig seinen glitzernden Schmuck an und schaute dann in die Spiegelfläche.

Osman stand und betrachtete sie, die seine Gegenwart vergessen hatte. Er war erst seit wenigen Stunden ein Mann, und doch offenbarte sich ihm hier schon das Weib in seiner ganzen Gewalt. Nicht ihm galt, was dieses Weib fühlte und war, und doch wurde ihm die rote Sultana zu einer Lehre, die er sein Leben lang niemals vergaß. Oft noch, wenn er späterhin eine Frau im Arm hielt, sah er den gierigen, den bangen, verlangenden Ausdruck dieser Augen, die sich im Spiegel der Djinnen betrachteten. Immer, wer sie auch war, wie heiß er sie auch umfing, blieb ihm darum das Weib fern und fremd. Jetzt aber, vor dieser hier, hätte er noch vieles sagen wollen, hätte sie noch verhöhnen und verlachen wollen mit seiner Kenntnis dieser Spiegelgeschichte, und daß ihm, Osman, dafür der Kopf nach hinten gedreht werden sollte von den Djinnen. Alles das hatte er sich vorgenommen gehabt ihr zu sagen und sich an ihrem Unbehagen zu weiden, aber er konnte nicht. Er vermochte es nicht, weiterhin dort zu stehen und in das Geheimnis eines Frauensinns zu starren wie in einen Abgrund – er konnte nicht!

Ohne Gruß, fast lautlos, verließ Osman die rote Sultana, begab sich in die Gemächer des Padischah und erreichte bei dem Herrscher das Versprechen eines Freundschaftsbundes zu dem Lande Djem, seines Vaters Machtbereich.

»In Wahrheit«, sagte Osman zu Fareh, als er mit ihr das Kommen der Dämmerung in seinem Gemach erwartete, »ich bin ein Mann geworden! Sieh nur, was mir gelungen ist, und noch vor wenigen Tagen hätte ich nicht an dergleichen gedacht. Oh, Fareh, wieviel verdanke ich dir und Taseh! Wo aber ist er? Warum sehen wir ihn nicht mehr?« Fareh gab zur Antwort, auch Taseh würde wieder bei ihm sein, wenn es an der Zeit sei. »Und ich glaube, es ist nicht mehr weit bis dahin. Ach, wie ich es erhoffe! Weißt du auch, Osman, wie sehr ich sein Kommen ersehne?« Osman strich über das glatte weiße Fell der kleinen Maus und dachte daran, wie sie ihm hell und lieblich erschienen war, zwischen den Ohren Tasehs sitzend, auf den dunklen Locken, die edle Pferde dort haben. Würde er das nie mehr sehen?

In beider etwas schwere Gedanken erklang die Stimme des Ifrits aus dem Gemach der Sultana, und sie beeilten sich, an ihren Lauscherposten zu gelangen. »Meine Feuerblume«, sagte der Vogel-Ifrit, »ist es denkbar, daß du den Djinnenspiegel in Händen hältst? Wie konnte er in deinen Besitz gelangen? Berichte!« Und die Sultana erklärte alles, wie es Osman gesagt hatte. Der Ifrit war tief beunruhigt. »Da ist etwas, das ich nicht verstehe; auch sagst du, er habe das Recht, das ihm dein Vater gab, dich zu umarmen, nicht genutzt? Solche Menschen sind zu fürchten, denn ihre Ziele sind höhere, mehr, als Frauen zu geben vermögen, verlangen sie. Sollte er aber dennoch sein Recht von dir fordern, so sage ihm dieses: du werdest ihm gehören, wenn er dir einen Zweig bringe von der weinenden Zitrone und einen von der lachenden Granate, denn dazu ist er niemals imstande. Hast du mich verstanden, meine Geliebte?«

Die rote Sultana stimmte leise zu, und schon wollte Fareh Osman bedeuten, sie sollten schnell forteilen, als er ihr, die er in der Hand hielt, zuhauchte: »Bleibe noch.« Denn die Sultana sagte soeben: »Dieser Jüngling mißfiel mir nicht, er handelte edel, da er mir das kostbare Geschenk brachte, ohne einem Bettler gleich Bezahlung zu heischen . . .« Aber weiter kam sie nicht, denn der schöne Ifrit hatte sich mit furchtbarer Plötzlichkeit zurückverwandelt in den Vogel, der er gewesen war, und begann mit seinem scharfen Schnabel auf die Sultana einzuhacken, bis sie blutend und vernichtet zusammenstürzte. Osman wollte entsetzt zu Hilfe eilen, da aber biß ihn Fareh mit ihren scharfen Zähnen so tief in die Hand, daß er zusammenzuckte und zu ihr hinblickte. »Willst du deiner Mutter helfen oder dieser hier?« pfiff die kleine Fareh zornig, und Osman senkte beschämt den Kopf. »Komm, eilen wir, Taseh erwartet uns, komm! Lasse diese ihrem Kismet, denn welches Menschenkind immer mit den Geistern des Himmels, der Erde und der Wasser sich verbindet, muß Schweres erdulden, so steht es geschrieben.«

Während sie sprach, hatten sie schon das Serail durchschritten und gelangen in jene Höfe, in deren Mitte damals die Sultanas gethront hatten. »Taseh wird uns erwarten. Hast du sein Haar? Gib es mir, nein, halte du es an das Ende meines Schwanzes. Brennt es?«

Traurig sah der nun ganz verwirrte Osman auf das sich krümmende Haar, da aber wurde schon vor dem Tor des Serails die Luft dunkler als die Dämmerung, und Fareh schrie in hohem Pfeifton: »Sieh hoch, er kommt!«

Wie eine große schwarze Wolke senkte sich das edle Pferd herab, und als es den Boden berührte, vermochte Osman erst zu erkennen, wie sehr er an Höhe gewonnen hatte, denn sein Kopf reichte über die Schultern Tasehs hinaus. »Heb mich! So heb mich doch!« rief Fareh erregt, und Osman setzte sie wieder zwischen die Ohren Tasehs in die dunklen Locken hinein. Er sah, wie sie zwitschernd von einem Ohr zum anderen lief, und dann hörte er wieder Tasehs dunkle Stimme: »Meine kleine Fareh, glückhaft die Stunde, die dich mir wiederbringt. Sei bedankt, Osman, mein Freund, daß du sie mir gehütet hast.« Osman lachte leise, sagte: »Viel mehr als ich sie, hat sie mich gehütet, die kleine Fareh.«

Aber voll Unruhe sprach Fareh immer weiter in Tasehs Ohren hinein. Der lauschte eine Weile, sagte dann ernst: »Steig auf, du nun so hoch gewachsener Scheichzadeh. Wir fliegen und holen die begehrten Zweige. Es geht sehr hoch hinauf, drum nimm Fareh wieder in deine Obhut und neige dich tief in meine Mähne. Schau nicht auf, halte dich mit den Knien fest. Komm, worauf wartest du Osman?« Der Scheichzadeh stand noch einen Augenblick, prüfte die Entfernung, tat einen mächtigen Satz und war auf Tasehs Rücken. Fest umschloß er des edlen Tieres schwarzen Körper, legte das Gesicht in das Mähnenhaar und fühlte schon die Luft ihn umstreichen, während sich Fareh in seinem Ärmel verkrochen hatte. Mit einem Auge spähend, sah Osman tief, tief unten die Erde entschwinden, und ehe er sich noch dessen bewußt werden konnte, waren sie schon jenseits der Wolken angelangt, wo Stille und Wärme herrschten.

Da begann Taseh über die Wolkenweiten hinzuschreiten mit leichten großen Schritten, und unversehens befanden sie sich in einem Garten, dessen Üppigkeit und Schönheit drunten auf der Erde keinen Vergleich hatte. Osman hatte sich aufgerichtet, und Fareh war aus seinem Ärmel geschlüpft. »Der Garten der Ifrits«, sagte ihre zarte, feine Stimme. »Ist es hier, wo wir die Zweige holen sollen?« Taseh schritt vorsichtig aus, hob immer wieder den schönen, edlen Kopf, sah sich wie suchend um. »Ja, hier, meine Fareh! Und ist es nicht ein wunderbares Geschehen, daß auch uns, dir und mir, von hier Erlösung winkt? Damals, als wir verurteilt wurden, zu sein, was wir jetzt noch sind, da sagte eine Stimme kaum vernehmbar in mir, und es war nicht meine: weinende Zitrone, lachende Granate, im geheimen Garten verborgen, und ihr seid frei. Osman wurde unser Kismet, wir das seine. Suchen wir nun, wo die Bäume sind, die jener, unser Vogelbruder, genannt hat.«

Noch verstand Osman nicht ganz, aber ein Schauer hatte ihn erfaßt, und er glaubte endlich zu begreifen, warum seine Freunde Taseh und Fareh zu sprechen vermochten. Er beugte sich zu der kleinen weißen Maus herab, die jetzt auf seinem Knie saß, fragte: »Ein Ifrit auch du, Fareh, ebenso wie Taseh? Und verwandelt in diese Gestalten, zu irgendeiner Buße... ist es so?« Die kleine Fareh richtete sich hoch, sagte so ernst, wie er sie noch niemals hatte sprechen hören: »So ist es, Osman. Und weiter steht geschrieben, daß du zu unserer Befreiung bestimmt bist. Doch wie, das wissen wir noch nicht. Zu seiner Zeit wird es sich erweisen.«

Taseh blieb plötzlich stehen. »Seht«, rief er, »nebeneinander Zitrone und Granate, doch hoch, sehr hoch die Zweige! Steige auf meinen Rücken, Osman; Fareh, halte dich in meinen Haaren fest. Nimm dein Schwert und schneide einen Zweig mit einer Frucht ab. Erst die Zitrone, und achte nicht auf ihr Klagen, schneide!« Osman tat, wie ihm geheißen ward, und wußte es nicht, daß er wiederum ein Stück an Größe zunahm, so viel, als er bedurfte, um den Zweig mit der Zitrone zu erreichen. Er schnitt ihn, der sich bog und wehrte, mit sicherer Hand ab und fühlte die Tränen der Zitrone seine Hände feuchten. Unmittelbar daneben hing voll und rötlichgelb die Granate in ihrem Zweig, und Osman schnitt auch sie; ein helles Lachen erklang, und fast hätte er vor Schreck den Zweig fallen lassen. Aber er glitt schnell und gewandt auf den Rücken Tasehs hinunter und saß dort, selbst vor Freude glühend. Da sah er, wie Fareh vor ihm zurückwich, so, als fürchte sie sich, hörte, wie sie rief: »Noch rühre mich nicht an, noch nicht mit den Zweigen! Halte sie hoch in die Luft, berühre auch Taseh noch nicht, ich weiß es jetzt alles, alles! Und du, Taseh, lasse uns herabsinken, so schnell du es vermagst, denn ist der Mond erst aufgegangen, so können wir nicht mehr hinab, und dort ist schon sein Glanz in den Wolken zu sehen. Schnell, schnell!«

Osman verbarg das Gesicht in den frischen Zweigen, klammerte die Knie fest um Taseh und fühlte sich sinken, sinken, als werde er einem Steine gleich aus gewaltiger Höhe herabgeschleudert. Als es ihm gar nicht mehr gelang, auch nur ein weniges zu atmen, da spürte er einen Stoß und wußte, sie hatten den Boden der Erde wieder erreicht. Er öffnete die Augen. Wo waren sie? Nacht war es hier unten, aber dennoch erkannte Osman den Eingang zum Marstall von seines Vaters Serail. »Hier sind wir?«fragte er erstaunt und suchte nach Fareh, rief sie, glaubte erschreckt, sie verloren zu haben. »Höre auf Taseh«, sagte ihre feine Stimme, aber er sah sie nicht. »Steige ab, halte die Zweige hoch, Osman«, klang Tasehs gedämpfte Stimme, »komme her, nahe vor mich. Stehe dort und schlage nun mit aller Kraft, die dir gegeben ist, mit den Zweigen gegen meine Augen, schlage, schlage, ich beschwöre dich!« Osman stand zögernd, sagte scheu:

»Deine Augen, Taseh? Es wird schmerzen, ich wage es nicht!« Taseh trat näher zu Osman, streckte den Kopf vor, sagte kaum hörbar: »Wenn du mich liebst, wenn du Fareh liebst – in deine Hand ist Erlösung gegeben, nur in deine –, so schlage, schlage!«

Osman schloß selber die Augen und schlug mit aller Kraft zu, einmal, zweimal. Da spürte er keinen Widerstand mehr, riß die Augen auf, sah sich um, verwirrt, geängstigt, rief: »Taseh! Wo bist du, Taseh?« Aus der Dunkelheit löste sich die Gestalt eines Mannes in dunkler Gewandung, der an der Hand ein zartes Wesen führte, das ganz von lichten Schleiern umhüllt war. »Ich bin hier«, sagte der Mann, und es war die dunkle Stimme des schwarzen Pferdes Taseh, die sprach, »und neben mir ist Fareh. Siehst du uns nun in unserer wahren Gestalt, o du Jüngling von der weinenden Zitrone und der lachenden Granate, du, dessen Liebe zu seiner Mutter unsere Befreiung wurde? Wir fehlten, und wir wurden gestraft. Du weißt die Worte des Urteils noch, Fareh, meine Geliebte?«

Da hörte Osman noch einmal die feine, die liebliche Stimme, die ihn so viele Male leitete, wenn auch gar so leise nicht mehr. Fareh sagte feierlich: »Dieses waren die Worte: Aus der Lüge soll Wahrheit erstehen; aus ihr Liebe, die euch geleitet zum geheimen Garten über den Wolken. Seine Zweige schlagen euch zu neuem Leben, und der euch schlug, schaffe sich zum Heil den verborgenen Garten seines Lebens. El hamd üllülah.« Die helle Stimme der kleinen Fareh verstummte. Osman sah immer noch ratlos von einem zum anderen, fand seine Freunde nicht mehr und fühlte sich in einer fremden Welt.

Der verwandelte Taseh sah ihn freundlich an, kam nahe, legte ihm die Hand auf die Schulter. »Osman, mein Freund, blicke nicht so traurig, denn du hast deiner Mutter

Freude gewonnen, deinem Lande Größe, uns aber Glück und Freiheit. Es ist nicht wenig, will mir scheinen. Und wenn du nun zu ihr zurückkehrst, wisse dieses, sie hat in einem Traum gelegen, seit du sie verließest, und hat alle deine Taten so erschaut. Doch ist in diesem kleinen Bezirk der Menschen mehr Zeit vergangen als bei uns. Wo wir Tage und Stunden sahen, waren es Jahre für jene, und so wird man nur deiner Rückkunft zujubeln, nicht aber verwundert sein, daß du in zwei Nächten und Tagen zu einem Jüngling heranwuchsest. Verstehst du mich? Und eines noch, die Zweige, die du in Händen hältst, sie mußt du noch in dieser Nacht geheim einpflanzen. Ich denke wohl, daß sich Werkzeug dort im Stall befindet, an der Stelle, wo dein Freund Taseh so lange stand, Osman. Pflanze die Zweige an geheimer Stelle ein und verrate keinem etwas von ihnen, auch deiner Mutter nicht. Hörst du mich?«

Verwirrt sagte Osman leise: »Ich höre dich, den ich nicht nennen kann, doch bitte ich dich, mir zu sagen, was mir diese Zweige sollen? Einen Garten, einen geheimen, wofür? Haben wir nicht Gärten genug im Umkreis des Serails?« Der befreite Ifrit lächelte, wie man es zu den Worten eines Kindes tut, und sagte geduldig: »Verstehe doch, Osman, daß diese Zweige nicht sind wie andere. Weißt du jetzt nicht, daß sie zu weinen und zu lachen vermögen?« Bedrückt von so viel Unbegreiflichem, stimmte Osman zu.

»Nun also«, sagte der Ifrit, »so mußt du auch erkennen können, daß ihre Bestimmung nicht nur ist, zu blühen, zu grünen, Frucht zu tragen – konnten sie doch auch uns durch ihre Schläge befreien. Dir aber sollen sie ansagen, wie es in deinem Lande steht, ob Freude und Freiheit lebt, wie es das Lachen der Granate anzeigt, ob Bedrückkung und Kummer herrscht, wie es die weinende Zitrone verrät. Verstehst du jetzt, Osman Scheichzadeh, warum du den Garten geheimhalten mußt? Es werden viele, viele der Bäume werden, so viele, wie du Jahre zu leben hast, und wenn du dieses Leben verläßt, werden auch sie mit dir zugleich in den anderen geheimen Garten zurückkehren. Begreife und verstehe, o Scheichzadeh, daß sich dir hier Wahrheit erschließen wird, dir, der du aus einer Lüge kamst und in die Wahrheit gingst. Und so denn, lebewohl . . .«

Der Taseh gewesen war, wandte sich ab, und die zarte Fareh tat einen Schritt auf ihn zu, aber Osman sprang ihnen nach, rief aus tiefster Verlassenheit: »Bleibt, oh, bleibt! Wie soll ich ohne euch weiterleben, ihr einzigen Freunde?« Fareh war es, die ihm ihr helles Antlitz zuwandte und mit dem wohlbekannten zwitschernden Lachen sagte: »Wessen Gefährten Lachen und Weinen aus dem Garten jenseits der Wolken sind, der bedarf keiner Freunde, o Scheichzadeh. Und du hast mehr, du hast eine Mutter, Osman! Sie sei bedankt und du zugleich, denn uns trug deine Liebe zu ihr in die Freiheit. Sie hat starke Schwingen, die Liebe, vergiß es nicht! Leb wohl, du Herr des verborgenen Gartens.«

Kaum hatte Fareh die Worte gesprochen, als sich das dunkle Gewand des Ifrit, der Taseh gewesen war, um sie legte und wie Wolkenschatten sie verbarg. Es war Osman, als sehe er eine Wolke schweben, die dunkler war als die Nacht, aber dann sahen seine suchenden Blicke nur noch Sterne, daran hie und da ein Schatten vorbeiglitt. Tränen? Aber nein! Ein Mann weint nicht, sagte sich Osman, wandte sich ab und ging zum ehemaligen Stand des schönen schwarzen, des edlen Pferdes, das sein Freund gewesen war. Wirklich, wie Taseh gesagt hatte, fand er dort im Winkel Gartengeräte, wenn er auch durchaus nicht begriff, wie sich solche in den Marstall verirrt haben sollten.

Die Zweige in der einen Hand, das Gerät in der anderen, schlich Osman dahin, sich einen Platz für jenen geheimen Garten zu suchen. Doch schien das wunderbare Geschehen noch weiter zu walten, denn vor sich sah Osman eine Seitenpforte, an deren Vorhandensein er sich nicht erinnern konnte, und als er sie durchschritt, befand er sich in einem freien Raum, der von hohen Bäumen umgeben war und ihn ganz unbekannt dünkte. War dies die Stelle? Als er unsicher stand, fühlte er den Spaten seiner Hand entgleiten und sich in den Boden bohren. Da mußte er lachen, legte die Zweige nieder und begann zu graben. Doch ging das so schnell vonstatten, daß, kaum begonnen, die Arbeit schon fertig war und die Zweige sich wie von selbst in den Boden fügten. Da standen sie, kleine Bäume voll Kraft und Schöne, und die Hand des Jünglings strich sanft über ihre Früchte. Leise, ganz leise erklang das Lachen der Granate. Osman zog die Hand zurück, ehe er die Zitrone berührte – keine Tränen jetzt mehr, und zu ihr, die schon zuviel geweint hatte!

Er wandte sich um und sah hinter sich eine hell erleuchtete Fenstertür, sah eine geliebte Gestalt auf sich zukommen, stürzte vorwärts, ward von Armen umschlossen und blickte auf in die verjüngten Züge einer lachenden, glückseligen Mutter, wie er sie solcherart niemals gekannt hatte. Und jetzt erst, in diesem wunderbaren Augenblick, begriff er ganz, was Fareh gemeint hatte mit ihren letzten Worten. »Mutter«, sagte der Scheichzadeh, »wie schön und jung bist du!« Die Hand der Mutter strich über sein Gesicht, mit zarten Fingerspitzen alle Züge abtastend. »Mein Sohn«, sagte sie mit Jubel in der Stimme, »wie bist du groß und schön, und was hast du um meinetwillen alles getan! Und jetzt kommst du heim, geliebter Sohn, und trittst zu mir aus meinem geheimen Garten – oh, welch glückhaftes Zeichen ist es mir!«

Der Scheichzadeh schwieg, denn diese Worte klangen tief in seinem Herzen. Geheimer Garten der Mutter, geheimer Garten des Sohnes, Weinen und Lachen darin in leuchtenden Früchten: war es dieses, kleine Fareh, was du mir sagen wolltest?

Nahe war er, dieser Jüngling, der die Zeit und die Nichtzeit kennengelernt hatte, die Gärten in den Wolken und die auf der Erde, dem großen Flusse der Geheimnisse, dem dunklen, dem unermeßlichen, dessen Beginn und dessen Ende kein Sterblicher kennt. Und war voller Sehnsucht. Denn wenn er die weiten Zweige der Zitrone und die dichten der Granate sah, dann fühlte er doch immer das Wehen jener anderen Zweige im verborgenen Garten jenseits der Wolken, und die Sehnsucht nach ihnen verließ ihn niemals, wie auch nicht die nach Fareh und Taseh.

Als er, nun selbst ein Herrscher geworden, weise durch Lachen und Weinen, in früher Mannesblüte starb, erschlagen von Verrat, da suchten die, die ihn geliebt hatten, seinen toten Körper vergebens, denn die Zweige aus dem Garten der Wolken hatten sich erhoben wie vom Sturm zerrissen und trugen ihn fort in die Heimat, aus der sie stammten und wo Freunde seiner harrten. Dort auch kam ihm die Mutter entgegen, jung und schön und lachend, und sagte: »Jetzt kommst du heim, geliebter Sohn, zu mir in unseren geheimen Garten. El hamd üllülah ...«

Das gelbe Vergißmeinnicht

Es war ein Padischah, der lag im Sterben, was weder viel noch wenig ist, nur eben ein Geschehnis gleich anderen. Er rief seinen ältesten Sohn zu sich und sagte ihm: »Für die Zeit, da ich fort sein werde und du, mein Sohn, an meiner Stelle den Kampf mit der Lüge und Verstellung, der Gewinnsucht und der Bosheit aufnehmen mußt, lasse dir einen kleinen Rat geben . . . nur diesen, und ich bin gewiß, auch ihn wirst du nicht befolgen: reite nicht zum südlichen Tore nach Westen hinaus, tue es nicht, mein Sohn!« Sagte es, lächelte den Sohn hintergründig an und starb. Danach, als der Scheichzadeh Padischah geworden war, benutzte er den ersten Tag, an dem ihm ein wenig Zeit gelassen wurde, bestieg heimlich sein Pferd, ritt zum Südtor, wandte des Pferdes Kopf nach Westen zu . . . und kehrte nicht zurück. Wie Allah will . . . und so wurde sein Bruder Padischah.

»Wer weiß«, sagte sich dieser, »was meinen Bruder bewogen hat, sich nach Westen zu wenden, wie der Torwächter berichtet; wer weiß, was ihn dort festhält. Wäre es nicht gut und richtig, wenn ich nachforschte, was ihm geschah? Vielleicht fand er einen Schatz und will ihn uns nicht zeigen. Wie dem auch sei, ich folge ihm nach.« Tat es, ging ebenso heimlich dabei zu Werke, wie es sein Bruder getan hatte . . . und kehrte nicht zurück. Wie Allah will . . . und so wurde sein Bruder Padischah.

Dieser aber, der jüngste der Brüder, war ein froher, ein leuchtender Jüngling, einer, der aussah, als entstiege er soeben in der Morgenfrühe einem frischen Bade und alle Kraft und Schöne sprühender Gewässer sei an ihm und um ihn. Ihn liebten sie, die sein Volk waren, während sie die anderen nur geduldet hatten, weil das Kismet sie ihnen auferlegte. »Aman, Padischahm«, beschwor ihn der alte Großvezier, »wie du dein Leben liebst und unseres, tue es deinen Brüdern nicht gleich! Was es auch sei, das jene nach Westen hin lockte, lasse dich nicht auch verführen vom Unbekannten. Verlasse uns nicht, ich beschwöre dich, mein Padischah!«

Aber wann hätte jemals Jugend den Weisheiten des Alters Gehör geschenkt? Wann jemals eben jener Lockung des Unbekannten widerstanden? Auch der jüngste der Brüder wollte wissen, was dort westlich vom Südtor zu erforschen sei, und so entfloh auch er heimlich den Aufpassern, die der Großvezier bestellt hatte, und war mit dem ersten Sonnenstrahle auf seinem Lieblingspferde Scherif davon, ehe noch das Südtor ganz im Lichte des erwachenden Tages stand.

Der junge Padischah ritt nach Westen, und bald bemerkte er, daß seines Pferdes Hufe in weichem, sumpfigem Boden einsanken. »Wie kann das nur sein«, murmelte er vor sich hin, »daß in unserem trockenen Lande, nahe meiner nahezu verdorrten Stadt, sich sumpfiger Boden befindet? Und wie kommt es, daß niemand bisher von uns allen davon gewußt hat? Maschallah, hier reitet es sich gut, hier weht es frisch vom Boden herauf . . . und welch eine wunderbare hohe gelbe Blume ist es, die dort vorne steht? Ihresgleichen sah ich noch nie! Sieht sie nicht aus wie ein allzu groß gewordenes Vergißmeinnicht? Leuchtet sie nicht wie eine kleine Sonne? Hin zu ihr, mein Scherif, daß wir sie in der Nähe sehen und mit uns heimnehmen! Hin zu ihr!«

Und der junge Padischah drängte sein Pferd mit dem Druck seiner Knie vorwärts, den Blick immer auf die hohe gelbe Blume gerichtet, die ihn zu sich heranzulocken schien. Da, jetzt war er nahe, jetzt mußte der rechte Vorderhuf von Scherif die Blume berühren! Da ... ja, da war sie fort! Von dem Ruck, den die Zügelhand des erstaunten Reiters dem Pferde gab, wäre Scherif beinahe mit der Hinterhand im sumpfigen Boden steckengeblieben, und Reiter wie Pferd hatten dann alle Mühe, sich auf ein wenig festeres Erdreich hinaufzuarbeiten. Da standen sie etwas außer Atem still, und der junge Padischah sah sich mit verstörter Ratlosigkeit um.

»Wo bist du, du Blume, die mir so nahe war? Ich hätte dich berührt, wenn ich mich vorbeugte. Was geschah, daß du plötzlich wie ein Wolkengebilde verschwandest? Wie konnte ich mich nur so täuschen, so als träumte ich?«

Und während er so murmelnd zu sich selbst sprach, wie man es tut in großer Einsamkeit, sah er sich mit dem Blick des Jägers in der Runde um. Da stieß er einen Ruf aus, wie der es tut, der eines Adlers ansichtig wird, und Scherif schoß vorwärts, kannte er doch diesen Jägerschrei. Da war sie, die gelbe Blume, dort vorne, wenige Sprünge von Scherifs schnellen Beinen würden sie nahe bringen! Da war sie, ja dort! Aber das gleiche wie vorher geschah: als sie vor der hohen gelben Blume standen, war sie verschwunden, wie fortgeweht. Jetzt aber hatte den jungen Padischah das Jagdfieber gepackt und ein richtiger Zorn zugleich. Er schwang den Arm hoch, tat nochmals den Jagdruf, und Scherif schoß vorwärts. »Ich bekomme dich noch, du Trügerische! Weiche du mir nur aus, ich bekomme dich! Da sehe ich dich, dort vorne leuchtet dein Sonnengesicht, ich bekomme dich noch!«

Und weiter immer ihr nach, ihr, die stets wieder entschwand. Merkte der Padischah, daß die Blume ihn und Scherif auf dem einzigen festen Pfade im Moor weiterführte? Er merkte nur, daß er auf der Jagd nach einer Beute von so hoher Seltsamkeit war, wie er sie noch niemals auch nur geahnt hatte. Immer wieder sprach er zu ihr, belegte sie mit Schmeichel- und mit Scheltnamen, nannte sie listig, nannte sie boshaft und lockend wie ein Weib, nannte sie strahlend und unvergleichlich wie das Licht . . . und endlich stieß er einen Siegesschrei aus, denn nun würde sie ihm nicht mehr entgehen! Dort stand sie, und hinter ihr erhob sich schwarzer Fels, zeigte sich die kalte Höhlung eines Bergeingangs; von dem düstren Hintergrunde hob sich das gelbe Blumenhaupt wie eine Sonne strahlend ab, und das schöne Bild fesselte den jungen Padischah so sehr, daß er keinen Augenblick darüber nachdachte, woher in dieser sumpfigen Ebene denn urplötzlich ein Höhleneingang in Bergestiefe kommen sollte.

Er dachte nichts, als daß er sie nun habe, diese seltsame Blume, und trieb Scherif an, auf sie zuzuspringen, während er selbst sein Schwert zog, um die leuchtende Blüte von ihrem Stengel zu trennen. Im Hochblitzen des Schwertes aber schien auch aus der Blume ein strahlendes Licht zu brechen, so daß der Padischah für eines Herzschlags Dauer geblendet die Augen schloß. Als er sie wieder öffnete, stand an Stelle der Blume ein Neger im Höhleneingang, hoch gewachsen, nackt, und seine schwarze Haut glänzte im Sonnenlicht, das sich auch in seinem hoch geschwungenen Schwerte spiegelte. »Hach!« rief der Padischah, durch das Verschwinden der Blume aufs höchste gereizt, »hach, du Schwarzer, du kommst mir gerade recht! Kann ich keine goldene Blume schlagen, so doch ein dunkles Nachtleuchten!« Und er hieb mit aller

Kraft auf den Neger ein, ehe dieser zum Schlag kommen konnte. Der Schwarze stürzte zusammen wie ein gefällter Cedernbaum, und der Padischah wischte sein Schwert an der Satteldecke ab, steckte es zornig ein. »So bin ich einer Blumen nachgejagt, einem törichten Knaben gleich der ein Mädchen sucht – und fand . . . nichts. Ob es meinen Brüdern auch so ging und sie von diesem Schwarzen erschlagen wurden? Wer weiß es, und wer kennt sein Kismet? Reiten wir heim, Scherif! Ich sehe dort das Licht auf der Kuppel unsrer Moschee, wir sind nicht weit von unsrer Stadt entfernt.«

So sagte er leise und enttäuscht und schlug den Zipfel seines Mantels über die linke Schulter hinauf. Als er das gewohnheitsmäßig tat, auf daß der Mantel ihm den Mund gegen den Staub verdecke, fühlte er auf seiner Schulter etwas Fremdes. Er wandte den Kopf zurück, tastete das seltsame Etwas ab, das dort sich befand und nicht dahin gehörte. Was nur war es, das auf seiner Schulter saß? Fühlte sich weich und zart an, duftete ein wenig . . . war ein kleines gelbes Vergißmeinnicht, zwischen seine zarten grünen Blätter wie schutzsuchend eingebettet. Aber der junge Padischah war zornig, ergriff es rauh, sagte heftig: »Du Falsche, du Frauengleiche, du Wandlungs- reiche, bist du jetzt klein und zart, nachdem du groß warst wie die Sonne und mich zum Tembell gemacht hast, zum Narren, den man am Seil führt? Fort mit dir, ich mag dich nicht!« und wollte das Vergißmeinnicht von seiner Schulter reißen. Aber es gelang ihm nicht, denn mit unzähligen kleinen, aber festen Wurzeln war es dort angeklammert, und alles Reißen und Zerren half nichts, es schien sich nur immer fester anzuklammern. Da huschte ein Lächeln über das grimmig gewordene junge Gesicht des Padischah, und er sagte leise: »Nun, so bleibe denn, da du dich so festhältst an mir, du seltsame

Blume. Wer kann wissen, wozu du mir bestimmt bist?«
und legte behutsam seinen Mantel über sie, daß er sie
nicht zerdrücke, aber auch niemand sie sähe, seine Blume.
Denn: konnte ein Krieger, ein Reiter mit einer Blume
auf der Schulter daherkommen?

Während er davonritt und die Kuppel der heimatlichen
Moschee nahe vor sich sah, verwundert, daß er nicht
weiter entfernt sei von seiner Stadt, da er so lange schon
unterwegs war und die Sonne schon tief stand, überlegte
er, was er mit der gelben Blume tun solle, wo sie bewahren, wie sie verbergen? Im gleichmäßig wiegenden
Galopp seines Pferdes Scherif fiel ihm eine goldene
Schale ein, die er in seinem Schlafraum hatte und die er
dazu benutzte, den Mond einzufangen. Ja, wirklich, dazu
wurde sie verwandt! Sie wurde mit Wasser gefüllt und
so aufgestellt, daß sich in der golden schimmernden
Wasserfläche der Mond spiegelte, wo immer er sich
zeigte . . . und war er so nicht gefangen? Zu sehen blieb
er dort, bis er versank, der Silbermond im Golde. Dorthin würde er sie tun, die gelbe Blume, mochte sie sich
mit dem Monde die Zeit vertreiben, sie, die so vieler
seltsamer Dinge fähig war.

Nun hatte man, so schien es, seine Rückkehr bemerkt,
denn ein Rufen erhob sich, und der Padischah konnte
mit seinen scharfen Jägeraugen erkennen, wie sich auf
der Höhe des Wachtturms am Westtor etwas bewegte:
der Wächter gab Zeichen. Das Rufen wurde stärker, es
waren Worte der Freude und der Begrüßung, und der
Jüngling, der jetzt ein Herrscher war, wunderte sich nicht,
daß sie sich freuten, wußte er doch, daß alle ihn liebten
wie er sie. Er preßte die Knie fester an Scherifs Flanken,
und das edle Tier schoß vorwärts, wie ein Pfeil vom
Bogen fliegt. Da waren sie alle am Tore, voran der alte
Großvezier, der herbeieilte und den Fuß des jungen

Herrschers an die Stirn drückte, stammelnd fast vor Erregung: »Daß du wiederkamst, Herr, Herr, daß du wieder bei uns bist! Allah sei gelobt! Wie aber, Herr, sieht Scherif aus? Wo nur warst du, daß dein Pferd mit Schlamm bedeckt ist? Wie kann so etwas geschehen, da es in unserem Lande nur trockenen Sand gibt, Herr?«

Dem Padischah, dem nur daran lag, möglichst schnell in seine Gemächer zu gelangen, um die Blume unbemerkt in die Goldschale zu setzen, war das alles viel zu umständlich und zeitraubend, was hier an Begrüßungen und Freudenausbrüchen vor sich ging. So sagte er nur hastig und leise sprechend: »Herr, ich erkläre es dir alles späterhin, denn vieles hat sich ereignet. Wolle mir erlauben, mich zur Ruhe zu begeben, denn ich bin ebenso ermattet wie Scherif. Allah ismagladih . . . « Mit diesem Gottbefohlen schob er vorsichtig Scherif vorwärts, die Menge teilte sich, und der Weg zum Serail war frei. Seinen Dienern warf er nur einige Worte zu, ihnen die Pflege Scherifs anbefehlend, und eilte zu seinem Schlafraum. Dem vertrauten Diener Suleiman, der ihm folgen wollte, befahl er, ihn im Baderaum zu erwarten. »Bis dahin lasse mich allein«, sagte er ungeduldig, und der Vorhang fiel endlich hinter ihm zu.

Schnell schlug er den Mantel zurück. »Bist du auch nicht erstickt unter dem Tuch des Burnus, du meine gelbe Blume? Und wirst du dich jetzt wieder festhalten an meiner Schulter?« flüsterte er und griff behutsam nach dem Vergißmeinnicht. Das aber ließ sich jetzt ganz leicht lösen, schien sich sogar in die haltende Hand zu schmiegen und breitete seine zarten Blätter weit aus, als es behutsam in die goldene Schale gesetzt wurde, die bereits mit Wasser gefüllt war. Der Padischah stand davor und sah sie bewundernd an, seine gelbe Blume. Warum er sie so sehr bewunderte, wußte er selbst nicht, war sie doch nur ein einfaches kleines Vergißmeinnicht, wenn auch gelb, nicht blau wie die anderen alle. Aber es war nun einmal so, daß er den Blick kaum von ihr losreißen konnte und sich nur zögernd in den großen Marmorsaal begab, darin sich die weite Wasserfläche befand, in der man sogar einige Schwimmstöße vollführen konnte.

Seinem vertrauten Diener befahl er, ihm das Lager zu richten, denn er sei sehr müde von dem langen Ritt und wolle sich zur Ruhe begeben. »Und rühre mir die goldene Mondschale nicht an, Suleiman, denn ich fand eine seltsame Blume, und sie liegt darin. Ich versorge sie allein, du sollst auch das Wasser nicht wie sonst üblich wechseln, ich werde es tun. Gehe jetzt, ich will allein sein.« Ja, er wollte allein sein. Dieser fröhliche Jüngling, der sich bisher mit den Freunden in allerlei Waffenspielen vergnügt hatte, der ihrer aller Heiterster war, unbeschwert seine Tage verbringend, der wollte allein sein, um eine kleine gelbe Blume zu betrachten, von der er sich allerlei erwartete, wenn er auch nicht wußte, was das sein würde.

Endlich begab er sich wirklich zur Ruhe. Neben seinem Lager waren wie üblich lange Gestelle, beladen mit allerlei Erfrischungen, aufgebaut, denn der Jüngling hatte von Kind auf die Gewohnheit, nachts Hunger und Durst zu verspüren und zu stillen. So standen dort in schön geschweiften Gefäßen Scherbets aller Arten; in Tonkrügen, die es frisch erhalten, Quellwasser; auf Schalen Früchte jeder Gattung und flache Wasserschalen zum Reinigen der Finger.

Der Padischah schlief nach einem letzten Blick auf die Goldschale bald ein und erwachte in der Mitte der Nacht von starkem Durst. Das milde Licht in dem großen Raum, von vielen gedämpft brennenden wohlriechenden Öllämpchen erzeugt, ließ die Gefäße auf dem Gestell am

Ruhelager deutlich erkennen, und der Padischah griff nach einem Kruge, darin sich ein herber Scherbet zu befinden pflegte; er setzte den schmalen Hals des Kruges an die Lippen, aber kein Tropfen floß daraus. Leer? Hatte Suleiman grade diese schlanke Flasche zu füllen vergessen? Seltsam, das glich ihm nicht; also eine andere – aber auch diese war leer, und jede weitere. Ja, auch die Obstschalen zeigten nichts als ihre schön gearbeitete Oberfläche. Nun, so blieb nichts, als nur ein wenig klares Wasser zu trinken und weiterzuschlafen.

Am nächsten Morgen fragte der Padischah den getreuen Suleiman, was er sich dabei gedacht habe, nur leere Gefäße ihm zur Nacht hinzustellen. »Leere Gefäße, Herr? Warum scherzest du so mit deinem Diener? Es war alles wie immer dir bereitet.« Ein Weilchen ging es noch hin und her, dann bestand der Padischah nicht mehr darauf, den Diener zu demütigen, und ließ es bewenden. Er schaute auf die gelbe Blume in der Mondschale und tat es am Abend, als er seine Tagesarbeit beendet hatte, nochmals. Sie blühte und strömte einen leichten Duft aus, einen ganz zarten.

In der Nacht wachte der Padischah, wieder vom Durst geweckt, auf, und auch jetzt hielt er leere Gefäße in Händen, sah er auf leere Obstschalen. Nun war seine Geduld erschöpft, und er rief durch Zusammenschlagen der Hände den Diener herbei. »Suleiman, ist es wohl eines ehrlichen Mannes, wie du es bist, würdig, um einiger Obststücke und Getränke willen zu lügen? Schande über dich! Und verrate mir endlich, warum du mich allnächtlich dürsten läßt? Was tat ich dir, Suleiman, mein Freund, daß du so mit mir verfährst?« Das drohte sich zu einer großen Sache auszuwachsen, und auf die Beteuerung des Dieners hin beschloß der Padischah endlich, die Hintergründe des Unergründlichen zu prüfen: »Laß es gut sein,

Suleiman, ich glaube dir und werde diese Nacht wachen, um selbst zu sehen, was geschieht. Du richte mir alles, wie es üblich war bisher.«

So geschah es, und an diesem dritten Tage, nachdem er das gelbe Vergißmeinnicht in seinen Serail gebracht hatte, lag der Padischah des Abends auf seinem Lager und schaute offenen Auges um sich, wartend und lauschend. Die großen weiten Bogentüren zu den verborgenen Gärten standen weit offen, und der Blumenduft drang mit dem Mondlicht zugleich in das hohe Gemach. Der Jüngling auf dem Lager schaute dem Wandern der Mondstrahlen zu, lächelte ein wenig und dachte, gleich werde sich das Mondlicht in der goldenen Schale fangen, gleich, und werde dann mit der gelben Blume spielen können. Jetzt, ja, jetzt war es so weit! Jetzt blitzte es am Rande der Schale auf, und nun tauchte der Mond im Wasser unter . . . Ja, tat er es? Der Padischah richtete sich auf und schaute atemlos dem Geschehen in der goldenen Schale zu. Denn als der Mondstrahl die im Wasser ruhende gelbe Blume berührte, da richtete diese sich auf, dehnte sich, wurde größer, hob sich, begann auf dem Strahl des Mondlichtes hochzugleiten, als werde sie gezogen, und fiel dann, ehe sie zum beglänzten Garten hinausglitt, wie ein Stein zu Boden.

Im gleichen Augenblicke sprang der Padischah auf, denn dort, wo die Blume niedergefallen war, begab sich auf dem weichen lichten Bodenteppich allerlei. Da wurde es unruhig, als braue da Nebel, nein, nicht Nebel, Schleier... nein, auch diese nicht . . . Blätter, große spitze, sich schwankend bewegende Blätter, die um eine Mitte sich bewegten . . . da war eine Gestalt, ja, in Wahrheit, eine Gestalt! Und nun . . . nun schoben Hände das beiseite, was wie Schleier oder Nebel gewesen war, und inmitten der hohen, spitzen grünen Blätter stand ein Mädchen,

ein lichtes fremdartiges Mädchen, an Jugend und Schönheit dem jungen Monde gleich, dessen Sichel einem
schmalen Edelstein vergleichbar am hellen Abendhimmel
des Frühlings strahlt.

Der Jüngling strich sich über die Augen, bat lautlos Allah
um Festigkeit und Ruhe, trat vor die liebliche Erscheinung hin und stammelte mit halber Stimme: »Wenn du
Erbarmen kennst für Sterbliche, Mädchen, oder was du
auch immer seist, rede, sage ein Wort, denn in mir
taumeln Herz und Verstand wie bei einem Erdbeben.
Rede, ich beschwöre dich, rede!« Das wunderbare Wesen
in den schwankenden grünen Blättern streckte eine
schmale Hand wie beruhigend aus, lächelte und sagte
mit leiser Stimme: »Herr, warum erregst du dich so?
Hast du noch niemals von einer Peri gehört? Weißt du
nicht, daß wir alles sind, was sich regt und bewegt, einmal dies, einmal das? Eine Woge in einem Fluß, eine
Wolke, deren Schatten über die Flut streicht, eine Blüte,
die sich im Uferwasserstaub bewegt, ein Windhauch
und ein leichter Duft... Alles dieses, Herr, kann eine
Peri sein. Nun sieh, auch ich bin eine. Was ist daran,
das der Erregung wert wäre?«

»Eine Peri bist du? Aber ich sehe dich immer in neuer
Gestalt: einmal eine hohe Blume, die mir davonläuft;
einmal eine kleine Blume, die sich an mich klammert;
jetzt ein Mädchen... ja, sage, bist du denn wirklich ein
Mädchen, oder ist es wieder ein Trugbild, das ich sehe?«
Die Peri lächelte immer noch, trat aus den grünen hohen
Blättern hervor, stand vor dem jungen Padischah, hob
eine Hand ihm entgegen, sagte leise: »Berühre mich,
Herr, und prüfe, ob du eines Mädchens Hand hältst oder
ins Leere nach einem Trugbild tastest. Siehst du, ich bin
ein Mädchen! Es ist alles nicht so wunderbar, wie es dir
erscheint, nur sehen die Menschen alles anders, das ist's.

Ich aber, Herr, ich bin des Nachts immer ein Mädchen, am Tage eine Blume ... deine Blume, Herr!« »Meine Blume?« sagte der Padischah, auch ganz leise sprechend, damit die Diener jenseits der schweren Türvorhänge nichts vernähmen, »wie denn meine Blume? Einmal groß, einmal klein, einmal ein wunderbares Mädchen ... und was dann? Wie wirst du mir wieder entfliehen, in welcher Gestalt?« Die Peri sagte hauchleise: »Gar nicht, Herr, bin ich doch an dich gebunden. Höre erst, was ich zu sagen habe, Herr, ich bitte dich, und du wirst alles verstehen. Zur Strafe für einen Ungehorsam an den Gewalten, die über uns gestellt sind, wurde ich jenem Neger gegeben, in der Dunkelheit mit ihm zu sein, bis ein Lichter ihn töte. Du tatest es, Herr, du hast mich befreit ... so darf ich denn bei dir sein. Doch warte, noch ein neues Unrecht habe ich zu gestehen. Wenn ich so wie jetzt ein Mädchen bin, packen mich Hunger und Durst, und so, Herr, habe ich deine süßen Dinge getrunken und gegessen. Wirst du mir vergeben, o mein Gebieter?«

Der Padischah hatte sich nun vergewissern können, daß die weiche warme Hand, die er hielt, in Wahrheit die eines richtigen Mädchens sei, auch durch die Ströme, die ihn durchbrausten, wenn er diese Hand in der seinen hielt, war er ganz überzeugt worden. So zog er die Peri noch näher zu sich heran und hauchte ihr zu: »Hast du meine Süßigkeiten verzehrt und gebührt dir dafür Strafe, so werde ich nun deine Süße kosten. Ist dann dein Vergehen gesühnt, du Wunderbare?« Es bedurfte keiner Worte als Antwort, nur der Duft der weiten Gärten sprach im Ausatmen auch seiner Süße.

Am nächsten Morgen, als der Padischah erwachte, lag auf dem Polster neben ihm nicht ein hell leuchtendes schönes Mädchenhaupt ... nein, ein kleines gelbes Vergißmeinnicht, fest eingehüllt in seine zarten grünen

Blätter. Er nahm es mit zärtlichen Händen und setzte es behutsam in die goldene Mondschale zurück.

Und so viele, viele Jahre! Am Tage eine kleine Blume, die sich wurzelfest an seine linke Schulter klammerte, in der Nacht ein goldenfarbenes Mädchen, das sich liebend an ihn schmiegte. Seine Feinde, deren er viele hatte, weil ihn sein Volk liebte und er es mit starker Hand gegen alle Angriffe verteidigte, verachteten und haßten ihn, wie schöne und besondere Menschen stets gehaßt werden. »Was ist das für ein Feigling«, sagten sie, »der sich der Hilfe von Geistern und des Zaubers bedient, um unangreifbar zu bleiben! Kaum hebt sich eine Waffe gegen ihn, so strecken sich von seiner Schulter lange grüne Schleier vor, werden zu Blättern, streichen hin und her, so daß man ihn nicht treffen und erreichen kann – böse Geister, Djinnen, wer weiß was noch! Und sieht man es nicht, daß er kein rechter Mensch, kein Mann ist, da niemand von einem Weib bei ihm weiß? Wer aber, so er ein sterblicher Mann ist und sich selbst achtet, lebte je ohne Weibesliebe? Böse Geister um ihn, diesen unguten Feigling!« So sprachen seine Feinde, und der Padischah wußte darum, lachte dessen heimlich. Denn was kannten sie von ihm, der allnächtlich die unvergängliche Jugend und Schönheit einer Peri im Arm hielt und sie liebte mit aller Kraft seiner starken Seele, mochte sie nun Weib, mochte sie Blume sein?

Viele Jahre so. Aber sei ein Sterblicher auch noch so sehr von Geisterhilfe beschützt – wenn die Stunde kommt, die ihm als letzte bestimmt ist, so bleibt alle Hilfe machtlos. Und auch dem Padischah schlug diese Stunde.

Droben im Karst war es, wo ihn sein unerbittlichster Feind, der Sultan Mehmed, stellte und wo es dem Schwert dieses Unbesiegten gelang, durch alles grüne Weben, das die linke Schulter des Angegriffenen umschwankte, hindurchzuschlagen und den verborgenen Sitz dieses stolzen Lebens zu treffen. Hoch hob der Sultan Mehmed sein siegreiches Schwert und schrie mit starker Stimme über das steinige Schlachtfeld fort: »Zu mir, alle zu mir her! Seht, da liegt er endlich, dieser feige Padischah, der uns so lange entwich, im Schutze seiner grünen Geister, da liegt er, ein Toter, ein Bezwungener! Aber ihm soll nicht das ehrenvolle Grab des Kriegers zuteil werden, ihm nicht! Zu lange hat er uns genarrt, nun soll er es büßen. Kommt her, meine Krieger, greift seinen Körper, hackt ihn in Stücke, und die Fetzen dieses Elenden werden den Hunden vorgeworfen werden. Macht euch daran, da liegt er!«

Während der Sultan Mehmed so sprach, hatten alle, die um ihn herumstanden, auf ihn und seine Worte geachtet, nicht aber auf den Toten. Als sie sich nun dorthin wandten, wohin die Hand des Sultans wies, da standen sie und schauten ratlos. Der Sultan Mehmed ward ungeduldig, schrie: »Nun also, worauf wartet ihr? Beginnt, tut, wie ich euch sagte, tut endlich so!« Einer aber der Krieger hatte die Kühnheit, den erzürnten Sultan zu fragen: »Vergib deinem Diener, Herr, aber wolle uns sagen, wo der Tote liegt, den du einen Feigling nennst, wenn auch seine Krieger seinen hohen Mut preisen. Wo liegt er, Herr und Gebieter? Zeige ihn uns, daß wir tun, wie du befohlen hast.«

Der Sultan wollte wieder aufbrausen, sah aber den Ernst der Frage erstaunt ein und trat näher zu dem Ort, wo der Padischah niedergefallen war. Dann stand er gleich seinen Kriegern ratlos und ohne Sprache da. Denn wo der Tote gelegen hatte, da webte es hin und her; wie vom Wind bewegte Blätter, die hierhin und dorthin sich wenden, sah es aus, und nichts als dieses war zu erkennen. Während sie aber noch stumm und reglos tief beängstigt

schauten, angerührt von etwas, das über Menschenver-
stehen hinausging, teilten sich die Blätter und unter ihnen
leuchtete es golden auf: eine kleine gelbe Blume hier,
eine andere dort, wieder eine und noch eine, und es war,
als seien es keine fest am Boden wurzelnden Blumen, als
sei es ein goldener Strom, der verborgen entspringe und
immer weiter ströme, nach allen Seiten hin sich verbreite:
Vergißmeinnicht. Ja, ein Strom von gelben Vergißmeinnicht, dann ein Meer von gelben Vergißmeinnicht. Wie
Wellen, wie Wüstensand im leichten Morgenwinde sich
wellengleich bewegt, so breiteten sie sich aus, die gelben
Vergißmeinnicht, strömten fort und fort über Stein und
Dürre hin, über gefallene Krieger, so Freund wie Feind,
alles verdeckend mit ihrer goldenen Flut.
Der Sultan Mehmed, ein Großer des Volkes, das die
Ehrfurcht kennt, stand stumm da und schaute über die
goldene Weite hin. Sein siegreiches Schwert senkte er in
die goldene Flut und sagte leise, andächtig: »Vergib mir,
Gesegneter, du warst kein Feigling. Möge Allah mir
gnädig verzeihen, daß ich dich schmähte, den er mit der
Fülle seiner herrlichsten Schöpfung umhüllt, auf daß
keine freventliche Hand dich berühre. Allah Kerim . . .
Allah Akbar! Kommt, gehen wir still von hier, zurück
zu unsren Pferden! Kommt! Wir kämpften gegen einen
Gesegneten, und er unterlag nach dem Willen des Kismet,
nicht nach unserem Verdienst.«
So schritten die Krieger schweigend von der geweihten
Stätte, wie seither viele schweigend an dieser Stätte des
unvergänglichen goldenen Blühens droben im harten
Karst daherschritten. Und auch du, Freund und Bruder,
wenn du einer der Unseren bist und kommst auf deinem
Pferde daher, unversehens hörst du den Anschlag seiner
Hufe nicht mehr, denn es geht lautlos zwischen grün und
goldenem Blühen dahin. Bist du einer der Unseren, so

hebst du deine Hände und sagst auch wie der Sultan Mehmed: »Allah Kerim ... Allah Akbar! Geweiht diese Erde, die so viel Blut trank, geweiht dem Gedenken all derer, die ihr Blut in die Heimaterde eintrinken ließen, geweiht im Leben der goldenen Vergißmeinnicht, die ewiges Gedenken sind ... Allah Akbar.«

Der Teppichweber

Einer ist, der webt und webt; er sitzt auf der Höhe des
höchsten Berges unter einem Baum, der so alt ist wie der
Berg, und er webt. Doch webt er in einen Stein hinein
und der Stein biegt sich in des Webers Hand, wird zu
Gebilde, zu Farbe und Gestalt, sinkt dann herab und
liegt am Boden neben vielen seinesgleichen. Auf dem
Webstuhl aber liegt sogleich ein neuer Stein, wird Gebilde, sinkt herab. Und so von Zeitbeginn zu Zeitende,
Bilder aller Geschehnisse menschlichen Seins eingegraben
in Stein, der wiederum zu Erde wird.

Der Weber aber ist blind, stumm und taub, und doch
erblickt er alles, was geschieht, hört er alle Stimmen
aller Zeiten und redet er leise, leise, ohne die Lippen zu
bewegen.

Was aber ist es, das er sagt, dieses Wort, davon die Steine
Leben bekommen, stumme Lippen Klang, taube Ohren
Ton, blinde Augen Gesicht? Es ist das Wort, davon alles
lebt, das Wort aller Schicksale, das Wort vom Zeitbeginn und Zeitende ... es ist: »ALLAH!«

Peri und Ifrit

Eine Peri und ein Ifrit hatten sich gegen das Gebot des
Gehorsams vergangen und waren zur Strafe auf eine
Wolke verbannt... will sagen die Peri auf eine und der
Ifrit auf eine andere, zwischen sich die Weite des Himmels. Es war ihnen als einzige Hoffnung genannt worden,
daß ihre Befreiung von der Strafe darin liege, ein irdi-
sches Paar zu finden, das sich in Liebe treu sei. Gelinge
ihnen das, so würden sie sogleich wieder vereint sein.
Nun aber saßen die zwei schon viele lange Zeiten auf
ihrer Wolke, und obgleich sie gesucht hatten und ge-
forscht, ein treues Paar Liebender hatten sie nicht gefunden. Da verkündete der Ifrit, durch die Lüfte rufend, er
habe einen Jüngling ausfindig gemacht, der schön und
über die Maßen reizvoll sei. »Kannst du, o Peri, ein
Mädchen finden, das ihm ähnlich schön ist, so wollen
wir versuchen, ihn ihr zu ihrem Lager zu bringen, und
sie soll ihn erblicken wie im Traume... könnte es nicht
geschehen, daß sie diesem Traumbild Treue hielte? Ich
bringe den Jüngling schlafend, du sage mir, wenn du das
Mädchen fandest.«
Es ist für eine Peri nicht schwer, die Schlummernden zu
erblicken, denn wenn der Mensch schläft, ist er dem
Reich der Geister nahe; so konnte sie auch bald dem
Ifrit zurufen, die Gesuchte sei gefunden, und schwebte
hinunter zum Lager der schönen Schläferin. Von der

anderen Seite her schwebte der Ifrit herbei, auf einem Teil seiner Wolke den Jüngling bringend. Waren sie nun auch einander räumlich nahe, diese zwei, standen sie auch nur so weit voneinander entfernt, wie es die Breite des Lagers erforderte, darauf das Mädchen ruhte, so vermochten sie es doch nicht, sich einander zu nähern. Sie konnten nicht zusammenkommen, denn zwischen ihnen stand ein unüberwindliches Etwas, das, wenn auch beweglich wie Wolkensaum, so doch undurchdringlich blieb.

Der Ifrit rührte den tief schlafenden Jüngling an, und er erwachte, wenn auch nicht so, daß er sich hätte erheben können. Er sah zur Seite und erblickte das schlafende Mädchen, das im Traume lächelte. Der Jüngling stützte sich auf einen Arm und schaute auf das liebliche Wesen neben sich. »Welch wunderbarer Traum«, murmelte er kaum vernehmlich, »wie vollkommen und wie unbeschreiblich schön bist du, o Schläferin! Welcher Schwung der Braue, welch reine Stirn und... ach, welch ein Mund! Von diesen Lippen und ihrer stummen Beredsamkeit ein Leben lang zu künden, wäre des Ruhms genug!« Da er sich näher zu der Schläferin beugte, berührte ihn der Ifrit aufs neue, und der Jüngling sank zurück, wieder tief in Schlummer eingehüllt.

Nun rührte die Peri das Mädchen an, und dieses sah sich erstaunt um, entdeckte neben sich den Schläfer. Sie setzte sich ein wenig auf und flüsterte: »O mein Traum, o mein Padischah, wie schön, wie herrlich schön bist du! Dich gibt es unter lebenden Männern nicht, doch bleibe ich deine Sklavin, du herrliches Traumbild der Liebe, mein Sultan!« Schnell, ehe sich das Mädchen allzunahe zu dem Jüngling niederbeugte, wurde es von der Peri berührt und sank schlafend zurück.

In die Wolke gehüllt, brachte der Ifrit den Jüngling wieder zu seinem heimatlichen Lager, und die Peri flog hinauf zum Sitz ihrer Verbannung. Als der Ifrit auf seine Wolke zurückkehrte, rief ihn die Peri an, ob er wohl glaube, daß es einen Sinn gehabt habe, was sie taten? »Wer weiß«, gab der Ifrit zur Antwort, »die Menschen sind seltsame Geschöpfe; möglich, daß sie einem Traumbild mehr Glauben schenken als der Wirklichkeit. Warten wir!«

Sie warteten. Und was geschah? Dieses: Der Jüngling war ein Dichter, und was er auch schrieb oder sang, alles pries die Schönheit seines Traumbildes, die Lieblichkeit des Mädchens, das er niemals berührte. Berühmt wurde er zugleich mit ihr, die er Lailah nannte und die von jungen Männern als das Vorbild weiblicher Schönheit gepriesen ward. Er selbst aber, der Dichter, konnte kein Weib umschlingen, ohne jenes Traumbildes zu gedenken, und niemals klang sein Liebesseufzer anders als »Lailah!«.

Das Mädchen aber? Ja, das Mädchen hatte keine Wahl. Es wurde vermählt mit einem Manne, den die Mutter aussuchte, und war pflichtgetreu sein Weib. Geheim in sich verschloß sie das Bild jenes Traumgesichtes, geheim in sich fühlte sie sich dem gehörig, der sie niemals berührte. An des Mädchens Herz, an des Weibes Seele konnte keiner heran, denn sie blieben verschlossen, diese Serails der Geheimnisse, und wurden von einem bewohnt, der ein Traum aller Vollkommenheit war und blieb.

Droben auf ihren Wolken fragten sich die Peri und der Ifrit, was geworden sein mochte aus dem, was sie taten? Und wie sie noch so fragten und zweifelten, erhob sich ein gewaltiger Sturm, der warm war und duftend und ihre Wolken zusammentrieb. Aus dem Sturm hervor aber klang eine große, eine brausende Stimme, die des Geniehs, der sie einstmals bestrafte. Die Stimme sagte:

»Törichte Kinder, was fragt und zweifelt ihr noch? Wißt ihr nicht, daß ihr ein Wunder vollbrachtet, da ihr zwei Menschen das Unerreichbare gabt? Da ihr der Welt der Menschen einen Dichter gabt und einer Frau ein ewiges Geheimnis? Das ist Treue, ihr, meine törichten Kinder, denn es vergeht nie.«

Das Brausen verhallte, die Wolken schmolzen ineinander, und niemand weiß mehr, was aus diesen zweien wurde, es sei denn, ein Blumenduft und ein Wetterleuchten...

Die Talismane des Ifrit

Armut, Verlassenheit und Elend sind die großen Begnadungen, einem Geschenk gleich, dessen Wert nur der versteht, dessen Herz Augen und Ohren besitzt. Für andere gleicht die Gabe einer Münze, die man nicht kennt, deren Wert in anderen Landen gilt und deren Besitz dennoch zum Hungern verurteilt. Die aber, deren Gabe solche Güter sind, schauen auf die von ihnen Beschenkten. Wo sie entdecken, daß das Mitfühlen mit den Geschöpfen, die stumm leiden, jenen, die man nicht Brüder, nein, Tiere nennt, aus dem eigenen Leiden hervorwuchs, da nahen sie sich und zeigen den Verstehenden des Lebens lachende Seite.

Oftmals nun trifft es sich, daß auch ein Ifrit, der freundliche Geist der Lüfte und Wasser, von denen bekämpft wird, die dem Dunkel und der Hortung des Goldes verhaftet sind, den Djinnen und den Dews. Dann will es das Gesetz aller Dinge, daß nur der, der zwischen den Geistern webt und ist, der Mensch, ein Helfer sein kann. Und so sucht der Ifrit, dem Unrecht geschah, den helfenden Menschen zu erkennen dadurch, daß er sich ihm in der Gestalt eines leidenden Tieres naht.

Arm, verlassen und elend war Achmed immer gewesen. Er konnte sich an keine Stunde seines jungen Lebens erinnern, da er nicht gehungert hätte, und an sehr wenige, da er nicht mit Fußtritten fortgejagt worden wäre, wenn er, vom Duft des frischen Brotes unwiderstehlich angelockt, sich mit stummer Bitte dem Verkaufsstand nahte. An diesem Tage nun war ihm das Kismet gut gesinnt gewesen; denn unmittelbar vor seine Füße, wo er nahe dem Tore eines Karawan-Serail am Boden hockte, war ein Stück Brot niedergefallen. Achmed sah die herrliche Gabe liegen, aber er bückte sich nicht sogleich danach, denn er fürchtete sich vor dem Fußtritt, der ihn lohnen würde, so der Besitzer des köstlichen Stückes zurückkehrte, es sich zu nehmen. So wartete er, bangen Blickes sich nach allen Seiten umschauend, und erst als geraume Zeit vergangen war und niemand sich näherte, wagte Achmed es, sich zu bücken und das Stück Brot aufzunehmen. Sorgfältig säuberte er es vom Staube, hielt es sich vor die Augen, sah es dankbar verehrend an, murmelte den Namen Allahs, der es ihm schickte, und wollte hineinbeißen.

Da fühlte er eine leichte Berührung am Knie, hörte ein feines, müdes Winseln; er sah herab und erblickte einen kleinen Hund, der in Wahrheit ein Bild des Jammers war. Er schien sich kaum mehr auf den Beinen halten zu können, und alle seine Knochen waren unter dem struppigen Fell sichtbar. Auch hatte er Angst, schreckliche Angst, denn als Achmed zu ihm herabsah, wich er sogleich zurück und blieb mit eingezogenem Schwanz abseits wartend stehen. »Genau wie ich ist er, hat Angst vor Fußtritten und Hunger, der Arme. Mein Bruder ist er. Komm her, komm zu mir, wir essen das Brot zusammen, komm!« Diese letzten Worte sprach Achmed vernehmlich, aber doch so leise, daß das elende Tier nicht erschrecke. Der Hund kam vorsichtig näher, blieb stehen, schaute aus trüben Augen zu dem Knaben auf, kam dann ganz nahe. Achmed beugte sich vor, griff nach dem Hund, der zwar zusammenschrak, es sich aber doch gefallen ließ, hochgehoben zu werden.

Der Knabe nahm ihn in die Arme, hielt ihn an sich gedrückt, sagte leise: »So, jetzt essen wir zusammen das gesegnete Stück Brot, kleiner Bruder. Da, nimm!« Und er brach ein Stück ab, gab zuerst dem Hunde, nahm dann eines für sich und so fort, bis das Mahl beendet war. Der kleine Hund hatte sich warm und vertrauend an den Knaben geschmiegt, und den durchströmte ein seltsames Wohlbehagen bei der Berührung dieses kleinen Bruders. Er hielt ihn an sich gepreßt, sagte: »Es wäre schön, wenn du bei mir bliebest, kleiner Bruder. Wir würden nicht so frieren, des Nachts schliefen wir zusammen, und sicher fände ich für dich und mich auch immer ein weniges, den Hunger zu stillen. Bleibst du bei mir? Sage!« Nun sagte der Hund zwar nichts, aber er beugte sich näher und leckte des Knaben Hand. Und dieses war in Achmeds Leben die erste Liebkosung, die ihm zuteil ward. Ihm stürzten die Tränen aus den Augen, er legte seinen Kopf auf den des Hundes, und ganz plötzlich war er eingeschlafen. Und träumte, sah und hörte dieses:

Er befand sich in einem großen und hellen Raume, und vor ihm stand ein Jüngling von großer Schönheit, der ihn so gut und warm ansah, wie es noch niemals ein Mensch getan hatte. Der Jüngling sagte: »Komm mit mir, Achmed, ich will dir etwas zeigen, das mein ist und mir geraubt ward. Komm!« Er nahm Achmed bei der Hand und führte ihn durch weite Gänge hin zu einem Tor, das aus einem goldenen Gitter bestand. »Blicke hindurch! Was siehst du?« fragte der Jüngling. Achmed schaute und berichtete: »Ich sehe einen Saal, in dessen Mitte ein Ruhebett steht. Ein Mädchen liegt darauf und schläft.« Der Jüngling fragte wieder: »Und was ist noch

zu sehen? Was erblickst du in ihrer Nähe? Sage es mir.«
Achmed war verwundert, daß der Jüngling ihn so fragte,
der doch neben ihm stand und alles gleich ihm sehen
mußte; aber als er sich zu dem schönen Jüngling umwandte, bemerkte er, daß dessen Augen geschlossen
waren. Wohl seltsam, aber doch im Traume nicht so
erstaunlich. So zählte denn Achmed auf, was er nahe
dem schlafenden Mädchen erblickte. »Neben ihrem Lager befindet sich ein niederer Tisch, darauf glänzt es von
seltsamen Dingen, die ich nicht kenne, aber sie sind
wie die Lampen in den Moscheen. Ich glaube, es sind
Vögel, o ja, es sind Möwen, wie sie über den Wellen
fliegen, aber sie sind aus etwas, das glänzt und scheint,
ja, wie Licht. Und es blendet, und ich sehe nichts mehr«,
sagte Achmed und wachte davon auf, daß der kleine
Hund ihm wieder die Hand leckte. »Mein kleiner Bruder«,
sagte der Knabe, »wie schön, dich zu finden beim Erwachen! Gehen wir von hier und schauen, ob uns das
Kismet noch etwas zu essen beschert! Auch weiß ich
einen Brunnen nicht weit entfernt, wo wir unsren Durst
löschen können. Nein, halt still, ich trage dich, kleiner
Bruder, noch bist du zum Gehen zu schwach.«
Als sie so gingen, geschah es, daß der kleine Hund immer
wieder seltsame Bewegungen machte, wenn sie an
Stellen kamen, wo sich Wege kreuzten oder die Richtung
sich änderte. Dann hob er sich in Achmeds Armen hoch,
stieß mit dem Kopf an des Knaben Schulter und schien
auf diese Art deutlich anzuzeigen, daß er auf einen bestimmten Weg weisen wollte. Zuerst verstand Achmed
nicht, was das zu bedeuten habe, aber dann lachte er,
sagte fröhlich: »Mein kleiner Bruder will, daß wir dort
entlang gehen? Nun, mir ist alles recht, so gehen wir
denn.« Ein leises zufriedenes Bellen folgte, und das
Ganze wiederholte sich oftmals, bis Achmed, auf diese

Weise geführt, zu seinem Erstaunen auf einem weiten Platz stand, auf dem gerade eine Karawane zusammengestellt wurde.

Hinlänglich bekannt ist, daß sich zahlreiche Reisende mit ihren Tieren den Karawanen anschließen, die von Bewaffneten begleitet werden; denn auf diese Art können solche, die nur mit drei oder vier Tieren reisen, auch eines Schutzes gewiß sein.

Achmed und sein kleiner Bruder standen dort und sahen zu, wie sich unter viel Geschrei und Unruhe die verschiedenen Zusammengehörigkeiten zu einem Ganzen bildeten. Einige Kamele ruhten noch am Boden, wurden beladen, trugen auch schon die Tragsessel, in denen, hinter Vorhängen verborgen und wohl behütet, die Frauen zu reisen pflegen. Ohne dessen gewahr zu werden, ganz beschäftigt mit dem Betrachten des bewegten Bildes, stand Achmed in nächster Nähe einer solchen Haudah, da er vor bereits aufgestandenen Kamelen hatte zurückweichen müssen. Er erschrak heftig, als sich aus den Vorhangsfalten dieser Haudah eine Hand vorstreckte und den Hund in seinem Arm streichelte. Zugleich rief eine eigenwillige junge Frauenstimme: »Sieh nur das seidenweiche entzückende Tier, o meine Mutter! Laß es mich haben, ich bitte dich, kaufe es dem Bettlerknaben ab, ich bitte dich!« Achmed hörte die Worte, schickte sich an zu lachen, daß sein kleiner Bruder im Elend seidenweich und entzückend genannt wurde, blickte auf den Hund in seinem Arm herab und hätte ihn beinahe fallen lassen vor Staunen, Schreck, Nichtbegreifen. Denn das arme, magere, elende Tier, das er seinen kleinen Bruder genannt hatte, war verwandelt in ein weißes Hündchen, dessen Fell glänzte und weich war, dessen Augen hell und klar schauten, das warm und schmiegsam auf seinem Arm saß und eben wieder, wie um Vergebung bittend für den zugefügten Schreck, die haltende Hand leckte.

Wieder kam die Mädchenhand aus dem Vorhangspalt hervor, strich liebkosend über das weiche Fell, und die helle junge Stimme begann von neuem mit Fordern und Betteln. Verärgert antwortete eine ältere Frauenstimme, und als sich das Fordern zu immer lauterem Rufen erhob, kam ein würdiger Mann daher, der bisher nahe einem anderen, noch liegenden Kamele gestanden hatte. »Was geht hier vor? Was schreist du so, Melek? Es ist eine Schande, daß deine Stimme weithin zu vernehmen ist. Sei still nun, meine Tochter, ich befehle es dir!« Aber diese Melek, fälschlich mit dem Namen der Engel belegt, gab sich auch dem Befehl des Vaters gegenüber nicht zufrieden. »Ein Hund, Herr Vater, ein entzückender, seidenweicher kleiner Hund! Sieh ihn nur an, ich bitte dich! Kaufe ihn mir, o tu es! Der Bettlerjunge verkauft ihn dir gewiß.« Der Vater, offenbar an die Launen der verwöhnten Tochter peinlichst gewöhnt, wandte sich an Achmed, fragte: »Wieviel verlangst du für das Tier?« Der kleine Hund verkroch sich tief in die haltenden Arme, und Achmed sagte: »Ich verkaufe ihn nicht.« Hell kreischte das Mädchen Melek auf, und der Vater hielt sich die gepeinigten Ohren zu. »Djanoum, Knabe, nenne deinen Preis, damit es Ruhe gibt.« Achmed wiederholte ruhig: »Ich verkaufe ihn nicht.«

In diesem Augenblicke wurde der Ruf hörbar, der immer die Kamele zum Aufstehen veranlaßt. Schon erhob sich das Tier mit der Haudah der Frauen, und wieder schrie das Mädchen auf. Da packte der gequälte Vater Achmed am Arm, zog ihn mit sich fort, ging nahezu laufend zu einem nahe dem seinen noch liegenden Tiere, rief zu dem droben hockenden Diener hinauf: »Selim, nimm diesen Knaben und seinen Hund mit dir, bewahre ihn bis zu unsrem ersten Halt. Hinauf, du, sonst steht das Tier, ehe du oben bist.« Achmed tat, wie ihm befohlen wurde, drückte seinen kleinen, so seltsam verwandelten Bruder fest an sich und hockte sich hinter den Diener Selim. Ihm war es ganz gleich, wo er sich befand, ob dort, ob hier, Hunger gab es allerorten. Und dann erhob sich das Kamel fast sogleich, tat langsam und wiegend den ersten Schritt und war eines von vielen, die der sinkenden Sonne entgegenzogen. Kismet.

Während nach einigen Stunden, davon Achmed nicht wußte, ob es viele, ob wenige gewesen waren, die Karawane sich ihrem nächtlichen Lagerplatz näherte, genoß der Knabe das ihm zum ersten Male bescherte Fühlen und Erblicken der unbegrenzten Ferne. Dieses Erleben bestimmte sein ganzes künftiges Leben, was nicht verwunderlich ist, wenn sich ein Menschenkind ganz in der so nebelhaft scheinenden Führung befindet, die doch klar und sicher ist und die wir Kismet nennen. Was aber ist ein Wort? Atem, dem Munde entlassen, Vorhang, das Fühlen verbergend. Und solcherart wäre es auch ehrfurchtsvoll erlaubt zu sagen: hier führte Allah eines seiner bescheidensten Kinder. El hamd.

Am Lagerplatz angelangt, entstand die übliche Unruhe und Verwirrung, und niemand achtete auf Achmed. Was macht ein bettlerhafter Knabe mehr oder weniger aus? Wen betraf sein Vorhandensein? Mochte der, der seine Dienste bezahlte, auf ihn achten.

Doch eben diesen, der seine Dienste bezahlte, gab es nicht, wohl aber jene, die durch ihre schrille junge Stimme den Bezahlenden zur Unterwerfung zwang. Maschallah, wie viele Frauen gibt es, die an der Unachtsamkeit ihres Eheherrn gerächt werden durch ihre Töchter, in deren Händen er nichts ist als eine weichgekochte Maisschote! Und so schrie auch diese junge, fälschlich

Melek Genannte gleich, nachdem sich die Kamele niedergelegt hatten, nach dem Hund, dem Tier mit dem weichen Silberfell, »den ich haben muß!«.

Achmed vernahm erschreckt die ihm schon verhaßte, die fordernde Stimme, drückte die Wärme des kleinen Bruders enger an sich und sah auf den kleinen Hund herab, den er während des Reitens nur gefühlt, nicht gesehen hatte. Da durchzuckte ihn ein heißer, ein froher Schreck, denn der kleine Hund sah ebenso verhungert, ebenso verkommen aus, als da er ihn zum ersten Male erblickt hatte, und... djanoum... war es so oder war es nicht so: vermochte er wirklich zu lachen? Er hatte die Oberlippe über die Zähne zurückgezogen, und jetzt erst sah Achmed, welch schöne, weiße, ebenmäßige Zähne sein kleiner Bruder hatte. War es denkbar oder sah es nur sein heiter liebender Sinn: der kleine Bruder kniff ein helles Auge zusammen und gab mit seinem Kopf der Armbeuge, in der er ruhte, einen sanften Stoß in Richtung auf die fordernd rufende Engelstimme hin. Achmed, ein Knabe, der vom Hungern gelebt hatte, der verstand, worum es ging auf dieser runden Erde, preßte den spitzen Kopf des Hundes noch etwas weicher an sich und sagte leise: »So spielst du, kleiner Bruder? Gut denn, ich spiele mit!« und ging stolzen Schrittes, ein Sieger und ein Held, dorthin, woher die schrille Engelstimme erklang.

Er verneigte sich geziemend vor der noch nicht entladenen Haudah, sagte ehrerbietig: »Du hast mich und meinen Hund befohlen, Herrin?« und hielt den armen, den verhungerten, den struppigen kleinen Bruder zur Besichtigung an die Vorhänge der Haudah hoch. Schnell aber entfernte sich Achmed wieder, denn aus der Haudah flog ein Schuh, es ist wahr, ein schön in Gold gestickter kleiner Schuh aus blauem Samt, aber dennoch flog er so, wie ein beliebiger Schuh eben fliegt, der nicht als Bekleidungsgegenstand dient, sondern als Waffe der Waffenlosen. Zugleich erging sich die Engelstimme in Äußerungen über die Verworfenheit der Welt im ganzen, die ihres Vaters im besonderen und die noch hinzukommende Verhöhnung durch einen Bettlerjungen, der die Frechheit besitze, ihr einen von Läusen zerfressenen Stinkköter als den seidenweichen, lieblichen Hund ihres Verlangens anzubieten.

Mit Gedankenschnelle entfernte sich Achmed aus der Engelsnähe und war allsogleich im Gewimmel der immer zahlreichen Gefolgschaft einer Karawane verschwunden. Er setzte sich in der Oase unter einer entfernten Palme nieder, den kleinen Bruder immer sorgsam haltend. Dann sagte er leise, so wie man gewohnt ist fast lautlos die Worte des Herzens mit eines Atems leichtem Hauch aus der engen Brust zu entlassen: »Höre mir zu, du mein Gefährte und Freund, denn ich beginne nun zu verstehen.« Der kleine Hund schmiegte sich fester in die haltenden Arme der Liebe und schaute wie wartend auf den redenden Mund. »Du hast, um uns zu führen, mir den Weg gewiesen; du machtest dich weich und lieblich für die Gier dieses Mädchens, und so kamen wir bis hierher; du wurdest dann wieder ärmlich und zur Unbegehr, auf daß du bei mir bliebest... ist es nicht so?« Der kleine Hund reckte sich hoch und leckte zart die Wange des Knaben. »Nun siehst du, mein kleiner Bruder, wir verstehen uns. Da es bisher so geschah, wird auch weiterhin vieles sich ereignen, und du und ich, wir werden nun der Ruhe pflegen, bis daß die Hand uns weckt, die uns hierher leitete und uns den Weg weist, den wir zu gehen bestimmt sind. Allah akbar.«

Mit diesem Worte des Dankes und des Erkennens rollte sich Achmed zusammen, wie er es zu tun gewohnt war gegen Kälte und Hunger, obgleich er die zwei grimmigen

Feinde eben jetzt nicht verspürte. Er nahm den kleinen Bruder noch näher in seine Umschlingung und war sogleich eingeschlafen.

Nichts wußte Achmed von dem Hin und Her des Lagers, nichts auch davon, daß über der Stelle, wo er ruhte, unversehens und ohne wissentlich erkennbare Ursache ein Zweig der Dattelpalme, unter der er lag, abbrach und sich über ihn und den Hund legte, dabei sanft und zart verfahrend, daß sie beide völlig verdeckt und verborgen waren. Achmed schlief tief und vertrauend in der Hand Allahs geborgen, und der kleine Hund gab ihm Wärme und Zweisamkeit.

Und wieder träumte Achmed. Er stand vor der goldenen Gitterpforte wie ehemals, aber sie war geöffnet. Neben ihm war wieder der schöne Jüngling, der ihn so warm und liebeströmend angeschaut hatte, dessen Augen aber nun, wie einmal schon, wieder geschlossen waren. Er ließ die Hand los, die er in der seinen gehalten hatte, und sagte mit ruhiger, fast bittender Stimme: »Geh nun hinein, du mein kleiner Menschenfreund, und hole mir meine Talismane, die lichten Möwen. Du mußt wissen, ich kann den Raum nicht betreten, denn ein Dew hat mich an eine Grenze gebannt, über die ich nicht gelange. Doch war ich einstmals ein freier Geist über den Meeren, und die Schwingen jener Möwen sind die meinen. Nun bannte er mich in Menschengestalt, dieser Dew, und schenkte meinen Geist, meine Schwingen jenem von ihm begehrten Mädchen, das dort ruht. Er lachte, als er es tat, und sagte: ‚Ehe du nicht bei den Menschen ein Lebendes findest, das Elend und Hunger mehr liebt als Glanz und Pracht, ehe wirst du deine Schwingen nicht wieder erhalten.‘ So sagte er. Nun fand ich dich, Achmed, und ich weiß, wie sehr du gehungert hast. Du wirst Genügen und Reichtum grüßen, ist es nicht so? Niemals mehr wirst du hungern noch dürsten. Geh und hole mir meine Schwingen. Gib mir den Hund, denn ich bin er, wenn er auch nur ein kleiner Teil von mir ist, der erdgebundene. Gib ihn mir.«

Achmed hatte sich diese vielen Worte angehört und von ihnen allen nur dieses wirklich aufgenommen: gib mir den Hund... Er reckte sich jetzt in seinem Traume auf, fragte eindringlich: »Warum muß ich dir meinen kleinen Bruder geben? Ist es nicht erlaubt, ihn mitzunehmen und dir dennoch deine Schwingen zu bringen, o Ifrit?« Aber der Ifrit schüttelte seine sonnenhellen Locken, sagte, den Kopf hocherhoben, mit geschlossenen Augen wie weltenweit suchend: »Es ist unmöglich. Dein Lieben hat dem kleinen Hunde Blut von dir, Kraft von dir gegeben, und er wäre ein Gewicht, das dich beschweren und dich meine Schwingen nicht ergreifen lassen würde. Gib mir den Hund, ich werde ihn vernichten, diesen meinen schweren Menschenteil, um der Tragkraft meiner Schwingen willen. Gib ihn, sage ich dir!« Aber Achmed, in seinem Traume, vernahm wieder nur wenige Worte, und diese waren: ich werde ihn vernichten... Das einzige, das ihm jemals Gefährte gewesen war, das Wesen, das ihm seines Lebens erste Liebkosung gegeben hatte, das wollte dieser schöne, dieser grausame Jüngling vernichten?

Immer noch hielt er in seinem Traume den kleinen Bruder fest umschlossen, drückte ihn an sich, sagte so ruhig, wie man spricht, wenn man vermeint, nicht mehr viele Worte dieses Lebens aussprechen zu können: »O Ifrit, dem ich Dank schulde, vergib diesem Armen, der vor dir steht, aber begreife mich: ich bin willens, dir deine Schwingen zu holen, wenn es nicht anders ist, mit meinem Blut und Leben. Aber Reichtum will ich nicht, und den Hund gebe ich dir nicht. Vergib und zürne nicht.« Der Ifrit öffnete seine Augen voll Schreck, rief: »Nun ich dich fand, der Mitleid fühlte, nun du der bist, mir zu helfen, nun verweigerst du dich mir und meiner Not, Undankbarer?« Achmed war traurig, im Traume, da er fühlte, er gebe dem Ifrit nicht, was der zum Dank verlangen konnte, sagte leise und bedrückt: »Reichtum, den du mir schenken willst, begehre ich nicht; ein wenig Brot und Wasser an jedem Tage genügt uns, dem kleinen Bruder und mir. Willst du mich aber vernichten mit deinem Zorne, o Ifrit, so tu es. Den Hund aber gebe ich dir nicht!«

Das nun schrie er heraus, und von seinem eigenen Traumschrei erwachte Achmed. Er wollte sich aufsetzen, spürte aber den behindernden Zweig der Palme und schob ihn beiseite, um durch die Blätter zu spähen. Da aber erschrak er, denn er sah nichts von der Karawane, nichts vom Lager, und es war schon heller Tag. »Kleiner Bruder, wir sind vergessen und allein!« rief Achmed, lachte aber dazu, denn neben sich sah er einige Datteln liegen, und das Wasser der Oase war nicht weit. Zögernd und zweifelnd entfernte er den Kern einer Frucht, hielt das Fleisch dem kleinen Hunde hin und war erstaunt zu sehen, daß es eifrig verzehrt wurde. So stillten sie gemeinsam Hunger und Durst, doch blickte sich Achmed nun ratlos um, suchte in der Weite der Wüste etwas zu erspähen, was einer sich nähernden Karawane gliche, konnte jedoch nichts entdecken, vermißte auch plötzlich den kleinen Hund. Sehr beunruhigt begann er ihn zu suchen; da sprang das kleine Tier plötzlich herbei, packte einen Zipfel von Achmeds ärmlicher Kleidung, riß daran, sprang fort, kam wieder, tat das gleiche. »Kleiner Bruder, siehst du nicht, daß es schon Fetzen sind, die ich an mir habe, mußt du es noch schlimmer machen? Nun ja, ich habe verstanden, ich komme, führe du mich.«

Aufgeregt hin und her springend, brachte der Hund Achmed ein kleines Stück von der Oase entfernt zu einer der zahlreichen, sich oft während weniger Stunden bildenden Dünen, und dort, niedergesunken in ihrem spärlichen Schatten, lag ein Esel. Achmed erschrak, kniete nieder bei dem Tiere und sah, daß es an einem seiner zierlichen Füße eine häßliche Wunde hatte. Fast sah es aus, als sei sie durch den Biß eines Kamels verursacht, und es war vermutlich erst vor einiger Zeit geschehen, kurz vor dem Aufbruch. Vielfach kam es vor, daß ein unbrauchbar gewordenes Tier zurückgelassen wurde und langsam verendete.

Nun ist es nichts Ungewöhnliches, daß die einsamen Kinder der Straßen es verstehen, ihre durch Steinwürfe oder Hundebisse verursachten Verwundungen selbst zu pflegen, da sich doch niemand ihrer annimmt – und auch Achmed wußte mit dergleichen umzugehen. Kräuter galt es zu finden; aber was gab es hier solcherart mitten in der Wüste?

Doch er ging suchen und fand dann auch nahe dem Wasser, was er brauchte, feuchtete die Kräuter an und ging zum Esel zurück. Von seiner schmalen Leibbinde riß er ein Stück ab und band die nassen Kräuter um das wunde Bein. Dann holte er in seinem Fez Wasser und ließ den Esel trinken. Der kleine Hund begleitete alle Wege, und bald hatte der Esel die Angst vor dem Menschen überwunden und ließ sich alles gefallen. So verging der Tag, dessen Hitze in der Oase erträglich war, und gegen Abend schon erhob sich das Grautier und hinkte selbst zum Rande des Wassers. Nachdem auch während der Nacht in ihrer erfrischenden Kühle die Wunde sorgfältig behandelt worden war, stand der Esel am Morgen schon wieder fest auf den Beinen.

Ermüdet von all dem Hin und Her verfiel in der Frühe Achmed in einen unruhigen Schlaf, sah wieder das goldene Gittertor seiner Träume und hörte eine Stimme sagen: »Wenn die Sonne sinkt, zieh ihrem Lichte nach und komm zu mir mit deinen Tieren. Sei ohne Bangen, der Weg ist gebahnt.«

Was kann der Mensch mehr verlangen als Datteln und Wasser? Achmed war zufrieden, dachte nur darüber nach, wie er ein Behältnis für Wasser finden könne, wenn er nun in die Wüste zog, denn wer wußte, wie lang die Reise währen würde? So begann er alles zu durchsuchen, was die Karawane zurückgelassen hatte an Unbrauchbarem, und entdeckte eine Blechdose, die Zucker enthalten haben mochte. Auf diese Art ausgerüstet, mit dem sattellosen Esel und dem kleinen Hund, begann Achmed die Wanderung in die Weite der Wüste, wie ihm träumend befohlen worden war, der sinkenden Sonne nach. Immer wieder schwang er sich auf des Esels Rücken, wollte den kaum Geheilten jedoch nicht zu lange belasten und ging dann ein Stück weit nebenher, den kleinen Hund im Arm. Er wußte auf diesem Wege nie, ob er wache, ob er träume, denn es war, als bildeten die Strahlen der sinkenden Sonne einen Pfad, und Achmed wollte scheinen, er könne den Weg nicht verfehlen; wenn er auch nicht ahnte, wohin er führte. Als es zu dunkeln begann, übernahm der Mond die Führung, und noch ehe er versank, sah Achmed vor sich ein hohes Serail aufragen.

War es Wirklichkeit, war es Spiegelung? Näher kamen sie und näher, und dann standen die gewaltigen Mauern aus dem Dämmern vor dem Knaben auf, und es war Wirklichkeit, wenn auch eine traumgleiche. Denn kein Mensch war zu sehen, kein Anruf erscholl, kein Tor war verschlossen. Achmed, der Esel und der Hund kamen durch weite Höfe, sahen in hohe Gemächer, erblickten nichts Lebendiges. Plötzlich aber blieb der Knabe stehen, griff sich erschreckt ans Herz, das klopfte, als habe er einen großen Lauf getan, denn vor ihm zeigte sich die goldene Gitterpforte seiner Träume. Wie suchend blickte sich Achmed um, und als er es tat, fühlte er seine Hand ergriffen, und neben ihm stand der schöne Jüngling. Seine Augen waren offen und sahen den Knaben so warm und gütig an wie beim ersten Treffen, und er sagte: »Bist du nun gekommen, Achmed, mein kleiner Menschenfreund, und hast wieder ein Wesen mitge- führt, dem du Hilfe gewährtest? Sieh nur, welch schönes, edles Tier es ist!«

Achmed wollte erwidern, daß es sich um einen armen, müden Esel handle, sah sich aber doch um und stieß einen Ruf des Erstaunens aus, denn dort stand nicht der Esel, dort stand ein junges weißes Kamel, wohl das seltenste und kostbarste aller unserer Tiere. »Wie denn aber... wo ist der Esel?« fragte Achmed ratlos. »Und sage mir, ist es an dem, daß ich dir deine Schwingen holen soll und du mir meinen kleinen Bruder nehmen willst, o du grausamer Ifrit?« Der Ifrit sah auf Achmed herab, lächelte und sagte: »Daß du mich grausam nennst, ist erheiternd. Ich gab dir vieles, und du willst mir nicht den Dienst erweisen, den nur eine Menschen- hand, die deine, mir tun kann? Um eines Hundes willen nicht?« Der kleine Hund in Achmeds Arm drückte sich fest an den Knaben. »Habe keine Sorge, ich gebe dich nicht her, mein kleiner Bruder, nur mit dir gemeinsam gehe ich diese Schwingen holen, komm!« Er stieß mit dem Fuß gegen das goldene Gitter, das sich öffnete mit einem Geräusch wie ein Seufzer, tat drei Schritte und war an dem niederen Tisch bei dem schlafenden Mäd- chen. Ein Griff, und er hielt die zwei aus Edelgestein gebildeten Möwen in Händen, warf sie hoch und dem Ifrit zu, der am Gitter stand und sie auffing.

Im gleichen Augenblick sank alles fort. Kein Mädchen, kein Gitter, kein Serail, kein weißes Kamel, nichts. Wüste, nur Wüste. Hoch oben in der Luft aber, wo wohl niemals noch Möwen gesegelt waren, da schwebten sie, kreisten über Achmed, stießen ihre schrillen Schreie aus, blieben über ihm. Er hielt den kleinen Bruder im Arm und begann seine Wanderung, folgte dabei dem Flug der Möwen und fand sich bald, er wußte nicht wann oder wie, am Meeresufer.

Die Möwen kreisten und ließen sich nieder auf der Mastspitze eines Bootes, das näher kam, dann mit stoßendem Kiel nahe vor Achmed landete. Ein Mann stand am Bootsrand, der glich dem Ifrit und rief winkend: »Steig ein, Achmed, ich kam dich holen. Reich' mir die Hand, ich ziehe dich zu mir.« Achmed tat einen Schritt auf das Boot zu, fühlte den Griff einer starken Hand, stand neben dem Manne. Das Boot stieß in See, Segel geschwellt, ob auch niemand zu sehen war, der es bediente. Hoch oben im Blau kreisten die Möwen, und ihr heiserer Ruf erfüllte die Ferne.

Achmed stand und hielt seinen kleinen Bruder warm an sich gepreßt, sagte leise, herabgeneigt zu dem schmalen Kopf des Hundes: »Nun siehst du, wir bleiben beisammen und es geht in die Weite, die schöne, die freie Weite, mein kleiner Bruder...« Der Hund leckte die Wange des Knaben, und dem wurde sehr leicht und sehr froh. Er legte sich nieder auf das Deck, sah in den Himmel hinauf, folgte mit dem Blick dem Flug der Möwen, weit, weit, so weit... flog er nicht selbst? War er noch dieser Knabe, war der kleine Bruder noch ein Hund? Flogen sie nicht alle zusammen im Blau dahin, weit und weiter hinauf? Und ging der Weg ihres Fluges nicht nahe dorthin, wo alle Flüge enden, zu Füßen Allahs? O Freiheit, o Schönheit, o Weite!

In einer Oase, die von Karawanen selten besucht wird, lag ein toter, wunder Esel. Auf ihm ruhte ein Knabe, ein müder, bleicher, der einen kleinen mageren Hund im Arme hielt. Auch sie lebten nicht mehr. Eine Palme, zur Nacht von einem Shimum umgerissen, lag über den dreien, deckte sie. Über alles aber hatte der Shimum seinen Sand ausgestreut, und es ward solcherart eine Düne gebildet, so daß die drei unberührt blieben.

Wer aber sagt, sie seien tot, der irrt. Denn wo immer ein Tier zu leiden hat, hebt sich stets irgendwo eine Stimme, die leise sagt: »Warte ein wenig, Bruder auch du, Achmed kommt, dir zu helfen.« Und verstohlen streicht eine Hand heilend über des Tieres stummes Weh.

Der Sumur-Anka

Mehmed saß, wie er es immer tat, am südlichen Eingang
des Bazars auf dem Boden und wartete darauf, daß eine
Karawane, deren üblicher Einritt von hier aus stattfand,
ihm einen kleinen Verdienst gewähren würde. Es kam
vor, daß er ein Reittier zu halten, einen Botendienst zu
verrichten hatte oder auch ohne jede Gegenleistung
einige Kupfermünzen zugeworfen bekam: »um der Liebe
Allahs willen«!
Mehmed war sehr arm, aber das waren viele; er wußte
von keinen Eltern, keinen Geschwistern, aber auch das
war nichts Ungewöhnliches. Wie viele Knaben gab es
gleich ihm! Das einzige, worauf man zu achten hatte,
war, daß man keinem Sklavenhändler in die Hände fiel,
seien diese Hände auch scheinbar die eines Wohltäters
und hilfreichen Freundes. Sonst war alles recht. Man
saß in der Sonne, der Boden war warm, das Leben war
bunt und heiter, und so weh wie heute tat der Hunger
nur ganz selten. Aber Mehmed glaubte an den »Freund
und Beschützer«, den Propheten, der so viel bei Allah
galt, daß er stets für seine Kinder die erbetene Hilfe
erhielt. Freilich heute... heute war es schon lange über
die Mittagsstunde, und kein Schatten eines Kamels hatte
die Südpforte noch verdunkelt. »O Allah, mich hungert!«
sagte Mehmed ganz leise, so leise, daß nicht ein Sandkorn
von seinem Atemhauch bewegt wurde. Ebenso leise

sagte eine kleine, zarte Stimme zur Antwort: »So iß, wenn dich hungert.« Nach allen Seiten sah Mehmed sich um, wer ihm das wohl zugeflüstert habe, aber er konnte niemand entdecken. Da zupfte ihn etwas an seinem Lendentuch, und als er hinsah, erblickte er eine winzig kleine Hand, in der ein Pistazienkern lag, kaum größer als die kleine Handfläche selbst.

Mehmed nun, an vielerlei gewöhnt, wie es das Leben eines solchen kleinen einsamen Abenteurers verlangt, fürchtete sich weder vor Mensch noch Tier, aber jetzt wurde ihm doch etwas seltsam zu Sinne, und er rief laut, um sich Mut zu machen, ganz laut: »Zeig dich, ob du Djin bist, ob Dew, zeig dich!« Da sagte das hauchleise Stimmchen wieder ganz nahe seinem Ohr: »Was schreist du denn so? Iß erst einmal, daß dein Hunger dir vergehe!« Das klang so nett und freundlich, und Mehmed sagte sich, was es schon ausmachen könne, einen Pistazienkern zu essen, spürte man das doch gar nicht und sättigte es nicht einmal einen Spatz. So nahm er, immer noch etwas zögernd, den kleinen Fruchtkern aus der winzigen kalten grauen Hand. Der Pistazienkern war schon geröstet, gesalzen und wohl bereitet und schmeckte so gut, wie Mehmed noch niemals einen gekostet hatte. Kaum hatte er ihn verzehrt, als auch schon all sein Hunger vergangen war! »Maschallah!« sagte Mehmed erstaunt, »wer du auch seist, du geheimer Geber, du verstehst zu schenken! Zeige dich, auf daß ich dir danken kann, nun, zeige dich doch...«

Da kroch hinter dem Stein hervor, neben dem Mehmed kauerte, ein kleines graues Wesen, ein Affe, ein krätziger, armer kleiner Affe heraus, hockte auf dem Boden neben Mehmed und sah ihn aus großen traurigen Augen bittend an. »Aman«, rief Mehmed, »wie häßlich du bist, Maimuh, und krank und jämmerlich bist du, und aus deiner Hand hab' ich gegessen... aman, Maimuh, mach, daß du weiterkommst!« Der Affe aber – und das war das Seltsame, daß das Sprechen des Affen Mehmed nicht verwunderte –, der Affe sagte leise und fein: »Warum jagst du mich fort, du, der doch einsames Leiden kennt? Du, der weiß, wie das Herz friert vor Verlassenheit? Du, der weiß, wie Hunger tut, sag... warum jagst du mich fort?« War nicht jedes Wort, das der kleine Affe sagte, wahr? Hatte nicht Mehmed all dieses erfahren, und durfte er, wenn er diese traurigen Augen sah, dem kleinen Wesen, das ihm auf so seltsame Art den Hunger gestillt hatte, Leid antun? »Komm her, arme kleine Maimuh«, sagte Mehmed und streckte dem Äffchen die Hand entgegen, »ich will dich halten, zum Dank, daß du mir halfst, und das Herz soll dir nicht mehr frieren. Komm.«

Der kleine Affe sprang in die ausgestreckte Hand und schmiegte sich an den warmen Körper des Knaben, und Mehmed graute es nicht mehr davor, daß das Tierchen krank war. Ihm wurde, ebenso wie er vorher von dem einen Pistazienkern gesättigt ward, jetzt ganz eigenartig wohl zu Sinne, so als habe er lange im Meer geschwommen und ruhe sich nun aus, wohlig und warm, und ihm war, er träume und höre sprechen im Traum. »Ein Mann wird kommen und etwas von dir verlangen. Tu es, warte nicht, aber nimm mich mit, nur nimm mich mit!« so hörte Mehmed im Traume den Affen sprechen. Dann wachte er mit einem Schreck auf, als ein unsanfter Stoß ihn traf und eine laute Stimme rief: »He, du, Schläfer, erwache und hör mir zu! Ich kann deine Armut in Reichtum verwandeln, du elender Haufen Hunger, wenn du tust, was ich verlange. Willst du?« Noch jene mahnenden Traumworte im Ohr, sagte Mehmed, ohne sich zu besinnen, ohne zu fragen, was von ihm verlangt werde: »Ich will es tun.«

Der dicke, reich gekleidete Mann vor ihm nickte zufrieden. »Das ist recht, komm mit!«

Mehmed erhob sich, klemmte den kleinen Affen fest unter einen Arm, und das Tierchen legte beide Arme um seinen Hals, flüsterte ihm zu: »Fürchte dich vor nichts, halt mich nur bei dir.« Dem dicken Manne folgend, gelangte Mehmed durch eine Seitenstraße des Bazars ins Freie auf einen steinigen Abfallplatz; mitten darauf lag die leere Haut eines Esels, und daneben standen einige Männer, anscheinend wartend. »Hör zu, Knabe«, sagte der dicke Mann, »es geht um dieses: wir werden dich einnähen in diese Haut und dich darin liegen lassen; in Kürze wird ein großer Vogel kommen und die Haut davontragen, dort, auf jenen Fels hinauf, der von nirgendwo zu besteigen ist. Kaum droben angelangt, wird der Vogel beginnen, sein vermeintliches Mahl zu zerhacken, aber dir wird nichts geschehen, denn ich gebe dir ein scharfes Messer mit, daß du die Haut von innen aufschneiden kannst. Du wirst dann sehen, daß dort, wohin dich der Vogel trug, bei seinem Nest in der Höhe, alles voll ist von Edelsteinen. Sieh hinauf, dort ist die steile Felswand. Dort wirst du dann stehen und die Edelsteine herabwerfen, wo wir sie auffangen, und du kannst als Lohn für diese Tat soviel behalten, wie du nur willst, denn unermeßlich ist der Reichtum dort oben. Willst du es tun?«

Mehmed fand das Ganze recht spaßhaft, und des Flüsterns des Äffchens an seinem Ohr hätte es gar nicht bedurft: er stimmte halb lachend zu. Jetzt aber hatten es die Männer eilig, ihn in die Eselshaut einzunähen, denn gegen Sonnenuntergang pflegte der große Vogel zu kommen, wie sie untereinander sagten, um sich auf dem Abfallplatz Nahrung zu suchen. Mehmed verbarg das Äffchen, das noch kleiner geworden zu sein schien, so gut es ging, in seinem spärlichen Lendentuch, nahm das Messer in Empfang, hielt sich die Nase zu vor dem Gestank der Eselshaut und lag dann ganz still; ein Löchlein hatten die Männer gelassen, damit er nicht ersticke, und durch dieses Löchlein konnte Mehmed auch blinzelnd etwas sehen. Aber als der Vogel nahte, sah er nicht, er hörte nur... vernahm das Rauschen gewaltiger Flügel, und dann gab es einen Ruck, und sie flogen! »Sumur-Anka«, hauchte das Stimmchen des Affen an Mehmeds Ohr, und es klang wie Jubel. Mehmed sah die großen Krallen, die durch die Eselshaut gegriffen hatten, und auch ihn erfüllte ein Jubel bei diesem Flug, er wußte kaum warum.

Nur kurz so, dann fielen sie hart nieder, und die Krallen begannen zu zerren und zu reißen. Ohne sich zu besinnen, ohne sich irgendeiner Gefahr bewußt zu werden, schnitt Mehmed mit dem sehr scharfen Messer die Eselshaut auf, und vor dem plötzlich hochspringenden Knaben flatterte der große Vogel für einen Augenblick erschrocken davon. Zugleich aber sprang mit einem geschmeidigen Satz der kleine Affe hoch, dem grau schimmernden Vogel unmittelbar an den Hals, hing in dem leuchtenden Gefieder wie ein Glänzen und Glitzern. Mehmed strich sich über die Augen, atmete tief die herbe Bergluft ein, so erfrischend nach dem Gestank der Eselshaut, und traute seinen Blicken nicht... denn was vorher häßliche Wundmale der Krätze gewesen waren an des kleinen Affen Körper, das schienen jetzt lauter Juwelen zu sein, die glitzerten ebenso hell wie das bunte Kieselzeug, das am Boden verstreut lag. Der große Vogel, von seinem doppelten Schrecken erholt, tat dennoch nichts, um den Knaben anzugreifen; er saß still da und schlug die gewaltigen Flügel um das Äffchen an seinem Halse, es so allen Gefahren entziehend.

Mehmed, verwirrt, unsicher, hörte von unten her einen Hörnerstoß und erinnerte sich jetzt der übernommenen Verpflichtung; er bückte sich, füllte sein Lendentuch mit den bunten Edelsteinen und schüttete sie die Felswand hinunter. Winzig klein, Ameisen gleich, sah er dort unten die Menschlein wie kriechend sich nach den Steinen bücken, und es kam ihm sehr töricht und seltsam vor, sich um solches Kieselzeug zu bemühen. Nach einiger Zeit wurde er des Bückens müde und fand, er habe nun genug getan. Niemals noch war er so hoch oben über seiner sandigen Wüstenstadt gewesen, und es dünkte ihn herrlich hier. Er vergaß den großen Vogel, vergaß den kleinen Affen und begann weiterzugehen auf der Hoch-ebene, die sich an das Felsgestein schloß. Wie es da blühte und duftete von kleinen starkwürzigen Kräutern! Wie es summte von allerlei Getier, das um die Blüten kreiste, wie weich und springisch der Boden war... ach, da konnte man doch nicht gehen – laufen mußte man... rufen und laufen!

Und Mehmed, das Kind der Ebene, lief wie berauscht von Berges-Schöne weiter, immer weiter, ohne des Weges zu achten noch auch anderes bedenkend, als wie schön und fremdartig es hier oben sei. Aber schnell sinkt die Sonne dort, wo sie am Tage sehr hoch zu stehen pflegt, und es gibt kaum eine Dämmerung – wie wenn ein dunk-ler Schleier plötzlich niederfällt, so verhüllt in Gedan-kenschnelle die Nacht alles Leuchten. Als habe sich dieser dunkle Schleier wirklich über ihn gesenkt, so fiel Mehmed nieder, wo er stand, fiel in das duftende Blühen und schlief tief und traumlos, zum ersten Male in seinem jungen harten Leben glücklich, satt, beseligt und be-friedet.

Die Sonne weckte ihn, und es bedurfte einiger Zeit, bis er wußte, wo er sich befand. Dann sprang er auf, wollte weiter ebenso laufen wie vorher, sah aber neben sich einen alten Mann mit einer Ziege; der Alte hockte neben der Ziege und molk sie, die Milch in ein Holzgefäß sammelnd. Mehmed stand und schaute, und wieder spürte er Hunger. Der Alte lächelte zu ihm hin, sagte: »Komm her, Knabe, trink.« Mehmed ließ sich das nicht zweimal sagen, trank die Milch, die so schmeckte, wie die Bergkräuter dufteten, und fragte dann den Alten, nachdem er gedankt hatte: »Baba, habt Ihr nicht einen kleinen, sehr kleinen Affen gesehen? Er war krank, und er war mein. Ich muß ihn finden, er ist zu klein, um allein zu bleiben.« Wieder lächelte der Alte, erhob sich vom Boden, geschmeidig wie ein Junger, und sagte freundlich: »Gewiß sah ich das, was du suchst; komm mit, ich zeig es dir.« Mehmed folgte, ihm war alles recht, solange er hier oben bleiben konnte. Sie kamen über blühende Weiten, durch Wälder, an Gewässern vorbei, und dann standen sie vor einem Tore, das im Lichte der Sonne golden glitzerte. »Schlag ans Tor, Knabe, und ruf: Sumur-Anka!« Fragend sah Mehmed den Alten an, wiederholte leise: »Sumur-Anka?« Der Alte nickte stumm. Da hob Mehmed die Faust und schlug an das Tor, rief mit seiner hellen Knabenstimme: »Sumur-Anka! Sumur-Anka!«

Weithin klang ein Echo. Mehmed sah sich lachend um ob dieser ihm fremden Art der Antwort; dann aber sprang das Tor auf, und auf seiner obersten goldglitzernden Spitze saß... der kleine Affe. Sein Fell war glatt und rein, seine Stimme war zart und leise, aber sie klang froh: »Tritt ein, mein kleiner Freund, und sieh die Freude, die du geschaffen hast! Zuvor aber sage mir eines: ich halte hier in meinen Händen zweierlei; du kannst wählen, sieh her... und nimm das, was dir mehr zusagt... wähle frei.« Der kleine Affe hielt sich mit den Füßen am

Tor fest, beugte sich weit nieder und hielt die kleinen Hände geöffnet dem Knaben hin; in der einen leuchtete und sprühte ein Edelstein von herrlicher Beschaffenheit, in der anderen aber lag eine jener kleinen stark duftenden Bergblüten, durch deren Weiche und Lieblichkeit Mehmed gelaufen war. Ohne Besinnen griff er nach der Blüte, kaum ein flüchtiger Blick hatte dem Edelstein gegolten. Im gleichen Augenblick war der kleine Affe verschwunden, aber aus der Ferne schien das Echo immer wieder und wieder »Sumur-Anka... Sumur-Anka« zu rufen. Und dann kam ein Zug herbei aus den Tiefen des großen Blütengartens, den das Tor abschloß: ein strahlend prächtiger Jüngling schritt voran, an seiner Seite ein lieblich schönes Mädchen, hinter ihnen Mädchen und junge Männer, die Blumen warfen und sangen.

Wie versteint stand Mehmed da, der arme, der nackte Knabe, dessen einziger Besitz sein brüchiges kleines Lendentuch war. Aber eben nach diesem Lendentuch schienen sie alle zu werfen, die da herankamen, und ... seltsam: die Blumen blieben hängen! Er sah an sich herab, und dann begann er zu lachen, das schien ihm alles so sehr komisch und seltsam zu sein, und daß er einen Blumengürtel trage, war vollends unglaubhaft. Schon aber waren sie bei ihm, die schönen Zwei, die vorangeschritten waren, und das Mädchen sagte leise, mit der Stimme des kleinen Affen sagte sie es: »Kennst du die kleine Maimuh nicht mehr, sie, der du deine warme Liebe gabst? Und dieser neben mir ist Sumur-Anka, auch er verzaubert, ein Vogel zu sein, wie ich ein Affe, verzaubert, bis uns ein Knabe erlöste, dem Reichtum nichts war, der Mitleid fühlte und Mut bewies; ein Knabe, der wohl Armut und Verlassenheit, aber dennoch keine Habgier kannte und die bunten Steine wie lästige Kiesel den Gierigen der Erde hinabwarf. Auch nahmst du jetzt die kleine Blüte der Berge aus meiner Hand... sage, Mehmed, willst du hier oben bleiben bei uns? Willst du fern den Menschen mit denen sein, die den Blumengeistern der Berge zugehören und dem Getier der Berge und der duftenden Einsamkeit? Willst du, Mehmed? Die drunten werden vermeinen, du seist hier oben umgekommen, und nicht nach dir fragen. Willst du bleiben, Mehmed?«

Mehmed hatte unter den leisen Worten Zeit gehabt, sich von seinem Erstaunen zu erholen, und langsam begriff er, daß aller Hunger, alle Einsamkeit, alle Verlassenheit für ihn vorbei seien, daß die Erde und ihre Kleinheit für ihn versunken sei und die Bergesferne seine Heimat werde. So war das erste Wort, das er ausrief, eines, das er noch niemals ausgesprochen hatte bisher, das schönste Wort, das Menschensehnsucht kennt, das Wort: »HEIMAT!« Und so gehörte er den Bergen.

Drunten aber lachte der dicke Mann, die Hände voll toten Leuchtgesteins, befriedigt darüber, daß ihm das Glück treu geblieben war und daß er den Betteljungen nicht auszulohnen brauchte, den offenbar der große Vogel getötet hatte. Und die Stelle an der Mauer beim Südtor des Bazars blieb hinfort leer.

Der goldene Apfel

Es gab ein Sultanat, in dem die Erbfolge nicht, wie das sonst allgemein geschah, solcherart sich ordnete, daß der ältere Sohn das Reich erbte nach des herrschenden Vaters Tode, sondern einer uralten Überlieferung andrer Art gemäß. Im Garten des Serails dieses Sultans befand sich, sorgfältig eingezäunt und auf das ängstlichste gepflegt und umsorgt, ein sehr alter Apfelbaum. Der Baum trug immer nur einen einzigen Apfel und diesen an seinem höchsten Zweige, auch zeigte sich der Apfel erst dann, wenn ein Sultan im Sterben lag. Die seit Generationen gehorsam befolgte Gepflogenheit verlangte nämlich, daß nur derjenige Sultanssohn das Thronerbe antreten dürfe, dem es gelinge, den Apfel zu pflücken. Die Folge dieser Anordnung, deren Ursprung niemand kannte, war begreiflicherweise, daß alle Prinzen dieses Sultanshauses vorzügliche Kletterer wurden, damit, wenn es so weit wäre, daß sie ihre Kunst zu erproben hätten, sie nicht durch Ungeschicklichkeit ihr Erbe verlören.

Wieder einmal war es so weit, daß drei Söhne des toten Sultans sich unter dem riesenhaften alten Baume versammelt hatten. Sie standen und schauten zur Spitze hin, und keinem von ihnen wollte es scheinen, als bedürfe es großer Kunstfertigkeit, in dem weitästigen alten Baume hinaufzuklettern. Schweigend standen sie zusammen, und es war nicht viel Liebe vorhanden, die sie miteinander verbunden hätte. Zwar konnten sich die beiden ältesten Prinzen zur Not noch leiden, aber der Jüngste war von ihnen immer ungern gesehen worden, schon deshalb, weil er des Vaters Liebling gewesen war. Dieser junge Hilel stand, an den Baum gelehnt, scheinbar teilnahmslos dort, kaute an einem Grashalm und sah sich zufrieden in der Runde um, blühte und sproßte doch alles zur Zeit reich und verschwenderisch. Die älteren Brüder stritten sich halblaut darum, wer zuerst hinaufklettern solle, und endlich entschloß sich der zweite Prinz, dem Gerede ein Ende zu machen, und begann den Anstieg.

Windstill und warm war es und so ruhig und einsam, daß die Bewegungen des kletternden Jünglings deutlich vernehmbar waren. Gespannt schaute der älteste Prinz seinem Bruder nach, während der Jüngste seine gleichmütige Haltung nicht aufgab. Jetzt war der Jüngling oben angekommen und griff nach dem höchsten schlanken Zweige, an dem der goldene Apfel sich wiegte. Doch plötzlich erhob sich, niemand wußte woher und wodurch, ein heftiger Wind, der brausend in das reiche Laubwerk des Baumes einzubrechen schien und den feinen Zweig an der höchsten Spitze hin und her peitschte, so daß es dem zweiten Prinzen nicht nur nicht möglich war, den Apfel zu fassen, sondern der ganze Baum ihn auch abzuschütteln schien und der Abstieg des Jünglings mehr einem Sturz glich. Wütend kam er unten an, worauf sich der Wind auch sogleich legte, der zudem von allen übrigen Gewächsen des großen Gartens kein einziges auch nur zum Fächeln gebracht hatte. Der älteste Prinz lachte höhnisch hinter dem Bruder her und begann nun seinerseits hinaufzuklettern. Aber bald zeigte es sich, daß es auch ihm nicht besser gehen würde, denn der seltsame Wind setzte schon ein, ehe der Prinz noch die

Krone erreicht hatte, und es gelang ihm nicht einmal, so weit hinaufzukommen wie sein Bruder, dafür fiel er aber auch nicht so hoch herunter, wie jener es getan hatte. Der Bruder kam jetzt wieder herbei, denn nun waren sie wieder ganz einig, die zwei, da es darum zu gehen schien, gegen den Jüngsten zu stehen.

»Soll ich's jetzt versuchen?« fragte der heiter und gleichgültig, denn ihm lag in Wahrheit gar nichts daran, die Lasten und Beschwernisse der Herrschaft auf sich zu nehmen und die fröhliche Freiheit seiner heiteren Jugend dafür zu verlieren. »Wollt ihr nicht noch einmal hinauf, meine Brüder? Dieser Wind, der so töricht sich erhob, ist doch allein schuld, daß ihr den Apfel nicht fassen konntet.« Aber die Freundlichkeit seiner Worte fand keinen Widerhall, vielmehr brummte ihn der älteste Bruder an: »Bist du zu feige, da hinaufzusteigen, und willst auf diese Art dich davon befreien, he? Mach, daß du hinaufkommst, ehe ich dir dazu verhelfe!« Drohend hob der Prinz seinen Reitstab, den er stets mit sich herumzutragen pflegte, und der junge Hilel machte eine schnelle Bewegung des Niederduckens, die mit einem Sprung endete, mittels dessen er schon die niedersten Äste gepackt hatte und sich an ihnen weiterschwang, wie ein Affe so leicht und gewandt. Lachend rief er hinunter: »Ich feige? Der ich hier hinaufkletterte, kaum daß ich gehen konnte? Welch ein Tor du bist, o mein stolzer Bruder!« Und kletterte weiter, lachend und heiter, voll von jener unbekümmerten Lebensfreude, die ihm seine düsteren Brüder so sehr verdachten. Gespannt standen sie jetzt unten, murmelten zornige Worte der Verachtung, waren ganz einig in ihrer Abneigung gegen den jungen Prinzen Hilel. »Und der Wind? Warum erhebt sich dieser verräterische Wind nicht auch für ihn? Er ist schon oben, sieh nur, Bruder... ah, jetzt... aber nein, es ist kein Wind, nur ein sanfter Lufthauch... oh, sieh nur, sieh, er hat ihn!« Ja, Hilel hatte den Apfel! Kein widriger Wind hatte es verhindert, nur wie ein Hauch so leicht hatte sich ein Luftzug erhoben, der den hohen feinen Zweig zu den tastenden Fingern des Jünglings herabbeugte, und ohne daß er ihn auch nur berührte, fiel der goldene Apfel ihm in die offene Hand.

Da saß der Jüngling oben in den Zweigen und betrachtete die goldene Frucht, die ihm das Kismet zugeworfen hatte. Er freute sich nicht, nein! Es war ihm unheimlich, war ihm beängstigend, was mit diesem Zeichen ihm zu tun befohlen ward. Herrscher werden! Nicht mehr den Jugendfreuden nachgehen dürfen. Nicht den ganzen Tag zu Pferde sich tummeln dürfen, nicht mit den Altersgenossen im Pfeilschießen sich üben, nicht mehr einsam an den Gewässern sitzen und die Fische beobachten, dann hineinspringen in die klare Flut und sie alle erschreckt um sich herumwimmeln sehen – all das nicht mehr. Ein Sultan werden! Noch so vieles lernen müssen, umgeben von ernsten Männern, die viel mehr wußten als er und denen er doch Befehle geben sollte... o wie schlimm, wie ganz häßlich war das! Nein, er wollte nicht, wollte nicht! Er hob den Arm – denn er war ein guter Werfer –, um den goldenen Apfel seinen Brüdern herabzuschleudern, die sich dann darum streiten konnten, ja, er hob lachend den Arm, rief hinunter: »Ich habe ihn für euch gepflückt, den goldenen Apfel, meine Brüder, nehmt, ich werfe ihn...«

Aber der Arm blieb ihm steif in der Luft stehen wie ein Stück Holz, und der goldene Apfel löste sich nicht aus der Handfläche, klebte daran, als sei er mit der Haut verwachsen. Der junge Prinz Hilel sagte leise und traurig: »Kismet. Ich darf ihn nicht fortwerfen, es ist mir bestimmt, ihn zu behalten«, und begann langsam den Abstieg. Da standen sie und schauten ihm entgegen, die er nicht liebte und die ihn haßten, und der Älteste sagte höhnisch: »Erhabener Sultan, du beliebst mit uns zu scherzen, o großer Herrscher? Sagst, du schleuderst den Apfel, und hältst uns zum Narren? Nun, so gib ihn uns her, wenn du ihn nicht willst – gib her!« Und der älteste Prinz stürzte sich auf Hilel, dessen Fuß soeben den Boden berührte, um ihm den Apfel zu entreißen. Der zweite Bruder packte Hilel von hinten und war etwas erstaunt, daß sich der junge Bruder gar nicht wehrte, denn Hilel stand, hielt die Hand mit dem goldenen Apfel ausgestreckt und wartete, was geschehen werde, hoffte, es werde vielleicht anders enden als soeben dort oben. Vielleicht würden sie ihm den furchterregenden Apfel wieder fortnehmen können? »Nehmt, o nehmt, meine Brüder«, sagte er fast flehend und hielt die Hand ausgestreckt. Aber sie konnten ihn nicht nehmen, den goldenen Apfel. Wie weh sie ihm taten, wie sie rissen an seiner Hand und sie drehten und wendeten – und wie nutzlos es war, ganz nutzlos! Der Apfel blieb wie festgewachsen an seiner Handfläche. Endlich dann, nachdem sie voller Wut sich in Schweiß gearbeitet hatten, ließen sie von ihm ab, wandten sich laufend dem Serail zu, denn nun begannen sie sich fast zu fürchten, da ihnen Unverständliches begegnete.

Hilel blieb allein. Er stand und schaute regungslos auf den goldenen Apfel in seiner Hand, sah in tiefem Sinnen auf dieses ihm zugefallene Etwas, das im Begriff zu sein schien, ihn seiner Freiheit zu berauben. Dann schoß ein Gedanke durch seinen Kopf, und er begann wie befreit zu laufen, immer schneller, immer zielsicherer. Aus den Gartengründen lief er hinaus, kam zu einem Wiesengrund außerhalb des bebauten Bodens und stand dann still vor der breiten Öffnung eines Brunnens. Die ganze

Gegend war sehr wasserreich, und man bedurfte kaum der Zisternen, hatte aber für den seltenen Fall einer Zeit der Trockenheit doch diesen als sehr tief bekannten Brunnen, dessen Wasser dunkel und geheimnisreich in hellen Nächten den Mond widerspiegelte. Hierhinein wollte der Prinz Hilel den goldenen Apfel werfen und dann aller Verpflichtung ledig sein, da die Last der Herrschaft auf seines älteren Bruders Schultern ruhen würde.

Hilel stand und sah in den Brunnen hinein, aus dem auch an diesem heißen Tage eine duftende Kühle heraufstieg. Er konnte drunten ganz fern und verschwommen das dunkle Bild seines Kopfes erkennen, und lachend begann er nun zu diesem seinem Spiegelbilde zu sprechen. »Du da unten, Bruder Ich, achte auf, du sollst jetzt diesen, den ich halte, den lästigen goldenen Apfel für mich bewahren, willst du? Aber nicht wiedergeben, unten behalten, achte auf, er kommt!« Und Hilel, der Fröhliche, der Junge, hob den Arm, um den Apfel zu werfen. Da geschah es, daß der kleine goldene Apfel in seiner Hand groß und größer wurde, schwer auch, immer schwerer, und der Jüngling, der spielerisch vorgebeugt stand, mit seinem Spiegelbild redend, fühlte sich vorwärtsgezogen von der Last in seiner Hand, versuchte sich zu halten, verlor aber das Gleichgewicht und stürzte mit einem kleinen vogelartigen Schreckensschrei vornüber in das dunkle Wasser des Brunnens.

Die ihn nicht aus den Augen gelassen hatten, seine spähenden und argwöhnischen Brüder, kamen aus ihren Verstecken hervor, standen völlig verblüfft am Brunnenrand und schauten hinunter. »Maschallah«, sagte der älteste Prinz, »welch ein glückliches Kismet für uns! Aber verstehst du es, mein Bruder, daß dieser sich da hinabstürzte? Warum gab er sein Leben hin? Wofür und wozu?« Ratlos sahen sie sich an, besannen sich aber dann darauf, daß sie Besseres zu tun hatten, als hier tatenlos herumzustehen, denn nun konnten sie die Herrschaft, nach der sie verlangten, ungehindert antreten. Und so taten sie. Geheimnisvoll blieb zunächst, wie sie es erreichen konnten, ohne Vorzeigen des goldenen Apfels den Thron zu besteigen, aber endlich wurde ein Goldarbeiter gefunden, der um hohen Lohn einen solchen Apfel fertigte und dann zur Nacht heimlich außer Landes geschafft wurde. Zwar stritten die Brüder sich darüber, ob es nicht besser sei, ihn töten zu lassen; doch siegte endlich der Aberglaube, der es verbot, den Beginn ihrer Herrschaft mit Blut zu beflecken. Und so herrschten sie denn gemeinsam, diese zwei, stets uneinig, aber untrennbar durch den Betrug gebunden, den sie zusammen verübten, und waren nicht anders als mancher Herrscher, der weder gut noch schlecht ist, nur auf seinen Vorteil schaut und aus dem Volk alle Kräfte holt um seines Wohlbehagens willen.

Lassen wir aber diese ihrem Kismet, das immer so ist, wie man es sieht, und wenden wir uns wieder jenem Brunnen zu, dessen dunkles Wasser oftmals den Mond spiegelte. Denn, nicht wahr, keiner, der uns lauschte, wird geglaubt haben, daß das junge Leben des Prinzen Hilel ausgelöscht werden sollte? Wie konnte es denn, da er doch den goldenen Apfel hielt!

Nach jenem kleinen Ruf des Erschreckens hatte Hilel, der es gewohnt war, sich im Wasser zu bewegen, zu sich gesagt: »Halt dich, atme nicht, du tauchst... fühle, wie es um dich rauscht, das kühle Wasser, das gute... und dunkel ist es auch nicht mehr... Djanoum, aus meiner Hand kommt das Licht... der Apfel, der goldene, strahlt!« So schwebten und schwankten die Gedanken im Kopf des Jünglings, während ebendieser Kopf tiefer und tiefer vornüberschoß. Dann gab es einen Ruck, und Hilel fühlte urplötzlich kein Wasser mehr um seine Ohren brausen, spürte etwas Weiches, das ihn aufhielt, und als er unbewußt den in seiner Hand leuchtenden goldenen Apfel so führte, daß die Umgegend erhellt wurde, sah er zu seinem maßlosen Erstaunen, daß er auf einem Bock saß, einem großen, weichen schwarzen Bock, dessen Gehörn, genau wie der Apfel, in goldenem Lichte aufstrahlte, als Hilels Hand sich ihm näherte. Hoch hinauf richtete er nun das Licht des Apfels, und der Jüngling erkannte, daß er sich in einer hohen gewölbten Halle befand, die ringsum glitzerte und glänzte von grünen Tropfen der Feuchtigkeit.

Er wollte von dem Bock absteigen, um sich weiterhin umzuschauen; da aber begann das Tier zu sprechen, eine Tatsache, über die sich Hilel nicht einmal so sehr verwunderte. Mit tiefer, ruhiger Menschenstimme sagte der schwarze Bock: »Bleib sitzen auf meinem Rücken, o mein Sultan, denn wir haben einen weiten Weg zu durchlaufen, du und ich. Halt dich fest mit der einen Hand an meinem Gehörn, leuchte mit der andern durch den Apfel, und du wirst sehen, was du sehen wirst, wenn du ohne Furcht bist, mein Sultan.« Hilel lachte auf, und das hallte vielfach an dem hohen Gewölbe wider. »Furcht, o mein Bock? Wovor? All dieses ist voll Seltsamkeit, aber ich verstehe, daß es Kismet ist und daß du mein Freund bist. Ist es nicht so, Kousum?« Einen großen schwarzen Bock mit goldenem Gehörn »mein Lamm« zu nennen, das zeugte nun wirklich nicht von Furcht, und der Bock stieß einen Laut aus, der wie ein tiefes Lachen klang. »Wenn ich dein Lamm bin, o mein Sultan, dann wird unser Weg nicht schwer sein. Halt dich fest, wir beginnen.« Hilel beugte sich ein wenig vor, um sich am goldenen Gehörn festzuhalten, und hob die Hand mit dem goldenen Apfel hoch, wie man es mit einer beliebigen Leuchte getan hätte. Und dann begann dieser Ritt im tiefen Dunkel der Welt der Finsternisse.

Der Bock lief mit einer schwingenden Schnelligkeit, so daß die kalte Luft dem Prinzen Hilel durch die Haare brauste und er den Kopf immer tiefer auf das Gehörn neigte. Er sah nichts, trotz des leuchtenden Apfels, denn der Laufwind brannte in seinen Augen, und er fühlte nur, daß er erst jetzt und hier begriff, was Schnelligkeit sei. Und dann war es ebenso plötzlich vorbei, wie es begonnen hatte. Der Bock stand, und die Luft um des Jünglings Kopf stand auch, sie, die bisher so wild gebraust hatte. Dafür aber hörte er nun ein langgezogenes Klagen, das sich in dieser Dunkelheit schauerlich genug ausnahm. »Hörst du sie klagen, o mein Sultan?« fragte der Bock. »Um dieses Klagens willen bist du hier, der du Erretter sein sollst, da du ohne Furcht bist. Ich bringe dich hin, und du wirst alles sehen, und so du erkennst, um was es geht, wirst du helfen können. Leuchte nun, leuchte gut, denn wir gehen in die letzte Finsternis.«

Hilel meinte, darin befänden sie sich doch schon; aber er merkte bald, daß der Bock wahr gesprochen hatte. Der goldene Apfel, dessen Licht bisher einen weiten Glanz ausstrahlte, war kaum noch zu erkennen, und das goldene Gehörn schwebte nur wie ein Nebel vor des Jünglings Augen. Langsam schritt nun der Bock dahin, und das Klagen der vielen Stimmen ward mit jedem seiner Schritte deutlicher. Jetzt konnte Hilel schon Worte unterscheiden, und das, was immer wiederkehrte, war »Licht«. Sie flehten um Licht – aber wo waren sie, die so klagten? »Schau hin, mein Sultan, du kannst sie jetzt erkennen«, kam wieder die ruhige Stimme des Bockes, und wirklich, der Prinz sah sie. Hilel sah den langen Zug gebückt schreitender Menschen, die sich alle dem gleichen Ziele zubewegten, und während sie so schritten, stimmten sie ihr schauerliches Klagelied an. Nun hörte Hilel es ganz klar: »Gib uns den Erretter, gib uns Licht, oh, Licht...« Das waren die Worte, und dann stockte der Klagegesang, ein Ruf erhob sich, noch einer, und plötzlich brauste ein Jubel hoch, der dennoch in dieser völligen Dunkelheit schauerlich blieb. »Das Licht kam... das Licht kam!« klang es wieder und wieder, und Hilel fühlte, wie sich unsichtbare Körper um ihn drängten, wie kalte Hände ihn berührten und kalter Atem ihn umwehte. Hoch über allem hielt er jetzt den leuchtenden goldenen Apfel und begriff ganz, was der Bock gemeint hatte, wenn er von Furcht sprach. In der Brust des jungen Prinzen Hilel schlug ein starkes, ein tapferes Herz, aber es war gewohnt, in Sonnenhelle zu schlagen, nicht in eisiger Finsternis unter kalten Schattenwesen. Dennoch... er hielt das Licht hoch, und seine Hand bebte nicht.

Da schien es ihm, als schimmere irgend etwas Helleres auf. Die dunkle Masse, die ihn umgab, teilte sich, ließ den Weg frei für eine Gestalt, die dem Prinzen Hilel in verschwommenen Umrissen kenntlich wurde und ihm weiblicher Art zu sein schien.

Nun gibt es kaum etwas, das einen jungen Sultanssohn weniger beeindruckt als ein Mädchen, eine Frau. Er hat deren seit seiner frühen Mannbarkeit stets so viele gehabt, wie ihn verlangte, und sie sind ihm alle ein holdes Spiel, mehr nicht. Auch hat die Frau so geringe Bedeutung in allem, was das Leben des Mannes angeht, daß für den jungen Hilel keinerlei Grund vorlag, durch das Nahen eines Wesens von nebelhafter Weiblichkeit beunruhigt zu werden. Und doch geschah es. Plötzlich schlug sein Herz, als wollte es ihm die Brust zersprengen, und er vermochte kaum noch Atem zu holen, starrte vor sich hin, versuchte mit aller Kraft seiner jungen Augen die Finsternis zu durchdringen. Die Frau, die ihm entgegenkam, war in helle Schleier gehüllt, und unter ihnen verborgen trug sie etwas wie ein kleines mattes Licht, das von unten her notdürftig ihre Züge erhellte. Hilel sah das Gesicht einer reifen Frau, sah es zum ersten Male und wußte doch, daß er es kannte, zutiefst kannte, aus irgendeinem geheimen Wissen in sich. Die Frau kam langsam auf ihn zu, und als sie vor ihm stand, schlug sie den Schleier zurück, der das matte Leuchten geborgen hatte. Es wurde ein Zweig sichtbar, ein feiner goldener Zweig, ähnlich dem, daran der goldene Apfel des Prinzen Hilel gehangen hatte. Aber das sah der Jüngling kaum, er schaute nur, schaute mit allen Sinnen in das Antlitz der Frau, das jetzt von einem wunderbaren Lächeln durchstrahlt wurde. Leise, kaum vernehmlich sagte sie: »Mein Sohn, o mein geliebtes Kind, wie gut und groß ist Allah!«

Da fühlte Hilel, da hatte er begriffen, daß er seine Mutter sah, die ihr Leben für das seine gab, bei seiner Geburt verstarb und von deren Aussehen er nichts wußte, gar nichts. Nun sie aber vor ihm stand, da kannte er sie, da überflutete ihn das Wissen von ihr. Er sank herunter von dem Rücken des schwarzen Bockes und lag zu den Füßen seiner Mutter, stammelte, schluchzte dieses unsterblich starke Wort heraus, das er zum ersten Male aussprach, sagte immer wieder hauchleise, kaum geatmet: »Mutter... o meine Mutter... Mutter!«

Sie beugte sich zu ihm herab, ihr Schleier lag um ihn, und zugleich neigte sie den kleinen goldenen Zweig nieder, so daß er den goldenen Apfel berührte. Der Apfel wurde Hilel aus der Hand gerissen, und die Frau, die seine Mutter war, hielt den Zweig hoch, ganz hoch. Es war, als breche ein Blitz aus dem Zweig, daran die goldene

Frucht nun festsaß, und ein gewaltiges Donnern er-
schütterte die schreckliche Finsternis. Gestein schien zu
stürzen, Wasser schienen zu brausen, und dann spürte
Hilel, wie das Gehörn des Bockes ihn in die Seite stieß,
so daß er weit fortgeschleudert wurde. Und wußte nichts
mehr. Stille. Frieden. Nichts.
War es nach Stunden, war es nach Tagen... wer will es
wissen, nach wieviel Zeit es war, daß der junge Prinz
Hilel die Augen wieder öffnete? Er lag auf einer Wiese,
und sie schien mit Blüten übersät zu sein, aus denen
ein wunderbar belebender Duft aufstieg. Das liebliche
Rieseln von Wasser war hörbar und zugleich das halblaute Singen einer dunklen Männerstimme, die ohne
Worte eine Tonfolge von ruhiger Klarheit vor sich hin-
summte. Hilel genoß das alles erst einmal, ohne sich
zu rühren, und langsam, ganz langsam sammelte er
seinen Geist, daß er ihn wieder mit der Zeit vereine. Er
sprach ohne Laut zu sich selbst, und was er sich sagte,
war ungefähr dieses: »Mutter, du warst da. Es wurde
hell, als du da warst, Mutter. Wie schön bist du, meine
Mutter! Welch ein Schatz in mir ist dein Lächeln, wie
weich ist deine Stimme, o meine Mutter!«
Und dann geschah es, daß sich sein Geist wieder ge-
sammelt hatte aus Ferne und Finsternis her in das Licht
des Seins, und der junge Hilel fuhr hoch, war mit einem
Satz auf den Beinen. Im gleichen Augenblick verstummte
das halblaute Singen, und die dunkle Stimme sagte: »Du
erwachtest, o mein Sultan? Sei willkommen in dieser
unserer sonnigen Welt der Gewässer und der Blüten,
mein Sultan.« Hilel sah sich schnell nach allen Seiten um,
entdeckte dann einen Mann, der am Boden saß und ge-
ruhig aus Gräsern ein Seil zu flechten schien. Als Gewandung hatte er nichts an sich als das schwarze Fell eines
Bockes, und des Tieres Gehörn hing ihm über der einen

Schulter, aber es leuchtete, es war ein goldenes Gehörn! Bei diesem Anblick flutete das ganze Erinnern wie eine Sturzwelle über des Jünglings Bewußtsein hin, und er rief halb erschrocken: »Der schwarze Bock, aman, du bist der schwarze Bock! Es war kein Traum, und ich habe meine Mutter wirklich gesehen? Sage, sprich... bin ich lebend? Bist du wirklich? Und wo ist der goldene Zweig meiner Mutter? Und mein goldener Apfel? O sage doch, der du dich als mein Freund erzeigtest, rede, erkläre, sprich!«

Der Mann in dem schwarzen Bocksfell erhob sich mit jener Ruhe, die all sein Tun kennzeichnete, mochte er nun Tier sein oder Mensch, und sagte gemächlich: »Errege dich nicht, o mein Sultan, denn alles Geschehen liegt in den Händen Allahs, sei es seltsam oder nicht. Dein goldener Zweig mit dem Apfel liegt dort, siehst du, an der Stelle, wo du erwachtest, du bemerktest ihn nur nicht gleich. Ich war eben damit beschäftigt, ein Seil zu verfertigen, damit du ihn anbinden und umhängen kannst, wenn wir weiterwandern, o mein Sultan. Denn uns steht noch ein Weg bevor, ein langer, ehe wir deine verehrungswürdige Mutter wiederfinden. Bist du bereit, mein Sultan?« Aber auf diese Art ließ sich Hilel nicht abspeisen; er sprang auf den Mann zu, packte ihn bei dem Bocksfell, schüttelte ihn und rief: »Ob du nun mein Freund bist oder nicht, ich werde dich halten, bis du mir Auskunft gabst über alles, was geschah. Wo wir waren, wie wir hierherkamen, was es zu bedeuten hat... alles will ich wissen... hörst du mich: alles!« Und er rüttelte an dem Fell, das sich warm und weich anfühlte.

Der Mann packte die ungeduldige Hand und sagte ruhig: »Laß das, mein Sultan, denn du bereitest mir Schmerzen, und ich weiß, das willst du nicht. So will ich das Seil fertig herstellen. Laß dich bei mir nieder, und ich werde

dir alles erklären. Es ist aber nicht viel zu sagen, denn es ist nur so, daß du bestimmt bist, Licht zu bringen denen, die in Finsternis leben, in der Gefangenschaft, der Sklaverei, im Nichtwissen von Allahs Sonne, fern dem Licht, verstehst du? Darum fandest du den goldenen Apfel, darum hielt deine verehrungswürdige Mutter, deiner wartend, den Zweig. Nun ist auch sie frei geworden, da du zu ihr herabkamst. Nun habe auch ich meine Menschengestalt wieder, wenn auch das dunkle Fell noch haftet. Nun werden wir wandern, wir zwei, du und ich, o mein Sultan, und werden Licht bringen, du den Menschen mit deinem goldenen Zweig, ich den Geringeren, den Tieren, mit meinem goldenen Gehörn. Und wenn unser Weg beendet ist, dann wirst du deine Mutter deiner harrend finden, und ich werde frei sein, auch ich frei. Verstehst du, mein Sultan?« Ganz ehrlich und voll Verwirrung sagte der junge Prinz Hilel: »Nein, ich verstehe dich nicht, mein Freund.« Der Mann flocht weiter an dem Seil, sah nicht auf und sagte leise: »Ich war ein Jäger, und ich habe viel getötet. Es freute mich das Töten, das war es. Und darum wurde ich ein Tier, das zu leiden versteht. Das Gehörn, das goldene, aber war eine Verheißung, und die hieß: Wenn der goldene Zweig und der goldene Apfel das goldene Gehörn berühren, wird Freiheit sein. Willst du es tun, o mein Sultan, für mich tun?«
Hilel sprang auf, konnte nicht schnell genug den goldenen Zweig herbeiholen, den er in der Hand seiner Mutter gesehen hatte, und wollte eilend das Gehörn berühren. Da hob der Mann die Hand, sah Hilel ernst an, sagte mahnend: »Wenn du es tust, werde ich frei sein, aber du bist dann allein. Was soll es sein, mein Sultan?« Unsicher hielt der Jüngling den goldenen Zweig, fragte: »Finde ich den Weg auch allein? Ich möchte nicht, daß du um meinetwillen gefesselt bist. Was soll ich tun, sage? Und wie

könnte dann ich den Tieren helfen?« Der Mann lächelte, beendete das Flechten des Seiles und sagte zufrieden: »Ich weiß, du wirst immer bereit sein, mir zu helfen; so bleibe ich noch eine Zeit bei dir. Und beginnen wir jetzt unsren Weg! Ich gehe voran, du folge. Wir gehen, den Schmerz der erschaffenen Wesen zu suchen. Durch das Dunkel gingen wir, nun gehen wir den Weg des Lichtes.«

Sie gingen. Es heißt, daß manch ein klagendes Geschöpf sie erblickte, den Jüngling mit dem goldenen Zweig und den Mann in dem schwarzen Bocksfell, und wo sie erschienen, diese zwei, um die immer ein Strahlen war, da wurde Gefesseltes frei, da wurden Sklaven unsichtbar und vermochten zu entfliehen, da sprangen Gefängnistore auf und das Klagen der Geschöpfe verstummte. »Singt«, so hieß es, »singt und ruft um die Hilfe des goldenen Zweiges im Namen Allahs. Singt und verzagt nicht, ihr werdet errettet.«

Sie zogen durch die Zeiten dahin, und wer an sie glaubte, dem halfen sie, denn nur ein solcher vermochte sie zu erblicken. Ein fernes Ziel, ein ersehntes, war für Hilel die Mutter, und manchmal in seinen Träumen fühlte er ihren Schleier ihn umwehen. Treulich zog mit ihm der Mann im Bocksfell und wollte noch keine Freiheit, denn das Leiden der Tiere hielt ihn gefangen.

Doch einmal wird auch er frei sein, einmal, wenn die Schlangen die Ewigkeit umfangen und die Meere versiegen, wenn der Mond in die Tiefe stürzt und nur die Sonne über allem leuchtet. Wenn der Ewige Imam das Ewige Azan singt und über den fliehenden Wolken die Stimme Allahs Antwort gibt, dann werden auch diese zwei die Freiheit erworben haben, und der Schleier der Mutter wird für immer über die Sehnsucht ihres Kindes sinken: Wenn die Barmherzigkeit herrscht... Allahu Kerim... Allah Akbar.

Schlangen und Smaragde

Zwei Töchter einer Mutter waren arm, sie alle drei, und lebten mühsam. Die Ältere ruhig und immer bereit zu helfen, die Jüngere schön, eigenwillig und untätig. Die Mutter liebte die Jüngere und duldete die Ältere. Die Ältere verzog und hütete die Jüngere, wo und wie es ihr nur möglich war. Manchmal war die Ältere vom vielen Schaffen müde, und dann mußte sie der Jüngeren Spott ertragen, doch lachte sie dessen nur, wußte es immer in einen Spaß zu wandeln. Eines Tages sagte die Jüngere: »Ältere Schwester, am Wegrand, wo die Straße sich nach Süden hin wendet, sagt man mir, wüchse ein Kraut mit gelber Blüte, und wenn man es auf die Augen lege, strahlten sie wie die Sterne. Willst du es mir nicht holen?« Die Ältere war sogleich bereit und machte sich auf den Weg, obwohl es sich nicht geziemt, daß eine Frau allein, ohne Dienerin, die ihr folge, dahin gehe.

Sie genoß das Alleinsein und daß für die Dauer des Weges niemand nach ihr rief, ihre Dienste zu begehren, und hielt sorgfältig Ausschau nach dem verlangten Kraut. Doch alles, was sie sah, war eine kleine Schlange, die sich verzweifelt wand und drehte, um unter einem Stein fortzukommen, den offenbar eine tückische Hand auf sie geworfen hatte. Das Mädchen hockte sich nieder – denn sie liebte alles Getier, und auch Schlangen erschreckten sie nicht –, gab einige beruhigende Laute von sich und befreite die kleine Schlange aus ihrer Gefangenschaft. Sie verwunderte sich auch nicht darüber, daß das sonst so scheue Tier sich ruhig von ihr anfassen ließ, ja, sich sogar in ihre Hand einzurollen schien. So ging sie ihres Weges weiter, die kleine Schlange haltend und allerlei törichtes Zeug zu ihr redend, wobei sie die feine Rückenzeichnung betrachtete. Und so vergaß sie das begehrte Kraut vollkommen.

Plötzlich, an einer Wegbiegung, stand eine alte häßliche Frau vor dem Mädchen, streckte die Hand aus und versperrte ihr das Weitergehen. Das Mädchen glaubte, die Alte wolle betteln, sagte entschuldigend: »Vergib mir, ich bitte dich, aber ich habe kein Geld bei mir. Wenn du morgen wieder an dieser Stelle stehst, will ich kommen und dir etwas bringen, heute muß ich um deine Nachsicht ersuchen.« Die Alte aber lachte – und es klang sehr leicht und heiter, als sie es tat –, sagte mit einer freundlichen Stimme, die nicht zu ihrer ärmlichen und unschönen Erscheinung zu passen schien: »Ich wollte kein Geld von dir, meine Tochter, ich wollte dich nur bitten, mir meinen kleinen Scheich zu geben, den du so treulich hältst und dem du hilfreich gewesen bist.« Das Mädchen sah auf die kleine Schlange nieder, sagte bedauernd: »Ich soll dir den kleinen grünen Scheich geben? Es ist mir leid darum, doch wenn er dein ist, nimm ihn.«

Die kleine Schlange hatte sich fest um die Hand des Mädchens geschmiegt, und als die Alte das Tierchen nehmen wollte, zögerte sie, fragte leise: »Du hast die Schlangen gern, meine Tochter?« Das Mädchen lächelte. »Sehr gern. Sie sind schmiegsame Tiere.« Die Alte, zerlumpt und ärmlich wie sie war, sah dennoch nicht mitleiderregend aus, als sie jetzt fragte: »Möchtest du sie pflegen, die Schlangen? Du siehst mich erstaunt an, denn du weißt nicht, wieviel sie der Pflege bedürfen. Sie lieben Milch ganz besonders, und man muß sie ihnen dreimal im Sonnenlauf bringen. Um sie zu beschaffen, bin ich meist unterwegs, und es wäre mir eine große Hilfe, wolltest du indessen meine vielen Kinder pflegen. Wärest du dazu bereit, meine Tochter?« Das Mädchen strich sanft mit den Fingerspitzen über den kühlen Schlangenleib in ihrer anderen Hand, sagte leise: »Wie gerne täte ich es, o Ehrwürdige, aber ich kann und darf nicht, denn die Mutter und die Schwester bedürfen meiner, auch war ich...« Sie stockte, und die Alte fiel ein: »Auch warst du unterwegs, um das Kraut zu suchen, das deiner schönen Schwester noch strahlendere Augen geben sollte, ist es nicht so, meine Tochter? Nun siehst du, ich weiß das gut, und ich kann dir versichern, deine Mutter und Schwester werden ausreichend Hilfe haben während der wenigen Stunden am heutigen Tage, die du in meiner Behausung verbringst, indessen ich die Milch suchen gehe für meine Kinder. Tritt ein! Hier in diese kleine Höhle müssen wir hinein. Du sahst den Eingang bisher nicht? Die Sonne blendete, daher kam es. Bücke dich, meine Tochter, es ist niedrig, wo wir gehen. Siehst du dort neben unsrem Wege die flachen Wasserstellen? Leuchten sie nicht schön unsrem Wege? In ihnen tummeln sich meine Kinder oftmals, und man muß achtgeben, daß sie sich nicht verlieren. Auch dieses gehört zu deinen Obliegenheiten. Jetzt langen wir an, schau dich um!«

Plötzlich klang die bisher nur wie plaudernd daherredende Stimme der Alten befehlend, und das Mädchen sah etwas erschrocken hoch, um neben sich eine Frau von gebietendem Ansehen zu erblicken; hochgewachsen und stolz stand sie in dem weiten Höhlenraum, in den sie gelangt waren, schaute aber freundlich auf das Mädchen, das stammelnd fragte: »Die Alte... wo ist sie?

Was geschah?« Die Frau legte dem Mädchen die Hand auf die Schulter, und ein seltsames Wohlbehagen durchströmte den von steter Arbeit ermatteten jungen Körper bei der Berührung. »Die Alte, meine Tochter, bin ich, und dieses ist mein Reich, das der Wasser unter der Erde. Wenn ich hinaufsteige, nehme ich jene Gestalt an, in der du mich sahst. Wir sind das Fruchtbare, wir sind die stete Feuchte, und aus uns erwachsen viele seltsame Sträucher und Blüten. Ist es nicht ein schönes Tun, der harten, von Sonne bedrängten Erde die ersehnte Feuchte zu schenken? Was denkst du davon, meine Tochter?« Das Mädchen atmete begierig die Frische ein, schaute um sich in der grünen Dämmerung, fühlte zum ersten Male in ihrem Leben der harten Mühe, wie jung sie war, wie unbeschwert. »Es ist ein wunderbares Tun, o Sultana der Schlangen, und ich will für einige Stunden gerne deine Kinder pflegen, wenn nur die daheim nicht Not leiden indessen, denn sie sind es nicht gewohnt, zu arbeiten.« Die Frau lächelte wieder, streckte die Hand aus und legte sie dem Mädchen auf die Stirn, sagte dabei halblaut: »Niemand leidet Not, und deine Gedanken sollen Friede und Freude sein.« Da vergaß das Mädchen alles, was auf dem heißen Boden der Erde sich begab, und fühlte sich heimisch in der Dämmerkühle.

Zur gleichen Stunde aber begehrte ein stämmiges Mädchen am Hause der Mutter Einlaß, und als ihr die schöne jüngere Schwester mißmutig, daß ihr solches zugemutet wurde, die Tür öffnete, reichte die Fremde ein kleines Kraut mit gelben Blüten hinein, sagte leise und ergeben, wie Dienerinnen reden: »Dieses Kraut, Herrin, schickt dir deine Schwester; es ist jenes, das du begehrtest, und sie läßt sagen, für kurze Zeit nehmt meine Dienste hin an ihrer Stelle, denn sie hat sich den Fuß verletzt und kommt nur sehr langsam nach.« Die Mutter, die den

Wortwechsel vernahm, kam nun ihrerseits zur Tür, und die Fremde mußte alles nochmals wiederholen. Wieder und wieder wurde sie befragt, auch darüber, was ihre Dienste kosteten, und als die Antwort kam, daß nichts zu entrichten sei und alles schon entgolten, da zuckte die Mutter die Schultern und ließ es geschehen, daß die Fremde einträte. Verwundert stand sie dann dabei, während das fremde Mädchen schaffte, so als kenne sie schon lange alle Bedürfnisse des Hauses, und verstand immer weniger, was hier geschah.

Die jüngere Tochter aber saß indessen vor dem Spiegel, der ihr liebster Besitz war, und tauchte das begehrte Kraut in Wasser, um es dann auf die Augen zu legen. Als nichts geschah, kein erhöhter Glanz ihre strahlenden Blicke aufleuchten ließ, warf sie das Kraut zornig zu Boden und zertrat es, heftig scheltend, die Schwester habe sie betrogen. Mit einem Schrei fuhr sie gleich darauf zurück, denn aus dem Kraut ringelte sich eine kleine Schlange, schlug mit dem spitzen Kopf nach dem zerstörenden Fuß und war gleich danach verschwunden. Lautlos trat im selben Augenblick die Fremde ein, nahm das Kraut auf und barg es im Ausschnitt ihres Gewandes. Die Mutter, die auf den Schrei der verwöhnten Tochter erschreckt herbeieilte, verstand nichts von des Mädchens Klagen und sagte sich, daß offenbar das Kismet an diesem seltsamen Tage sein Spiel mit ihnen treibe.

So wie es da geschah, so ging es noch viele, viele Tage weiter. Mit dem ersten Sonnenlichte erschien die Fremde, tat alle Arbeit und verschwand, sobald es dämmerte. Das Haus war sauber und ruhig, die Mahlzeiten mundeten, es gab kein Rufen und Befehlen, kein Fragen. Und doch, der Mutter wie der Tochter schien etwas zu fehlen, und es währte lange, bis sie darauf kamen, daß es die stille, liebevolle Anwesenheit der älteren Schwester sei, die sie entbehrten. Seltsam, daß sogar dem verwöhnten jüngeren Mädchen eine Ahnung davon aufging, daß sie der Schwester stilles Walten vermisse und sich danach sehne, die Stimme zu hören, die halblaut oftmals gefragt hatte: »Ist etwas, das ich für dich tun könnte, meine Schöne, meine Liebe?« Seltsam, sehr.

Sie aber, deren Dasein niemals gespürt worden war, doch deren Fehlen fühlbar ward, was tat sie? Sie lebte in Frieden und in fremder Schönheit der Welt unter der Erde. Die Schlangen liebten sie und sammelten sich um sie, wann immer sie ihnen die Nahrung bereitete, auch wohl ein rattenartiges Tier vertrieb, das die Pfleglinge verletzen könnte, und so ihnen immer zu Diensten war. Unken fanden sich ein, kluge, viel wissende Tiere, und eine war, die trug einen leuchtenden Stein in der Stirn, der ihr den Weg erhellte. Fremdartige Laute begann das Mädchen zu verstehen, und da sie alles vergessen hatte, was sich auf der Oberwelt befand, so war sie vollkommen glücklich. Die schöne und wandlungsfähige Frau, die dieses Reich beherrschte, sah sie nur selten; dann aber wurde ihr immer Lob gespendet, nichts als Lob.

Doch einmal geschah es, daß eine Schlange, es war jene, die sie damals unter dem drückenden Stein hervorgeholt hatte, diese Kleine, die immer voll Abenteuerlust zu sein schien, sich wieder auf den Weg der Erkundung der Oberwelt machte und das Mädchen, voll Sorge, es könne dort Gefahr drohen, ihr nachging. Durch weite Gänge folgte sie immer der feinen Schlangenspur, aber plötzlich traf etwas so schmerzhaft ihre Stirn, daß sie den Schritt verhielt. Was war das? Was stach so? Ein Sonnenstrahl war es gewesen, der durch einen Spalt im Gestein gedrungen war und mit seinem feinen Pfeil des Mädchens Stirn berührte. Im gleichen Augenblicke setzte das Erinnern wieder ein, im gleichen Augenblicke wußte sie alles, alles, und ein heftiger schmerzlicher Schreck packte sie. Immer noch glaubte sie, sie sei nicht mehr als einige Stunden von daheim fort gewesen; denn es weiß ein jeder, wie es um die Zeit steht im Bereiche der Geister und daß es diese treibende Geißel der Menschen dort nicht gibt. Das Mädchen hatte sogleich nur einen Gedanken: fort, nichts als fort, nur heim, um ihre Arbeit für Mutter und Schwester zu tun.

Sie hastete weiter, dem weisenden Sonnenpfeil nach, und stand urplötzlich in greller Helligkeit des Tages genau an der Stelle, an welcher sie damals die Alte getroffen hatte. Und da war sie ja, die zerlumpte, jämmerliche Alte, ebenso wie damals. »Nun, meine Tochter, hast du dich erinnert und willst uns nun verlassen? War es nicht schön bei uns, sage?« Das Mädchen ergriff die Hand der Alten, führte sie an Mund und Stirn, sagte leise: »So schön, wie ich niemals wußte, daß das Leben sein könne, und all mein Dank ist dein. Doch man braucht mich, ich muß heim, sie werden staunen, wo ich geblieben bin. Und die Abendmahlzeit ist zu bereiten; laß mich gehen, o meine Wohltäterin!« Die Alte schien Mühe zu haben mit der Antwort und sagte endlich: »Wie du willst, meine Tochter, geh nur, du, die immer zu helfen bereit ist. Aber nimm diesen Stein hier, ihn behalte in deinem Gewande und zeige ihn niemandem, hörst du mich, niemandem! So unansehnlich er auch sein mag, so stark ist doch seine Kraft. Denn wenn du ihn unter deine Zunge legst und einen wünschenden Gedanken hast, so wird er dir erfüllt werden, welcher Art er auch sei. Hast du verstanden, meine Tochter? Sage, gut verstanden?« Das Mädchen sah in die Augen der Frau, die sie so oft in anderer Gestalt erblickt hatte, und der tiefe Ernst dieses Blickes drang in sie ein. Sie antwortete feierlich: »Ich habe verstanden, o meine Sultana.«

Die Alte wandte sich ab ohne ein weiteres Wort, und nach der anderen Seite hin ging das Mädchen ihres Weges. Kurz schien ihr die Zeit zu sein, bis sie am Hause der Mutter anlangte und den Klopfer rührte, den sie so vielmals schon betätigt hatte. Die Tür ward sogleich geöffnet, und eine Fremde stand und sah fragend das Mädchen an. Tödlich erschrocken fragte sie, kaum der Sprache mächtig: »Wo ist... wo sind...?« Die Fremde trat höflich beiseite und gab den Weg frei, verneigte sich und antwortete: »Herrin, deine Mutter und deine Schwester befinden sich in der Strafhaft, angeklagt des Diebstahls vieler Edelsteine, deren Herkunft sie nicht zu erklären vermochten.« Das Mädchen sank vor Schreck auf dem Boden zusammen und erfuhr dann die seltsame Geschichte solcherart: »Jeden Tag, Herrin, seit du dieses Haus verließest... o ja, Tage, nicht Stunden, vierzig Tage, Herrin, warst du abwesend –, fand sich im Gemach deiner Schwester ein Edelstein, ein grüner. Da niemand wußte, wie das geschehen konnte, und sie viel davon sprach, so wurde sie des Diebstahls angeklagt. Meldete sich auch kein Bestohlener, dennoch wurden sie abgeholt. Und so warten wir deiner, o Herrin, uns zu befreien, jene aus der Haft und ihnen den Reichtum zurückzugeben, und mich aus diesem Sonnenlande, das mir die Stirn vor Schmerz zerschlägt.«

Als die Fremde das sagte, beugte sie sich noch tiefer zu Boden, ward vor den Augen des Mädchens klein und kleiner, wurde eine kleine braune Schlange, die sich an das Gewand des Mädchens schmiegte. Und in diesem Augenblick ward alles verstanden, ward alles klar. Es ging wie das Aufleuchten des Mondes durch des Mädchens Sinn, und sie begriff, wozu sie zurückgekehrt war und daß es nun an der Zeit sei, die Kraft des Steines zu versuchen. Schnell entnahm sie den farblosen den

Falten ihres Gewandes, legte ihn unter ihre Zunge, fühlte ihn kühl und weich und dachte mit aller Kraft ihres Seins dieses: »Hilf mir, o du Sultana der Wasser, daß Mutter und Schwester frei werden und sich ihre Unschuld klar erweist. Und dann, o meine Herrin, hilf mir und dieser deiner Dienerin zurück zu dir, zurück in die Kühle der tiefen Wasser... hilf mir, hilf!«

Weiter wußte das Mädchen nicht mehr viel, denn ihr war es, sie träume und werde im Traum dahingetragen, ob auf einer Wolke oder einer Woge, das wußte sie nicht, denn als sie im Reich der Wasser wieder erwachte, da war auch das Erinnern, das immer unbarmherzig ist, von ihr genommen worden, und die kleine braune Schlange, die sich noch an sie schmiegte, vermochte sie auch nicht von den anderen zu unterscheiden.

Droben aber, auf der sonnenheißen Erde, da begab es sich, daß Mutter und Tochter mit vielen Ehrenbezeugungen vom Kadi selbst heimgeleitet wurden, der sich bemühte, alles darzustellen als einen schlimmen Spaß des großen Bey, der die köstlichen Edelsteine so heimlich dem schönen Mädchen geschenkt habe, das nun sein Weib werde. Doch der Bey, woher kam urplötzlich der helfende Bey? Es wird geflüstert, daß das schöne Mädchen, welches die Schlangen so sehr fürchtete, nachts eine schöne grüne Schlange neben sich sah und darob langsam des Verstandes beraubt wurde und auch des Glanzes ihrer Augen, daran ihr so viel gelegen hatte. Doch sind das Berichte, nur Berichte. Wahr aber ist, daß auch bei der schrecklichsten Dürre, wenn Frucht und Blüten allerorten verdorrten, dieser Landstrich immer fruchtbar blieb, immer alles in Fülle und Pracht stand. Denn die Herrin der unterirdischen Wasser hatte Zeit, Sorge dafür zu tragen, da ihre Kinder, die Schlangen, von helfender Hand gepflegt wurden – vierzig Tage, vierzig Wochen, vierzig

Monde, vierzig Jahre lang... denn was ist Zeit dem Reich der Geister? Wer weiß dort von der Menschheit Geißel? Vielleicht nur eine, eine einzige: die weise Kröte mit dem Edelstein in der Stirn, auch sie ein Geschöpf Allahs, des Allbarmherzigen.

Der grüne Nhous

Ein großer Händler, dessen Beziehungen sich über alle bekannten Meere erstreckten, war seiner Geschäfte wegen fast immer unterwegs. Dazwischen versäumte er aber die dem Gläubigen auferlegten Pflichten nicht und besuchte auf den gebotenen Pilgerfahrten die Heiligen Stätten, wie es sich gebührt. Wieder einmal war es nun so weit, daß er eine ausgedehnte Reise plante, deren Abschluß ihn auch nach Mekka führen sollte. Sein großes Haus, das seinem Reichtum gemäß schon fast einem Serail glich, war solcherart gebaut, daß es am Meere lag, einen eigenen Landesteg hatte und sich alle jene Lagerschuppen und Gebäude in der unmittelbaren Nähe befanden, die für den Handel über See erforderlich waren.

Bevor der Kaufherr diese neue Reise antrat, befragte er seine Töchter, deren er drei hatte, wie es die Sitte erfordert, nach dem, was er ihnen von den Heiligen Stätten mitbringen solle. Die zwei ältesten Töchter hatten ihre Wünsche schon bereit, erbaten diese oder jene Schmuckstücke und einige Ballen Seide von ihm. Die jüngste Tochter, die seinem Herzen besonders nahe stand und von ihm den Kosenamen Sevgülah erhalten hatte, was so viel bedeutet wie Vielgeliebte, stand abseits und sah den Vater nur traurig an, denn die wieder bevorstehende Trennung bereitete ihr Kummer. Er wandte sich zu ihr, fragte leise, wobei er sie zu sich heranwinkte und ihr

Kinn hochrichtete, um ihr in die gesenkten Augen zu schauen: »Sevgülah, was ist es, das ich dir bringen soll? Sage es mir, du weißt, ich tue nichts lieber, als deine seltenen Wünsche zu befriedigen.« Sie griff nach seiner liebkosenden Hand und sagte kaum hörbar: »Kehre gesund und froh zurück, o geliebter und verehrter Vater, das ist alles, was ich begehre.« Damit verneigte sie sich tief vor ihm und ging in das Haus zurück, denn es geziemt sich nicht, vor dem Höherstehenden zu weinen, und sie konnte die Tränen des Trennungsschmerzes nicht mehr zurückhalten. Die zwei älteren Schwestern sahen der jüngeren mit Spott und bösem Hohn nach und sagten leise zueinander, daß diese Dienerin der Lüge gewißlich wieder die Bescheidene gespielt habe, um dem Vater zu gefallen. Flüsternd gingen sie zum Hause zurück, während der Vater vom Hofraum aus sich anschickte, den Landeplatz zu betreten, wo das Schiff schon seeklar lag.

Als er eingestiegen war und die Ankertrosse bereits eingeholt wurde, kam atemlos ein Diener vom Hause her gelaufen, legte die Hände an den Mund, solcherart etwas wie ein Rufhorn schaffend, und rief: »Eure Jüngste, Herr, verlangt von Euch den Grünen Nhous, den Grünen Nhous, versteht Ihr, Herr?« Der Kaufherr an Bord seines Schiffes nickte, der Wind fing sich singend in den Segeln, so daß es nicht mehr möglich war, etwas zurückzurufen, und das gute Schiff »KARAKUSCH« löste sich vom Lande, um, dem Namen getreu, seinen Adler-Flug anzutreten. Ein wenig traurig war der Kaufherr geworden; denn er begriff den Gesinnungswechsel seines geliebtesten Kindes nicht, und zudem wußte er nicht, was das denn sei, dieser von ihr begehrte Grüne Nhous. War es ein Edelstein? Ein Talisman? Eine schwer zu erringende Kostbarkeit? Und weshalb hatte sie es ihm nicht gleich gesagt, sie, an deren selbstlose Liebe er glaubte und die seinem Herzen teurer war als ihre Schwestern?

Er wartete bis zum Abend, als der Kapitän nicht mehr so beschäftigt war und der »Adler« schon sicher seines Weges flog; als sie dann bei der gemeinsamen Mahlzeit saßen, fragte er den Seemann, was das wohl sei, der Grüne Nhous? Ob er schon einmal davon gehört habe? Der Kapitän sah erstaunt von seinem Pihlaw auf, legte den schön geschnitzten Löffel beiseite und sagte besorgt: »Der Grüne Nhous, Herr? Dessen darf auf See keine Erwähnung getan werden, dessen nicht! Fragt mich, wenn wir wieder an Land sind, und möge es uns kein Unheil bringen, daß Ihr ihn nanntet, Inschallah!« Dann stand der alte Seemann von der Tafel auf, machte eine höfliche Verbeugung vor seinem Fahrtenherrn, ließ die Mahlzeit unberührt stehen und ging davon. Völlig aus der Fassung gebracht, sah ihm der Kaufherr nach, und auch ihm wollte das trefflich bereitete Mahl nicht mehr munden, denn es war zum ersten Male, daß etwas, das ihm von seinem jüngsten Kinde kam, von Unheil umwittert schien.

Und seltsam, von dieser Stunde an ging alles an Bord fehl. Es gab kleine Unfälle über Unfälle, man kam in widrige Winde oder in völlige Windstille, man verlor dieses oder jenes Gerät, und mit knapper Not hatte ein Mann wieder aufgefischt werden können, der bei einer ganz gefahrlosen Malarbeit über Bord gegangen war. Zudem war die See in einer für die Jahreszeit ungewöhnlichen Art erregt, und der gesamten Mannschaft bemächtigte sich allmählich eine starke Unruhe, sind doch in der ganzen Welt und auf allen Meeren die Seeleute abergläubisch.

Eines Freitags, der ja, wie ein jeder weiß, der geheiligte Tag des Islam ist, als die Mannschaft außer denen, die für die Sicherheit der Fahrt unentbehrlich waren, zum gemeinsamen Gebet um ihn versammelt war, sagte der Kaufherr sehr ernst und ruhig: »Da wir unterwegs sind zu den Heiligen Stätten, so kann es nur ein böser Djin sein, der unsere Fahrt hindert. Wir wollen, so sehr es sich mit der Arbeit vereinen läßt, die Gebetszeiten genau einhalten, und zudem wollen wir unmittelbar nach Djidda fahren und nicht erst die Waren unterwegs tauschen. Waren wir dann in Mekka, so wird der böse Djin machtlos über uns sein. Denkt ihr nicht so, meine Freunde?« Er erhielt die ungeteilte Zustimmung aller, und von da an ging die Fahrt ruhiger vonstatten.

Sie langten ohne weiteren Zwischenfall in Djidda an und begaben sich von da aus nach der Sitte und Vorschrift des Propheten als Pilger nach Mekka. An Bord blieb nur eine Wache zurück, und diese ließ es sich wohl sein in Kef und Ruhe.

Der Kaufherr aber fand keine solche Ruhe. Ihn peinigte der Gedanke, daß sein liebstes Kind im Augenblick, da der »KARAKUSCH« in See stach, einen Namen hatte nennen lassen, der ihnen Unheil gebracht hatte, und zudem wußte er immer noch nicht, was denn dieser Name bedeute. Er beschloß, bei seinen Nachforschungen sehr vorsichtig zu Werke zu gehen, denn er hatte nicht vergessen, wie der Kapitän bei Nennung des verhängnisvollen Namens entsetzt gewesen war. So verrichtete er zunächst alle dem Pilger obliegenden Pflichten, ließ auch in gleichgültiger Geschäftsmäßigkeit durch einen seiner Diener die Dinge erhandeln, die seine älteren Töchter von ihm begehrt hatten, und begab sich dann an die Erforschung jenes einen Rätsels. Zu diesem Behufe kleidete er sich in die einfachsten Gewänder und bewegte sich, einem Bettler gleich, unter der Menge der zahlreichen Pilger. Da waren ihrer aus allen Ländern des

Islam und von jeder Herkunft und Beschaffenheit; da waren Junge und Alte, Vornehme und Geringe, Arme und Reiche, Weise und Toren. Sie alle bewegte nur der eine Wunsch, dem Gebote des Propheten gemäß die Heiligen Stätten zu grüßen und Ehrfurcht zu erweisen, um dann für die weiteren Lebenstage aller Segnungen gewiß zu sein. Der Kaufherr nun suchte unter dieser großen Menge Menschen nach einem, der ihm als Derwisch kenntlich werden könnte; denn nur diese Gläubigen waren Besitzer des Wissens um alle Geheimnisse.

Nun aber ist es schwierig, in Mekka zu erkennen, wer einer ist und was einer ist, da alle Pilger das gleiche hemdartige Gewand tragen, das auch ihre geschorenen Köpfe mit bedeckt, und so heißt es suchen, forschen, auf Gespräche lauschen, auf die besondere Art des Betens achten. Ist nun auch das Gebet jedes Moslim das gleiche nach Inhalt und Wort, so gibt es doch Verschiedenheiten der Versenkung, und an dieser eben kann der Derwisch erkannt werden. So wollte es das dem Kaufherrn scheinbar doch günstig gesinnte Kismet, daß ihm ein Mann auffiel, der mehrfach neben ihm das Gebet in der großen Moschee verrichtete, und er nahm es sich heraus, diesem Beter zu folgen, um, wenn es möglich würde, ihn anzureden. Hier nun schien das Kismet wieder helfend einzugreifen, denn der Mann, unachtsam seines Weges gehend, strauchelte über einen Stein, der lose rollend unter dem Fuß dahinglitt, und griff mit einem erschreckten Laut in die Luft, mit dem vergeblichen Versuch, sich zu halten und vor dem unvermeidlichen Sturz zu bewahren. Da aber war der Kaufherr bereits zur Stelle und hielt den Strauchelnden aufrecht. Der Fremde dankte in freundlichster Art, und die zwei Männer gingen zusammen weiter.

Sie begannen das in Mekka übliche Gespräch über die Anzahl der Pilger und die mehr oder minder große Pracht der Karawanen, welche Opfergaben brachten; und da es sich herausstellte, daß sie zu ihren Unterkünften denselben Weg hatten, blieb dem Kaufherrn Zeit genug, um vorsichtig und langsam das Gespräch darauf zu lenken, wie es denn so seltsam sei, daß neben dem wirklichen Glauben dennoch der Aberglaube Raum habe. »Wie meinst du das, mein Bruder?« fragte der Derwisch erstaunt und erhielt zur Antwort: »Willst du es mir als Wahrheit anrechnen, mein Bruder, wenn ich dir sage, daß erst vor wenigen Tagen einer mich fragte, was oder wer der Grüne Nhous sei und ob man ihn zu fürchten habe? Ich antwortete, wie man das denn vermöge, wenn man nicht wisse, was er sei? Hast du schon einmal davon gehört, mein Bruder? Es ist doch nur eine Torheit, nicht wahr?« Zu des Kaufherrn Erstaunen und Beunruhigung aber antwortete der Derwisch ernsthaft: »Ich hörte von ihm und glaube nicht, daß es sich dabei nur um eine Torheit handelt, denn es ist niemals zu spaßen mit den großen Geistern der Gewässer.« Der Kaufherr sah in das ruhige und ernste Gesicht des Fremden, fragte zaghaft: »Ein Geist der Gewässer? Welcher Art denn, o mein Bruder?« Der Fremde blieb stehen, denn sie waren am Eingang eines jener großen Hans angelangt, die während der Pilgerzeiten die Fremden beherbergen. »Willst du mit mir hereinkommen, mein Bruder, und eine kleine uns erlaubte Erfrischung nehmen, da du mir doch hilfreich warst? Ich werde dir dann berichten, was ich von dem Grünen Nhous weiß. Ist es dir genehm?«

In gebührender Art dankte der Kaufherr und verriet in nichts den Eifer, mit dem er den versprochenen Erklärungen entgegensah. Auch wurde seine Geduld auf die in solchen Fällen übliche Probe gestellt, und er mußte erst alles anhören, was der Derwisch, als welcher der Fremde sich bekannte, auf dem Herwege von seinem weit entfernten Kloster erduldet und erfahren hatte, ehe endlich die ersehnten Worte fielen: »Was nun, mein Bruder, deine Bemerkung über Aberglauben und den Grünen Nhous anlangt, so ist dieses alles nur bei den Seeleuten ganz verständlich. Wie ich dir schon sagte, ist der so benannte Nhous ein großer Geist der Gewässer oder, wenn du es lieber hörst, der Geist der Großen Gewässer, will sagen der Weltmeere. Er ist das Eigentum der Herrin der Meere, von ihr geliebt mehr als die Schätze der Tiefe, und sie hat geschworen, ihn nur dann freizugeben, wenn sie dafür das Meer den Gebel Tarik zerstören lassen darf. Dagegen aber steht ein Gebot jener Zeiten, als die Meere erschaffen wurden und mit ihnen der Grüne Nhous. Er ist der Hüter der Küsten von Arabistan; denn wenn der Gebel Tarik fällt, so wird Arabistan von den Fluten verschlungen zur Freude der Herrin der Meere, deren Hunger nach Zerstörung unersättlich ist.«

Der Derwisch schwieg, und der Kaufherr, zutiefst erschrocken über das, was er vernommen hatte, sagte zaghaft: »Aber nach dem, was du sagst, mein Bruder, ist der Grüne Nhous ein guter Geist, hütet er doch die Küsten von Arabistan, solange er bei der Herrin der Meere weilt?« Ruhig gab der Derwisch zur Antwort: »So ist es, mein Bruder, und all dieses, was wir hier sprechen, ist nur Erzählung der Unwissenden, der Toren und der Seeleute. Ich sagte auch nur zu Anfang, als du fragtest, es tue nicht gut, über die großen Geister der Meere zu reden, da die Gewalten, die dort herrschen, immer unbekannt bleiben sollten. Flehen wir also alle guten Geister an, daß die Herrin der Meere im ungestörten Besitz des Grünen Nhous bleibe, der ein gewaltiger grüner Vogel sein soll. Sieht ihn ein Seemann, der über die

Weite schaut, sieht er das grüne Glitzern über den Wogen... dann ist es schlimm um des Schiffes Sicherheit bestellt.« Der Derwisch schwieg, und in tiefe Gedanken versunken, verabschiedete sich der Kaufherr von ihm.

Er begriff das Ganze nicht, verstand nicht, woher sein liebes und einfach gesinntes Kind von diesem großen Geist der Meere wissen konnte und, wenn sie es tat, weshalb sie dann einen Wunsch ausgesprochen haben sollte, der zwar unerfüllbar bleiben mußte, der aber, falls die Erfüllung gedacht würde, die Zerstörung der heimatlichen Erde bedeutete. Unfaßlich und ganz ungut! Seine Sevgülah, sein liebes Kind, sollte solche Gedanken hegen? Es war und blieb ungut. Der brave Kaufherr konnte nicht wissen, daß Sevgülah niemals etwas von dem Grünen Nhous gehört hatte und daß in Wahrheit ihr einziger Wunsch der nach des geliebten Vaters guter und sicherer Rückkehr war. Die Schwestern, die zwei neidischen und bösen, hatten einmal den Namen des Wassergeistes erwähnen gehört, und da es eilte, dem Vater noch vor seiner Abfahrt etwas sagen zu lassen, was die jüngste Schwester in ungutem Lichte erscheinen ließ, so erdachten sie sich dieses unerfüllbare Verlangen als von ihr ersonnen. Das, worum sich weit von ihnen entfernt der Kaufherr grämte, das war in Wirklichkeit die Bosheit seiner beiden älteren Töchter. Aber er wußte es nicht; denn auch er war ein Diener des Kismet, wie ein jeder von uns.

Einige Tage vergingen noch, und dann machte sich der Kaufherr mit denen seiner Diener, die ihn nach Mekka begleitet hatten, zum Weg nach Djidda bereit. Dorthin zu wandern in Staub und Hitze, unter Zahlreichen, die auch zur See gekommen sind, bedeutet eine schwere Prüfung, die auch mit zu dem gehört, was die Pilgerfahrt dem Gläubigen auferlegt. Erschöpft, beschmutzt, doch im Bewußtsein, ihre Pflicht erfüllt zu haben dem Gebot des Islam gegenüber, begaben sich die Männer des »KARAKUSCH« sogleich in das Hamam und genossen die Säuberung, die ihnen bis dahin versagt gewesen war. Es wurde beschlossen, bei Morgengrauen auszulaufen und die Nacht in den Ruheräumen des Hamam zu verbringen, um allem gewachsen zu sein, was die weite Seefahrt von ihren Kräften verlangte.

Der Kaufherr, der sich in unruhigem Schlummer auf seinem Lager wälzte, fuhr mitten in der Nacht mit einem furchtbaren Schrecken hoch, denn er hatte gefühlt, wie eine kleine kalte Hand seine Brust berührte. Noch von Schlaf benommen, stieß er einen leisen Schrei aus und griff nach dem, was er für ein Traumgebilde hielt. Aber was er faßte, war wirklich eine kleine kalte Hand, die eines winzigen Affen. Der Mann mußte lachen über sein Erschrecken und auch über die noch viel mehr erschrockenen Blicke des kleinen Tieres. »Maimu, djanoum, maimudjim, nerden geldinis? (Affe, Seelchen, mein Äffchen, woher kommst du?)« sagte er leise und streichelte das zitternde Tierchen, das ihm keine Antwort geben konnte auf seine Frage. »Bist du wirklich ein Äffchen, oder bist du ein kleiner Ifrit, maimudjim, mein Äffchen, sage? Und warum zitterst du so? Hat man dir etwas getan, kleines Tier, he?« Der Kaufherr erhob sich, das Tierchen im Arme haltend, und brachte es der Öllampe näher, die den kleinen Raum notdürftig erhellte; da sah er auf des Äffchens Rücken eine häßliche Wunde, die wohl durch einen harten Schlag hervorgerufen worden war, denn das Fell war mit verharschtem Blut bedeckt. »Wach, wach, savala maimu! (Ach, ach, armes Äffchen!)« sagte der Mann mitleidig und wusch in der Schale mit wohlriechendem Wasser dem Tierchen das Blut ab. Von seinem Pilgergewand, das am Boden lag, riß er einige Streifen ab und verband sorgfältig die Wunde. Der kleine Affe ließ sich alles geduldig und reglos gefallen, und als es geschehen war, schmiegte er sich vertrauend in den Arm des hilfreichen Mannes. Dem Kaufherrn war die Wärme des kleinen Tieres ein Trost, und so schliefen sie beide zusammen in Frieden bis zur Stunde, da der Diener seinen Herrn wecken kam. »Ich nehme das Äffchen mit an Bord, aber vorher will ich es noch einmal verbinden. Bringe mir gewärmtes Wasser.« Und wieder wurde das Tierchen verbunden, hielt still und klammerte sich dann an seinen Wohltäter.

So kam es, daß der große Kaufherr an Bord des »KARAKUSCH« kam, ein krankes Äffchen tragend, das seine Arme fest um den Hals des Mannes geschlungen hatte. Der Kapitän sah es lächelnd, fragte: »Ein guter Ifrit, Herr?« Auch der Kaufherr lächelte, zuckte die Schultern, streichelte das Äffchen und sagte leise: »Kim bilir? (Wer weiß?)« Ja, wer wußte es? Die Zeit würde es lehren.

Die Fahrt, die nun folgte, sollte nicht nur denen, die sie überlebten, unauslöschlich im Gedächtnis bleiben, sondern auch Anlaß geben zu vielen seltsamen Erzählungen, die sich im Laufe der Zeit immer wieder wandelten und verschiedenartig berichtet wurden. Soviel man aber aus allem die Wahrheit herauszuschälen vermag, eine Frucht, die gleichwie die Keuschheit in der Zwiebel von immer neuen Schalen umhüllt ist, so geschah alles auf diese Art: Der »KARAKUSCH« hatte für zwei Tage gutes Fahrtwetter und flog mit geschwellten Segeln vor dem Winde dahin. Kaum aber versuchte der Kapitän jene Häfen anzulaufen, wo Waren ihrer warteten oder sie solche abzuladen hatten, erhoben sich so widrige Winde, daß es unmöglich wurde, in die Nähe der Küste zu gelangen. Die Mannschaft begann zu murren und sich in der seltsamsten Art zu betragen, zumal nach einer Sturmnacht sich an den Mastspitzen grüne Feuer gezeigt hatten. Da hörte man von überallher Geflüster und Geraune und die Worte »Grüner Nhous« waren deutlich zu unterscheiden.

Der Kapitän suchte eine Aussprache mit dem Kaufherrn und erklärte diesem unmißverständlich, daß er für nichts mehr einstehen könne, wenn der Fahrtenherr verlange, dem ursprünglichen Plane gemäß die fremden Häfen anzulaufen. »Wollet meinem Rat folgen, Herr, und für dieses Mal auf alle Geschäfte verzichten, heimfahren, nichts als heimfahren! Ich vermag für die Mannschaft nicht mehr einzustehen, wenn wir solcherart kreuzen, und sollte vollends das Zeichen des Grünen Nhous noch einmal an den Mastspitzen erscheinen, so sind wir verloren, o glaubt es mir, Herr! Ein Fluch lastet auf dieser Fahrt. Er wurde abgewehrt, solange wir Djidda und die Heiligen Stätten anliefen; nun aber ist er nicht mehr zu vermeiden. Herr, Herr, hört auf mich, ich beschwöre Euch!«

Der Kaufherr aber wollte nicht glauben, daß irgendetwas, das aus Sinn und Gedanke der geliebten kleinen Tochter käme, mit einem Fluch in Verbindung stehen könne, und um sich dieses zu beweisen, sozusagen aus einem frommen Trotz der Liebe heraus, folgte er dem Rat des Kapitäns nicht, gab vielmehr Befehl, Berytos anzulaufen. Als der Kaufherr dieses sagte, klammerte sich der kleine Affe, der inzwischen von seiner Verletzung ganz genesen war, den er aber immer mit sich herumtrug, verzweifelt am Halskragen des Mannes fest, richtete sich hoch und begann ihm nach Art der Affen allerlei ins Ohr zu schnattern. Der Kaufherr achtete dessen nicht, und so geschah es, daß der Aberglaube, der nun schon zum Beherrscher des »KARAKUSCH« geworden war, noch wildere Blüten hervorbrachte.

Einer der älteren Seeleute versammelte an diesem Abend diejenigen, die frei waren, im nun halb leeren Laderaum um sich und begann ihnen zunächst eine Rede zu halten über die Zeichen, die ihnen der Grüne Nhous gegeben habe, dadurch, daß er seine Lichter an den Masten entzündete. »Und jetzt, ihr Leute, was ist jetzt? Habt ihr es nicht gesehen, daß der Herr einen Ifrit aus Djidda mitbrachte? Habt ihr nicht gehört, wie der Kapitän den Affen so nannte, als der Herr an Bord kam? Und wißt ihr nicht, daß die Ifrits Feinde sind aller großen Wassergeister, weil sie selbst den kleineren Geistern zugehören? Ich stand in der Nähe, als der Kapitän den Herrn beschwor, zum Heimathafen abzudrehen, aber der Affen-Ifrit schnatterte dem Herrn seine Weisungen in die Ohren, und dieser gehorchte. Wir drehen auf Berytos zu, und wir sind verloren, glaubt es mir, o glaubt es! Ein Schiff, das ausfährt und vom Heimathafen mit dem Wort ›Grüner Nhous‹ entlassen wird, kann nur ein Opfer der Meere werden, es ist anders unmöglich!«

Atemlos lauschten die Männer, und es gab keinen, der dem Sprecher nicht recht gab. Sie steckten die Köpfe immer dichter zusammen, und endlich wurde ein verzweifelter Entschluß gefaßt: Der Kapitän sollte gefesselt werden, aber in solcher Art, daß ihm nichts Schlimmes geschähe. Der Herr mitsamt dem Affen-Ifrit sollte an der kleinen Insel ausgesetzt werden, die nahe der Einfahrt zum Hafen von Berytos liegt; sie aber würden dann nach einigen Stunden den Kapitän wieder losbinden und das gute Schiff »KARAKUSCH« zum Heimathafen segeln. Kaum einen gab es, der diesem Entschluß nicht zustimmte; denn wenn die Seeleute auch bereit waren, allen Gefahren der Meere zu trotzen, den Kampf mit Großen Meergeistern aufzunehmen, verweigerten sie. Es wurde noch hin und her geredet darüber, daß die Insel, auf der

der Kaufherr ausgesetzt werden sollte, so weit von den Schiffswegen nicht entfernt sei, als daß ihm nicht bald Hilfe zuteil werden könne, und daß man ihm darum alle seine Geldmittel, die er im Gürtel um die Mitte trug, belassen solle. So könne er, meinten sie, sich in nicht zu ferner Zeit ein Schiff anwerben und damit heimfahren, während sie unterdessen den »KARAKUSCH« sicher zum Heimathafen brächten und in späterer Zeit dafür sogar ein Lob erwarten könnten.

Und genau wie es geplant war, so wurde es einige Nächte später ausgeführt. Dem Kapitän wie auch dem Kaufherrn wurde ein Schlaftrunk in den abendlichen Scherbet gemischt, der, stark gesüßt, den Geschmack verdeckte, und vorsichtig wurden dann die beiden Männer fortgetragen, der eine in seinen Schlafraum, wo er an sein Lager festgebunden wurde. Der andere aber ward zusammen mit dem kleinen Affen in ein Beiboot verladen. Es war eine ruhige Nacht, der »KARAKUSCH« lag reglos da, und die kleine Insel leuchtete einladend im Mondlicht. Sie legten den Kaufherrn mit nahezu zärtlicher Sorgfalt auf den steinigen Boden nieder und ruderten an Bord zurück.

Der Steuermann, der ein alter erprobter Seemann war, brachte den »KARAKUSCH« auf den richtigen Kurs, und als im Laufe des anderen Tages der Kapitän aus seinem künstlichen Rausche erwachte, sah er sich zwei Männern gegenüber, die neben seinem Lager standen und in grimmiger Entschlossenheit blanke Entermesser in den Händen hielten. Der eine von ihnen war seiner Sprachgewandtheit wegen berühmt und wurde in gutmütigem Spott »der Mollah« genannt; dieser begann sogleich die wohlvorbereitete Ansprache zu halten. »Herr, unser Vater und Beschützer, wolle nicht glauben, daß wir dir Böses zufügen könnten, und wir halten nur diese Messer, um dir unsere Entschlußbereitschaft zu zeigen. Es geht um dieses, Herr: Wir und der ›KARAKUSCH‹ wollen nicht Opfer jenes werden, der schon allzuoft genannt wurde, und wollen auch nicht den kleinen Ifrit bei uns haben, den der große Effendi in Djidda an Bord brachte. Wir wollen nur in den Heimathafen, wo wir sicher sind vor dem Fluch, der auf uns gelegt wurde, und sind bereit, uns deinem Befehl wie immer zu unterstellen, so du, Herr, bereit bist, uns zum Heimathafen zu bringen, aber auch nur dann. Sprich nun, Herr, wie gedenkst du zu handeln?«

Der Kapitän tat nur eine Frage: »Wo ist der Effendi, und wie geht es ihm?« Der Mollah antwortete unerschrocken: »Der Effendi ist auf der Berytos-Insel mit seinem Ifrit und allen seinen Wertsachen. Er kann von dort ein Schiff anrufen, gibt es doch kaum eines, das nicht nahe der Insel vorbeikäme auf dem Wege in den Hafen von Berytos. Es ist schon eine Tagereise her, daß er sich dort befindet.« Schweigen. Die beiden Männer blickten aufmerksam auf den Kapitän; der aber starrte vor sich hin.

Er überlegte schnell dieses: Wenn er sich sträubte, nützte es dem Effendi nichts, und er würde durch die Entermesser sterben. Stimmte er zu, konnte er das Schiff heimführen und die Leute später bestrafen, auch nach dem Kaufherrn suchen. So sagte er ruhig: »Bindet mich los. Ich bringe euch zum Heimathafen.« Eiligst warfen die zwei ihre Messer fort und machten sich voller Sorgfalt an das Losbinden, versuchten auch die steifgewordenen Glieder wieder beweglich zu machen, benahmen sich voll sorgender Aufmerksamkeit. Der Kapitän ließ sich alles schweigend gefallen und dachte dann nur daran, sein Schiff, den »KARAKUSCH«, vor Ungemach zu bewahren; alles andere konnte warten.

In den wenigen Tagen, die vergingen, bis sie den Heimathafen sichteten, sprach er nur das Allernotwendigste mit der Mannschaft, und über dem ganzen Schiff lag ein Druck, als befinde sich ein Toter an Bord. Schon begannen einige zu murmeln, ob es wohl klug gewesen sei, den Kapitän am Leben gelassen zu haben, und die Besonnenen hatten Mühe, die so nützlich erscheinende Gewalttat zu verhindern.

Als am zehnten Tage der Heimathafen gesichtet wurde, berief der Kapitän alle Mann zu sich, und zwar in der Nähe des Steuermannes, auf daß auch dieser hören könne, was nun bestimmt ward. Die Mannschaft war sicher, nun würde ihnen die Art ihrer Strafen bekanntgegeben werden, und schon lagen wieder Hände an den Entermessern. Aber der Kapitän, der sich die ganzen Tage über bewußt gewesen war, daß sein Leben in Gefahr blieb, sah sich halb lächelnd um, mit einem Ausdruck der Verachtung, der auch dem Dümmsten unter den Männern verständlich wurde. Er sagte in eisiger Ruhe: »Ihr seid alle Meuterer, und ihr wißt, daß ihr das seid, auch, daß es kein größeres Verbrechen für einen Seemann gibt als das, was ihr an mir begangen habt. Aber ihr braucht eure Messer nicht zu zücken, denn es geht jetzt nicht um eure Strafen, die euch zu erlassen ich unter bestimmten Bedingungen bereit bin.« Die Männer atmeten auf, kamen näher, begannen gelöste Haltungen anzunehmen. Des Kapitäns kalter Blick streifte sie wieder verächtlich, und er fuhr zu sprechen fort: »Unter einer Bedingung, nein, es sind zwei, bin ich bereit, euch die Strafen zu erlassen... nein, bleibt stehen, wo ihr seid, ich will euch nicht näher bei mir haben, ihr flößt mir Abscheu ein. Hört weiter: Es ist ein Mädchen hier, das unser Herr mehr als sein Leben liebt, seine jüngste Tochter Sevgülah. Sie will ich vor Kummer bewahren;

denn sie ist mir wie ein eigenes Kind. Ihr alle, jeder einzelne von euch, wird, wenn sie euch fragt, sagen, der Herr sei in Berytos geblieben, wo er ein bedeutendes Geschäft abzuwickeln habe, und habe befohlen, ihn innerhalb eines Mondeslaufes von dort wieder abzuholen. Gelingt es euch, diese Erzählung überall und besonders vor Sevgülah glaubhaft zu machen, so sind euch alle Strafen erlassen. Nun besprecht euch und gebt mir späterhin Nachricht, was ihr beschlossen habt; doch wißt, daß diejenigen, die verraten, was in Wahrheit geschah, der Strenge der Gesetze auf See gemäß bestraft werden. Und was das Abholen des Herrn aus Berytos anlangt, so gedenke ich das auszuführen, ob mit euch, ob mit anderen, ob auf diesem Schiff oder auf einem anderen, das wird sich zeigen. Aber ich meinerseits verpflichte mich, nichts bekanntzugeben von dem, was ihr getan, wenn ihr euch verhaltet, wie ich es euch sagte. Ich habe gesprochen. Ihr beratet euch und kommt nach der ersten Wache zu mir, euren Entschluß bekanntzugeben. Geht.«

Der Kapitän machte eine Handbewegung, wie man Hühner fortscheucht, und die Männer schlichen schweigend davon. Es wird einem Seemann schwer, wie ein Ehrloser behandelt zu werden, und das war ihnen allen soeben geschehen. Wenn der Kapitän sich noch so harte Strafen ersonnen hätte, eine, die seine Mannschaft tiefer demütigte, hätte er nicht finden können.

So geschah es, daß im Hause des Kaufherrn niemand die Wahrheit erfuhr. Die von den beiden älteren Töchtern begehrten Seiden und Zierate wurden ausgeladen und ihnen zugestellt mit des Vaters besten Grüßen; denn es verhält sich so, daß die von der Pilgerfahrt begehrten Geschenke einer Art Geweihtheit teilhaftig werden und niemand sich getrauen würde, sie zu rauben. Erfreut in ihrer eitlen Habsucht, konnten die zwei Mädchen es sich doch nicht versagen, Sevgülah, die traurig und von düsteren Ahnungen bedrückt umherging, höhnisch zuzurufen: »Hast du nun deinen Grünen Nhous bekommen?« Eine Äußerung, die der Jüngsten nichts besagte, da sie ihr ganz unverständlich blieb, aber insofern eine eigenartige Wirkung hatte, als im gleichen Augenblicke, da diese Worte gesprochen wurden, eine gewaltige Flutwelle am Landesteg hochbrauste, die das vor Anker liegende gute Schiff »KARAKUSCH« beinahe von den Trossen gerissen hätte. Nicht genug damit, viele Seemeilen weiter fort, auf der kleinen Insel am Hafenausgang von Berytos, geschah das gleiche, und ein kleiner Affe, der in Wirklichkeit ein Ifrit war, hatte die größte Mühe, sich gegen den mächtigen Wassergeist zu behaupten. Er saß auf der Brust des nun schon viele Tage und Nächte lang bewußtlosen Mannes und schrie in die wilde Welle hinein: »Nhous, Grüner Nhous, willst du diesen Menschen vernichten, so tu es schnell und übe so Barmherzigkeit, aber halt ihn nicht eingeschlossen in Traum und Nichtwissen, das ist deiner unwürdig, Großer Nhous!«

Da schwebte auf dem Kamm einer Woge etwas Grünes herbei, war ein großer Vogel, ließ sich am Felsenrand der kleinen Insel nieder und schaute mit ernsten Augen auf das kleine Affentier. »Ein kleiner Ifrit und will mir trotzen?« sagte der Nhous, und als er so sprach, richtete sich der kleine Affe auf, nahm seine wirkliche Gestalt an und war ein Wesen, das einem Menschenjüngling glich, groß und hochgewachsen, eingehüllt in zwei gewaltige rötliche Flügel, die sich wie ein Gewand um ihn legten und bis auf seine Füße herabreichten. Der Ifrit stand vor dem grünen Wassergeist, und sogleich warf dieser sein Federgewand ab und war ebenfalls einem Jüngling gleich, in große grüne Flügel gehüllt. »Der bist du, der Ifrit der Morgenröte? Und wandelst dich zu einem kleinen Affen? Warum läßt du dich so herab?« fragte der Nhous. Der Ifrit sagte leise – und es klang wie das Wispern des Windes, bevor die Sonne aufgeht –: »Ich tat es, weil ich dich suchte, o Nhous, und weil ich wußte, daß ich dich nur durch einen Menschen finden könnte. Warum ich dich aber suchte, ist dieses: Die Vögel, die sich auf die Wellenkämme setzen, wenn mein Glanz beginnt, deine Wogen zu beleuchten, müssen oftmals, von dem Sprühen deiner Wasser getroffen, ihr Leben lassen; denn ihre Gefieder sind dann zum Fliegen zu schwer von Nässe und sie sinken zurück und sind dahin. Für sie wollte ich bitten, und so hängte ich mich an diesen Menschen, der dich suchen mußte, dem Gebot gemäß, das ihm wurde. Du aber sage mir, was wird jetzt geschehen mit diesem und mit meinen Vögeln, o Nhous?«

Der große Wassergeist tat einen Schritt dorthin, wo der Mann wie schlafend lag, betrachtete ihn und sagte dann ruhig: »Ich werde diesem nichts anhaben; denn er gelangte ohne Schuld in die Verstrickung. Aber ich muß ihn meiner Herrin bringen, und darum hielt ich ihn im Traume fest, wie er jetzt da ruht. Ich werde ihn in mein Gefieder hüllen, so bedroht ihn nichts; da du für ihn batest, geschehe es! Du aber, was wirst du beginnen, Ifrit, du Schöner und Rosenfarbener?« Der Ifrit strich mit der Spitze eines seiner Flügel über die Stirn des Bewußtlosen, und dessen Züge wurden von einem Lächeln überstrahlt. »Ich werde über den Wassern schweben und warten, was weiter geschieht. Nimm ihn nun, er ist im Lande der Freuden.« Der Nhous legte sein Federgewand über den Mann, setzte einen Fuß auf das Wasser und schoß wie ein Stein in die Tiefe, die Federlast mit sich ziehend. Über der Stelle, wo er versunken war, schwebte

es wie eine rosenfarbene Wolke, schien dann weiter-
zugleiten und wandelte die Wasserferne zu einem blühenden Garten. Doch war weit und breit kein Schiff zu
sehen, so daß Menschenaugen das Wunderbare nicht
erblickten.

In ihrem Perlenserail thronte die Herrin der Meere, ein
seltsam gleißendes und glitzerndes Wesen, das keinen
Augenblick sich gleichblieb. Es war auch nicht zu erkennen, ob sie lag, ob sie saß; denn schwankend war alles um
sie her, und kein Menschenauge hätte ihren Anblick ertragen. Da wallte es heftig um sie herum, und herabschie-
ßend schwebte der Grüne Nhous heran, das Federkleid
nach sich ziehend im Wogen der Wasser. »Wie du befahlst,
brachte ich den Menschen, der meinen Namen nannte;
doch bitte ich dich, Erhabene, strafe ihn nicht, wußte er
doch nicht, was er tat.« Die Herrin der Meere sagte mit
einer Stimme, die wie das Brausen der Wogen klang:
»Wenn ich ihm nichts antun darf, so muß es jenes Mädchen
büßen, der du als Geschenk bestimmt warst, du, der den
Wassern gebietet, einem Menschenmädchen! Wähle selbst,
was geschehen soll.« Der Grüne Nhous stand und schaute
auf das Bündel Mensch herab, das in seinem Federkleide
geborgen unwissend in den Tiefen der Meere lag, und er
sagte leicht und leise: »Warum, o Herrin, willst du strafen,
wo keine Schuld war? Böser Sinn nannte meinen Namen,
nicht dieser und nicht das Mädchen, das auch jetzt noch
von nichts weiß. Wofür strafen? Hier lebte Menschenliebe. Weißt du, was das ist?« Die brausende Stimme gab
Antwort: »Ich weiß es nicht und will es nicht wissen.
Und du wähle: das Mädchen oder der Mann. Sprich, ich
befehle es dir.« Der Grüne Nhous stand sinnend, sagte
dann: »Gibt es nicht ein Gebot von einer Macht, die
größer ist als du, o Herrin, daß meine Gefangenschaft
ende, wenn mich Menschenliebe berührt?«

Es entstand eine furchtbare Unruhe, und das ganze Perlenserail schwankte auf und nieder, während die Herrin der Meere kaum noch zu erkennen war. Dem Sturme gleich brach dann ihre Stimme aus. »Es gibt ein solches Gebot; doch verbietet es dir, jemals wieder zu mir zurückzukehren. Du mußt dann bei den Menschen bleiben, hast das Meer verloren...« Des Nhous Stimme fiel ein, hoch und wie singend: »Ich entsinne mich, ich weiß es wieder... das Meer verliere ich, aber den Sturm nicht. Frei bin ich dann, Herr der Stürme und so auch der deine, o Herrin der Meere, wenn mich Menschenliebe berührt... ist es nicht so?« Er sagte es fast jauchzend, und die Herrin der Meere zog sich zusammen, als werde sie eine geringe dunkle Woge, sagte mit dumpfem Groll: »Es ist so, o Nhous. Doch woher, da ich es dir verbarg, weißt du es? Sei verflucht, wer es dir zu wissen gab!« Der Nhous hob mit einem schnellen Griff sein grünes Federkleid, darin der Mann immer noch eingehüllt war, auf und rief jauchzend: »Mir sagte es niemand, doch faßte es mein Gedanke, als ich diesen Menschen in meine Federn hüllte. Lebe wohl, Herrin, ich wurde frei... frei!« Die brausende Stimme rief ihm nach: »Wenn du Menschenliebe findest – nur dann, sonst bist du mein Sklave auf ewig... ewig!«

Der Nhous hörte es kaum noch. Sein Jauchzen hob ihn hoch, so daß er durch die Wasser hinaufschoß, dem Strahl eines Brunnens gleich. Fest umschloß er das Federkleid, dachte des schlafenden Mannes, den er der Herrin der Meere entriß, dachte auch des Ifrits, der für seine Vögel gebeten hatte, und wußte nicht, daß ihn mit all diesen Gedanken schon ein weniges der Menschenliebe berührt hatte. Dann fühlte er den rosigen und warmen Glanz des Ifrit, der über den Wassern seiner harrte, und einem großen seltsamen Wesen gleich, von den grünen Flügeln umhüllt, tauchte er nahe der kleinen Insel wieder auf.

Vorsorglich legte er den träumenden Mann nieder, sagte leise: »Oh, Ifrit, ich habe mich befreit und will suchen, ob ich Menschenliebe finde. Was denkst du, ist es uns Geistern beschieden, sie je zu erwerben? Und weißt du etwas von ihr, dieser seltsamen Kraft, davon sogar der Grund der Meere erklingt?« Der Ifrit der Morgenröte, in seine rosigen Flügel gehüllt, sagte hauchleise: »Es war diese Kraft, die im Sinn des Mannes hier lebt, die mich zu ihm brachte. Du suche sie bei der, die dieser liebt, o Großer Nhous. Und diene ihr, indem du diesem hier die Heimkehr schenkst. Laß ein Schiff den Weg hierher finden, und du indessen – willst du, daß ich dir den Weg weise zu ihr, die dieses Menschen starkes Lieben ist, sein Kind? Ein Vogel du, eine leichte Wolke ich, und wir fliegen hin. Willst du, mein Bruder?« Zur Antwort legte der Nhous sein Federgewand wieder an und streckte vorher die Arme weit, mit einer winkenden Gebärde. »Ein Schiff naht schon«, sagte er, »komm, Bruder Wolke, zeige mir den Weg.«

Dieser Tag neigte sich dem Abend zu, als Sevgülah, voll Sehnen an ihren Vater denkend, sich anschickte, zur Ruhe zu gehen. Sie hatte es seiner Vorsorge zu verdanken, daß sie ein Schlafgemach für sich allein besaß; denn der Kaufherr hatte oftmals etwas von der Feindseligkeit der älteren Schwestern gegen die Jüngste gespürt. So war sie im Begriff, ihr Lager aufzusuchen, stand aber noch eine kleine Weile an der weit offenen Fenstertür, die einen Blick zum Meer hinaus gewährte. Leise sprach sie zu ihrem Vater, so als könne er sie hören, erschrak aber heftig, als sie ein gewaltiges Flügelschlagen hörte und den Schatten eines großen grünen Vogels sich abheben sah gegen eine rosenfarbene Wolke. Der Schreck jedoch verging schnell, weil das Bild so wunderbar schön war, und dieser Schönheit entgegen streckte Sevgülah die Arme aus, rief leise: »Wunderbarer Vogel, komm zu mir, o komm!« Und dann war es ihr, als werde auch sie in die rosenfarbene Wolke eingehüllt, als schwinde ihr alles Wissen und sie könne kaum atmen. Doch währte das nur ganz kurze Zeit, und als sie zu sich kam, stand ein großer schlanker Jüngling vor ihr, der von Kopf bis zu Fuß in lichtgrün leuchtende Flügel eingehüllt war. Sevgülah schaute auf ihn, sah diese erschreckend wunderbare Erscheinung und blickte in ein schönes, ernstes Gesicht, das von dunklem Haar umrahmt war und unergründlich tiefe Augen hatte, deren Blick sie einzuhüllen schien. Reglos stand sie und sah ihn an, reglos betrachtete er sie. »Hast du Furcht vor mir?« fragte er mit leiser, ruhiger Stimme. Sie schüttelte den Kopf, und ihr braunes Haar, das einen lichten Schein hatte, flog bei der Bewegung lockig um ihr Gesicht: »Furcht? Nein. Du bist so schön. Aber ich weiß, ich träume dich, denn du kamst in einer rosenfarbenen Wolke. Es ist ein schöner Traum, laß mich nicht daraus erwachen, Geflügelter du.« Über die ernsten Züge des Grünen Nhous, der die Menschenliebe zu suchen gekommen war, huschte das erste Lächeln, das dieses Antlitz kannte. »Ein Traum? Nun gut. So laß uns zusammen träumen, da auch ich in der rosenfarbenen Wolke lebe. Willst du, daß meine Flügel dich umfangen, du Liebliche, und wir so weiterträumen?« Sie tat einen Schritt auf ihn zu, hob die Arme ein wenig, sagte leise: »Ich will.«

Auf der Insel bei Berytos erwachte der Kaufherr, wie nach tiefem Schlaf erquickt. Er richtete sich auf, reckte die Arme, lächelte, sagte vor sich hin: »Welch ein Traum, Maschallah, das war ein Traum! Zu fliegen einem Vogel gleich, in das Meer zu tauchen einem Fisch gleich, leicht, so leicht zu sein, der Luft gleich... welch ein Traum!« Und dann erst ward ihm bewußt, daß er sich auf einer einsamen Insel befand, die einem Felshügel glich; doch hatte er kaum Zeit, einem Erstaunen nachzugeben oder Beunruhigung zu empfinden, da vernahm er schon Menschenstimmen, sah ein Boot mühsam an den Felsen festmachen, hörte sich angerufen: »Hoh, Bruder, was tust du hier? Bist du verletzt? Hat man dich ausgesetzt? Hoh, Bruder, gib Antwort!« Er stand auf, schritt vorsichtig auf dem schroffen Fels vorwärts, bis er hinuntersehen konnte zum schmalen Uferrand, schwenkte sein Gewand und rief: »Helft mir herab oder zeigt mir einen Pfad, daß ich zu euch gelange!« Es gab ein lachendes Hin und Her und dann eine mühsame Kletterei, bis der Kaufherr wohlgeborgen in dem kleinen Boot saß und nach wenigen Ruderschlägen schon die Bordwand des großen Schiffes über sich aufragen sah. Einige Griffe an den herabgelassenen Stricken, dem seegewohnten Manne vertraut, brachten ihn an Bord; die Männer, die ihn geholt hatten, folgten, das Boot ward hochgehievt und die Segel wieder gesetzt, man war in Fahrt.

Der Kapitän des Schiffes hatte den Kaufherrn in sein kleines Reich geholt, setzte ihm Kaweh und Scherbet vor, und plötzlich spürte der Gerettete, wie sehr hungrig er war. Aber das hatte sein Erretter schon vorausgesehen und bemerkte höflich: »Die Mahlzeit wird sogleich bereit sein, Bruder, und dann werden wir reden, so es dir genehm ist.« Doch der Kaufherr wollte gar zu gern wissen, wie seine Rettung zustande gekommen sei, und fragte darum eifrig: »Wodurch erfuhrst du von mir, Bruder? Da ich mich nicht rührte, keine Zeichen gab, wie konntet ihr von meinem Aufenthalt wissen?« Der Kapitän zögerte, sagte dann leise: »Da du selbst fragst, o mein Bruder, sei es dir verraten: ich träumte dich. Am frühen Morgen heute sah ich einen Jüngling vor mir stehen, während ich in tiefem Schlummer lag, der sagte, ich solle einen Mann von der Berytos-Insel holen und Freude würde mir daraus erwachsen. Da der Jüngling weite Flügel hatte, glaubte ich einen Boten Allahs zu sehen, und als ich erwachte, nahm ich sogleich Fahrt hierher; das ist alles.« Der Kapitän schwieg. Der Kaufherr sagte tief betroffen: »So möge es denn Wahrheit werden, daß dir durch mich Freude wird, o Bruder, der mir großmütig half.«

Und da es ein Mann der Geschäfte war, der so sprach, dachte er sogleich an die beste Art, Freude zu bereiten, nämlich die durch Geld. Mit einer kaum bewußten Bewegung griff er nach seinem Geldgurt, fühlte ihn nicht nur gefüllt, nein, auch noch angeschwollen, schwer und unförmig geworden. Ein Ausdruck des Erstaunens zeigte sich auf seinem Gesicht, und der Kapitän fragte höflich: »Du vermißt etwas, Bruder?« Doch war es, um die Wahrheit zu sagen, nicht Höflichkeit allein, die ihn so fragen ließ, auch ein gut Teil Besorgnis; denn wenn man von einem kleinen Felseneiland einen offenbar Schiffbrüchigen aufliest, der einem im Traume gezeigt ward, so ist eine Wette darüber abzuschließen, daß es sich um einen Ausgeraubten handelt, den man neu ausstatten muß. Obwohl nun dieser Mann gut gekleidet und wohlhabend anzusehen war, so konnte er dennoch von Räubern ausgesetzt worden sein, und das war dann nachher immer peinlich. Aber diese Besorgnis verflog flüchtig, wie sie entstanden war; denn der Schiffbrüchige hatte jetzt seinen Geldgurt gelöst und schüttelte dessen Inhalt auf die Kissen am Boden aus, auf denen sie im Wohnraum des Kapitäns saßen. Starren Blickes schauten die zwei Männer auf das, was sich da ergoß; denn keiner von ihnen hatte jemals ähnlichen Reichtum auf einem Haufen gesehen. Perlen! Nur Perlen! Von allen Größen, Gestalten und Farben lagen sie auf dem Untergrund eines alten Bochara-Teppichs, dessen dunkles Rot sie doppelt leuchten und schimmern ließ. Perlen, ja, aber nicht ein einziges Goldstück von denen, die vorher den Geldgurt gefüllt hatten!

Ehe noch die Männer etwas sagen konnten, ließ sich ein leises Geräusch vernehmen, das vermutlich von dem Schritt des Dieners stammte, der die Speisen brachte. Mit Gedankenschnelle hatte der Kapitän seinen Übermantel abgeworfen und über die Pracht am Boden gebreitet und dem Diener bedeutet, die Speisen auf ein etwas entfernt stehendes Tischchen niederzusetzen. Schweigend warteten die zwei Männer, bis der Bedienende den Raum verlassen hatte; dann sagte der Kaufherr kaum vernehmlich: »Wallaha, woher kommt mir dieses? Und alles Gold verschwunden, dafür diese Pracht... wallaha... woher?« Der Kapitän bemerkte, ebenso gedämpft sprechend: »Da schon ein Geflügelter über dir wachte, Bruder, sollte man sich weiterer Seltsamkeiten nie verwundern. Wenn du mir sagst, wie du auf das Felseneiland kamst, vielleicht, daß wir das Rätsel dann lösen?« Doch hier zeigte es sich, daß der Kaufherr nichts mehr wußte, gar nichts. Sein seltsamer und schöner Traum, das Wissen vom Fliegen, vom Eintauchen in des Meeres Tiefen – das war alles, dessen er sich entsann. Nichts von seinem Schiff, nichts von den Heiligen Stätten, nichts auch von Sevgülah, der so innig geliebten Tochter, nichts, gar nichts, keinen Namen, keine Heimat. »Als wäre ich auf dem Felseneiland zur Welt gekommen, Bruder, so ist mir. Ich weiß dir nichts, gar nichts zu berichten.«

Zunächst glaubte ihm der Kapitän nicht, nahm vielmehr an, der Fremde wolle etwas verbergen, das vielleicht das

Licht der Wahrheit scheue. Aber nach und nach erkannte er, daß es sich wirklich so verhielt, wie jener sagte: das Felseneiland hatte ihn gezeugt! Und warum auch nicht? Der Reichtum war unbegrenzt, wie man bald zu erkennen vermochte; denn wenn der Fremde als Entgelt für Speisen, Kleidung und Unterhalt mit einer Perle bezahlte, so fehlte diese dann nicht, nein, sie verdoppelte sich. Das war eine Erkenntnis, die beide Männer schließlich dazu brachte, den Plan eines großen Handelsunternehmens zu entwerfen, das die Meere umspannen und bis an die entferntesten Küsten Reichtum und Freiheit bringen sollte. Was sie beide aber nicht wußten, war, daß dieser Gedanke der Freiheit es war, der ihren Schatz niemals abnehmen ließ. Hätten sie sich auf den einträglichen Sklavenhandel verlegt, so wären die Perlen wie Wassertropfen vergangen; da sie aber versuchten, dorthin, wo Armut herrschte, Wohlbefinden zu bringen, und sogar Gefangene zu befreien suchten, wuchs und wuchs ihre Perlenmenge, und bis auf den heutigen Tag sind die Schiffe jener zwei, deren es immer mehr wurden, auf allen Meeren bekannt geblieben als die Perlenschiffe. Wie lange sie herumkreuzten, wie viele es ihrer waren, ob sie verschwanden oder in hellen Mondnächten auch jetzt noch zu erblicken sind, das weiß niemand zu sagen. Es geht nur ihrethalben ein Spruch, der lautet so: »Doppelt wird, was doppelt verschenkt wird, fahrend über die Meere des Vergessens.« Mancher versteht den Spruch, andere lachen seiner, wie es so ist mit allen Dingen dieser Welt.

Was nun aber mit »KARAKUSCH«? Was mit dem Besitz des Kaufherrn? Was mit seinen vielen Dienern und Seeleuten, was mit den zwei unguten Töchtern und was vor allem mit Sevgülah und dem Grünen Nhous? Alles dieses ist leicht und schnell beantwortet, so: Der Kapitän des »KARAKUSCH« hielt sein Versprechen und stach nach der Heimkehr bald wieder in See, um den Kaufherrn zu suchen. Er fand ihn nicht, wie man weiß, dafür aber in Berytos einen neuen Herrn, der ihn, das Schiff und die Seeleute viele Jahre lang für seine Geschäfte über See verwandte.

Der Besitz des Kaufherrn nahe seinem großen Hause wußte sich auf geheimnisreiche Art zu erhalten, und das geschah so: ein Fremder stand eines Tages vor den beiden unguten älteren Schwestern, während sie sich im Garten ergingen, grüßte höflich und sprach: »Verehrungswürdige, vergebt mein unziemliches Eindringen, aber ich komme von eurem sehr ehrenwerten Vater und habe den Auftrag, für meinen Bruder und mich euch zur Ehe zu nehmen. Da der ehrenwerte Vater am Erscheinen verhindert ist, sandte er uns hierher, verriet uns auch, wo er seinen Reichtum aufbewahre. So werden wir diesen und euch zu uns nehmen, mein Bruder und ich.« Die Schwestern, gewohnt, dem Vater zu gehorchen, wußten nichts zu erwidern, und so fanden sie sich damit ab, am Abend des gleichen Tages in Sänften verpackt zu werden und mit den zwei Männern davonzuziehen. Es heißt, daß diese zwei Seeräuber waren, die nicht weit vom Besitz des Kaufherrn ein Serail unmittelbar am Wasser besaßen, und daß sie die beiden Mädchen als Zugabe zum Reichtum des Kaufherrn mitnahmen; denn die Schwestern kannten wirklich das Versteck der weiten unterirdischen Lagerräume, wo der Besitz des Vaters gehütet worden war. Und so sah man diese zwei niemals wieder, hörte nichts von ihnen, und ihre Fußspur im Sande der Zeit hat der Wind ihrer Bosheit verweht.

Sevgülah aber und ihr geflügelter Geliebter? Sie sind die Liebe und die Sehnsucht. Sie sind die immer ferne Erfüllung und die vollkommene Hingabe. Sie sind es, die Meer und Wolken gestalten, so daß der Mensch hinaufschaut oder über die Wogen blickt und ein tiefer Seufzer seine Brust hebt: »O Ferne, o Pracht der Meere, Wolkenflug... könnte ich mit!« So ist das Sehnen. Doch nicht für Sevgülah; denn um sie hatten sich die Flügel des Großen Wassergeistes gelegt, der für die Menschenliebe die Pracht der Tiefe verlassen hatte und Freiheit fand in der gesuchten Liebe. Sie war sein erfülltes suchendes Sehnen und er die Kraft, die sie durch die Weltenräume trug. Begegnete ihrem Flug der Ifrit der Morgenröte, so schloß Sevgülah geblendet die Augen, verbarg sich ganz unter den grünen Flügeln des Geliebten und hauchte: »Kein Licht außer deinem, keinen Glanz als nur deinen will ich, mein Geliebter!« Und so sah sie auch nur seinen Glanz. Er aber wurde nach langen Zeiten der gute Geist der Meere, und niemand fürchtete mehr das grüne Licht an den Mastspitzen, denn was sein Flügel streifte, der die Liebe umschloß, wurde allsogleich Ruhe und friedevolle Schöne.

Einstmals ein Schrecken, dieser Name des Grünen Nhous, heute ein Ruf der Freude. Einstmals ein Bangen, heute eine Geborgenheit. Denn über die Meere hinschwebend das Geheime, das Menschensein, das aus der Liebe Allahs kam, die hinabreicht in die Tiefen der Meere, hinauf zu den Fernen der Himmel und doch verborgen ist, ein Geheimnis, umhüllt von Flügeln, die es glaubend tragen, das, was jeder sucht: das Lieben. Allah Kerim.

Allem-Kallem, das Zauberspiel

Mehmed war faul! Er war der faulste Knabe, der jemals an einem Bazar-Tor gehockt hatte, um dort so zu tun, als suche er Arbeit. Und wenn man Arbeit sagt, so muß man dieses fleißige Wort um Vergebung bitten, es in solchem Zusammenhange gebraucht zu haben; denn alle »Arbeit«, die es für jene gibt, die an den Bazar-Toren hocken, besteht darin, daß sie sich ein wenig aufrichten, um den ihnen zugeworfenen, am Boden schleifenden Zügel eines Kamels, eines Esels oder eines Pferdes so lange zu halten, bis der Reiter seine Geschäfte im Bazar erledigt hat. Kommt er zurück, wirft er dem Zügelhalter zehn Para zu und geht seiner Wege. Dieses war Mehmeds »Arbeit«. Wenn er am Tage solcherart zehn Para verdient hatte, kam er stolz damit zu seiner Mutter heim und fand, er dürfe sich nun ausruhen – vom Nichtstun, versteht sich. »Vergiß nicht, ehrwürdige Mutter, daß es sehr anstrengend ist, dort im Staub zu sitzen und diesen Staub aller vorbeiziehenden Füße schlucken zu müssen. Erhebt sich nun vollends ein Wind, dann muß man sich fest zusammenrollen, um nicht ganz zugeschüttet zu werden. Es ist anstrengend und sehr ermüdend. Deshalb bedarf ich jetzt der Pflege.«

Die Mutter lachte nachsichtig über ihren törichten Knaben und wußte nicht, wie ernst er es mit seinem Gerede meinte. Aber sie sollte bald eines anderen belehrt werden.

Denn es geschah, daß Mehmed an einem Tage zwanzig Para verdiente, da er zweimal Zügel zu halten bekam, ein Ereignis, über das er tief erregt war und kaum zu beruhigen. Als aber am nächsten Tag sich sein Verdienst auf dreißig Para erhöhte, kam er in großer Erregung zu ungewöhnlich früher Zeit zurück zur Mutter. »Mutter«, sagte er und stand hochaufgereckt vor der erstaunten Frau, »ich habe mich entschlossen, meine Arbeit aufzugeben, denn ich gehöre nun zu den Großverdienern, und die arbeiten nicht, die lassen andere für sich schaffen. Schau nicht so erstaunt, Mutter, und bedenke dieses: Wenn ein Mensch in drei Tagen das Dreifache dessen verdient, was ihm vorher zufiel, dann ist sein Gewinn kaum noch zu errechnen, wenn man es auf das ganze Jahr ausdehnt. Ein solcher aber ist berechtigt, das Höchste zu verlangen, das es hierzulande geben kann. Dieses Höchste nun ist, der Sohn des Sultans zu werden, will heißen, der Damat, sein Schwiegersohn. Darum, ehrwürdige Mutter, bereite dich, morgen zum Serail zu gehen und des Sultans ältere Tochter mir zum Weibe zu verlangen. Für heute gilt es nur, sich auszuruhen, die erschöpften Kräfte zu sammeln.« Und ehe die völlig verblüffte Mutter noch etwas zu sagen vermochte, war Mehmed schon zur Seite gesunken und schien in tiefen Schlaf verfallen zu sein.

»Torheit!« sagte sich die Mutter. »Wieviel Torheit redet doch solcher Knabe! Wenn er erwacht, hat er das alles vergessen.« Aber sie irrte. Kaum hatte Mehmed die Augen aufgeschlagen, eine Tätigkeit, die seiner Faulheit schon als Anstrengung erschien, als er auch bereits nach der Mutter rief und sie fragte, ob sie sich für den Besuch des Serail schon vorbereitet habe. »Ich gehe heute nicht zur Arbeit«, bemerkte er zufrieden, »denn das würde sich für den Damat nicht schicken. Du aber beeile dich, ehrwürdige Mutter, ich ersuche dich darum.« Es half keine Widerrede, und auf Vernunftgründe hörte Mehmed sowieso niemals – kurz, es blieb der Mutter nichts anderes übrig, als dem Wunsch des Sohnes gemäß sich zum Serail aufzumachen – weiß doch ein jeder, daß die Mutter, wenn der Vater nicht mehr lebt, verpflichtet ist, dem Sohne zu gehorchen, auch wenn dieser noch ein Knabe ist. Die brave Frau, die in einem schweren Leben das Lachen nicht verlernt hatte, trat ihren Weg an mit der Absicht, aus dem Ganzen einen Scherz zu machen, denn es hieß allgemein, daß die Sultana-Valideh, die Sultansmutter, eine Frau der Heiterkeit sei und der einfachsten Güte. So wollte denn die Mutter Mehmeds des Faulen sich dieser anvertrauen, die auch Mutter eines Sohnes war, wenn auch gewißlich von anderer Art.

Im Serail angelangt, ließ das Frauchen bitten, vor die Valideh-Sultana geführt zu werden, und ihrem Wunsche wurde ohne viel Gerede stattgegeben. Die Sultana saß inmitten der Frauen des Hauses, deren Oberhaupt sie war, mochten es nun die Gemahlinnen ihres Sohnes, des Sultans, sein, dessen Schwestern oder sonstige Anverwandte. Sie war das Oberhaupt des Haremlik, und ihr gebührte der vollkommene, der fraglose Gehorsam, ob sie nun gütig, ob hart ihr Herrscheramt ausübte. Diese Sultana-Valideh, wir sagten es schon, war heiter und gütig, außerdem von einer unbezähmbaren Neugier besessen; jedes ein wenig besondere Ereignis begrüßte sie mit Freuden, und so geschah es auch beim Anblick der bescheiden gekleideten Frau, die sich ihr zu Füßen warf. Die Sultana beugte sich ein wenig vor, sagte freundlich: »Erheb dich, meine Tochter, und laß dich auf diesem Kissen neben mir nieder. Erzähle mir nun, was führt dich zu mir? Was begehrst du, meine Tochter? Sprich ohne Scheu.« Das war nun leichter gesagt als getan; denn die

Pracht der Umgebung, die vielen in kostbare Gewänder gekleideten Frauen, der über allem schwebende Wohlgeruch, alles das verwirrte die ärmliche Frau, die sich noch dazu bewußt war, mit einem gewiß recht ungewöhnlichen Anliegen gekommen zu sein. Zwar achteten die anderen Frauen ihrer kaum; denn es war ihnen hinlänglich bekannt, daß die Valideh auch die erstaunlichsten Bittstellerinnen vor sich ließ; trotzdem hatte Mehmeds Mutter Angst.

Sie entschloß sich endlich zu sprechen, da es als große Unhöflichkeit gilt, die Aufforderung des Gastgebers zum Reden mit Schweigen zu beantworten, und so sagte sie leise, nahe zu der Sultana-Valideh hingeneigt: »Herrin, ich habe einen Sohn, der von großer Torheit besessen ist. Auf seinen Wunsch, dem ich, du weißt es, gehorchen mußte, bin ich hier, um dir ein Anliegen vorzubringen, davor meine Zunge unzählige Hindernisse fühlt.« Die Valideh-Sultana in ihrer unersättlichen Neugier spürte, daß es sich hier um etwas Besonderes handelte, freute sich darüber und sagte, eifrig vorgeneigt: »Sprich, meine Tochter, ohne jede Scheu, nur sprich! Was ist es, das dein Sohn begehrt? Sage es, ich höre!« Da nahm die verängstigte kleine Frau all ihren Mut zusammen – und der Mut der Furchtsamen ist immer der allergrößte – und sagte laut und verzweifelt: »Mein Sohn begehrt die älteste Tochter des Sultans zur Frau.«

Es war gesagt – auch war es gehört worden. Die halblauten Gespräche der anderen Frauen verstummten, und sie alle schauten völlig verblüfft zu der ärmlichen Frau hin, die das Unfaßbare laut und deutlich ausgesprochen hatte. Die Sultana-Valideh war zurückgefahren, als habe man ihr Wasser in das freundliche Gesicht geschüttet. Sie starrte Mehmeds Mutter an, und ein langsam hochsteigendes Rot des Zornes zeigte sich auf ihren

Wangen. Mühsam nur fand sie ihre Sprache, sagte mit der Stimme, die alle im Harem fürchteten, der leisen Stimme der Herrin: »Was unterfängst du dich zu sagen, du, die herkam, uns zu verhöhnen? Nehmt sie...« Doch ehe sie weitersprechen konnte und eine gewißlich strenge Strafe verhängen, beugte sich Mehmeds Mutter ganz weit vor, legte ihre Stirn auf die unter dem Gewand hervorschauenden Füße der Sultana, murmelte: »Erhabene Herrin, o strafe mich nicht! Ist es nicht schon Strafe genug, nach solcher Torheit eines Knaben handeln zu müssen? Habe, o Herrin, aus Mitleid und Gnade, ein Lachen in deinem gütevollen Herzen!« Die leisen Worte, gesprochen aus tiefster Seele, verfehlten ihre Wirkung nicht. Eine kleine duftende Hand kam unter Schleierfalten hervor und legte sich leicht auf den so demutsvoll gesenkten Kopf. »Du hast recht, meine Schwester«, sagte die Sultana, »ich werde dich nicht strafen, sondern ein Lachen finden. Sage mir nun, wie es sich mit all dieser Seltsamkeit verhält. Rede ohne Scheu, es wird dir nichts geschehen.« Das Frauchen richtete sich auf, sagte ganz beruhigt und heiter, mit dem versteckten Lachen in ihrer Stimme, das den Quell ihres Mutes bewies: »O Herrin, ich hab' einen Sohn von seltener, von ganz übermäßiger Faulheit. Er verdient manchmal zehn Para für das Halten eines Zügels, manchmal zwanzig, manchmal auch dreißig, wenn es eben drei Zügel zu halten gibt!« Während sie erzählte, waren die Frauen eine nach der anderen herbeigekommen und saßen nun im Kreise herum auf dem Boden, denn sie hatten erkannt, daß es sich hier nicht um eine der üblichen Betteleien handelte, sondern um ein Ungewöhnliches, davon sie ja selten genug etwas erlebten. Mehmeds Mutter, die nur auf die Sultana-Valideh schaute, merkte nichts von der Aufmerksamkeit, die sie erregte, und berichtete weiter. »Nun hat dieser mein Sohn Mehmed gestern wirklich dreißig Para verdient, und er hat mir vorgerechnet, wie sehr hoch der Verdienst eines Knaben sei, der täglich dreimal so viel als am Tage vorher verdient, und daß ein solcher berechtigt sei, sich zu den Reichsten zu zählen, also auch nach dem Höchsten greifen dürfe, der Tochter des Sultans. Das, erhabene Herrin, ist die Summe dieser großen Torheit, deren Opfer ich wurde – oh, vergib mir und ihm!«

Ein kleines Schweigen wurde, und dann erhob sich erst hier, dann dort ein leises Lachen, klang wie Vogelzwitschern, wurde mehr, ward überall hörbar, und die erstaunte kleine Frau sah sich von einem Haufen lachender Frauen umringt, die sich nicht genug tun konnten, sie auszufragen nach diesem ungewöhnlichen Sohne, dem großen Rechner und Verdiener. Am meisten aber lachte die Sultana-Valideh, und nach und nach begriff das Frauchen, daß diese duftenden Lieblichkeiten, die Frauen des Harems, alle ihre Freundinnen waren, weil sie ihnen etwas Neues gebracht und erzählt hatte, das ganz außerhalb ihres gewohnten Lebens lag und darum von Wert und zutiefst erheiternd war.

»Meine Töchter«, ließ sich jetzt die befehlsgewohnte Stimme der Sultana-Valideh vernehmen, »ich weiß, daß unser erhabener Herr, der Sultan, mein Sohn, heute schon viel Ärger erleben mußte. Hieße es nicht, ihm einen Dienst leisten, wenn wir auch ihn an der Erheiterung teilnehmen ließen, die diese unsere Schwester uns brachte? Deucht es euch nicht recht, ihn herzubitten?«

Gelächter und Händeklatschen erhoben sich, und der ganze bunte duftende Frauenschwarm stand auf, stob auseinander, kehrte zurück, liebkoste Mehmeds Mutter, kurz, gebärdete sich wie die kindlich heiteren Wesen, die unseres Volkes schönste Blumen sind. Eine Sklavin wurde dann abgesandt, um einen der Diener des Sultans zu suchen, und nun das geschehen war, stellten sich alle Frauen sittsam in einer Reihe auf, dicht an die Marmorwände gelehnt, die Schleier halb über das Gesicht gezogen. Mehmeds Mutter wurde hinter den Sitz der Sultana-Valideh gesandt und stand voll herzklopfender Spannung wartend da, hinter einem Vorhang halb verborgen.

Stille herrschte jetzt, dann wurde ein schneller Schritt hörbar, die Sultana-Valideh erhob sich, ging einige Schritte auf den großen Torbogen zu, durch den der Sultan eintreten mußte. Regungslos stand sie, sie allein unverschleiert und hoch aufgerichtet wartend. Dann wurde der schwere Vorhang zurückgeschlagen, und der Sultan trat schnell ein. Er ging auf seine Mutter zu, die den Kopf neigte und ihre Stirn auf seine Schulter legte zum Zeichen der Ergebenheit. Er hob ihren Kopf hoch und küßte sie auf die Stirn. »Verehrungswürdige Mutter, du hast mich rufen lassen? Was geschah?« Die Sultana-Valideh legte ihre Hand auf seinen Arm und sagte freudig: »Es geschah ein Lachen, o mein Sohn, und an diesem wollte ich dich teilhaben lassen. Komm her, Melek, meine Tochter, und berichte unserem Herrn, was wir zu hören bekamen. Höre sie an, o mein Sohn, ich bitte dich. Lassen wir uns nieder! Bringt Kaweh! Es geht beinahe um eine Erzählung, fast ist es ein Mazarlik .. Du hast ein wenig Zeit für uns, mein Sohn?« Der Sultan streifte mit einem schnellen Blick die Frauen, die immer noch mit gesenkten, verschleierten Köpfen standen, sah aber das Frauchen, das sich ängstlich verborgen hielt, nicht. Er machte eine Handbewegung, die alle Frauen einschloß, sagte leise: »Laßt euch nieder, meine Schwestern und meine Gemahlinnen! Und du, Melek, meine ältere Schwester, die es versteht, zu erzählen, nun berichte! Wir hören.«

Der Kaweh wurde gebracht, man saß in der Runde auf den weichen Bodenkissen, und Melek, des Sultans Schwester, machte aus den spärlichen Worten von Mehmeds Mutter eine bunte, farbenprächtige Erzählung. Wirklich, es gelang: der Sultan lachte! Leise begleitete seine dunkle Männerstimme das zwitschernde Frauenlachen, und dann wandte er sich wieder an seine Mutter. »Ich bin dir dankbar, o meine Mutter, für diese kleine Erheiterung, die du mir gewährt hast. Und ich bitte dich, falls es um eine Antwort gehen sollte, so laß diesen rechnenden Großverdiener wissen: wenn er in vierzig Tagen das Allem-Kallem-Spiel erlernt, so mag er meine Tochter – wo bist du, Saïda? – komm her! – ja, also mag er dann Saïda haben. Hat er es aber nicht erlernt, wird er nach vierzig Tagen sterben. Laß es ihn wissen, o meine Mutter.« Die Sultana sah ihren Sohn gedankenvoll an: »Das Allem-Kallem-Spiel? Was denn ist das, mein Sohn? Wo und wie soll es dieser rechnende Knabe erlernen?« Der Sultan erhob sich, sah sich lachend im Kreise der Frauen um, sagte heiter und unbekümmert: »Was weiß denn ich, was das ist? Bin ich nicht zu dir gerufen, o meine Mutter, um eines Lachens willen? Nun, ich gebe das Lachen weiter, und es bleibt auch eines, selbst dann, wenn es mit dem Tode enden sollte, denn ist nicht lachend sterben die höchste Kunst, ob Märchen, ob Wahrheit? Ich gehe, meine Mutter, und bin voll des Dankes!« Er verneigte sich leicht und war fort.

Sein Schritt war noch nicht verhallt, da glitt schon Mehmeds Mutter hinter dem bergenden Vorhang zur Seite und gewann den Ausgang, unmittelbar nachdem der Sultan die Räume des Haremlik verließ. Niemand beachtete sie; denn sie wurde für eine der untergeordneten Sklavinnen gehalten, die auch wie sie bescheiden gekleidet und durch einen großen schwarzen Schleier verhüllt waren. Eilend ging sie, wie es sich gebührt, wenn man einen Auftrag auszuführen hat, und so kam sie ungehindert an die äußere Pforte des Serails, schlüpfte hindurch und war in Freiheit. Sie mäßigte ihren Schritt auch dann nicht; denn nur ein einziger Gedanke beherrschte sie: zu Mehmed, zu ihrem törichten Sohne zu gelangen und ihm so schnell wie nur möglich von dem ihm drohenden Schicksal zu berichten. Von allem, was da gesprochen worden war in dem verwirrenden Durcheinander des kaiserlichen Harem, waren ihr nur zwei Dinge klar in Erinnerung geblieben, diese aber unauslöschlich: das Erlernen des Allem-Kallem-Spieles und die drohende Tötung nach vierzig Tagen. Voll Hast und Bangen kam sie in ihr Häuschen zurück und bekam wohl zum ersten Male in ihrem stillen und bescheidenen Leben so etwas wie einen Wutanfall, als sie Mehmed, diesen unbeschreiblich faulen Jungen, behaglich schlafend vorfand. Sie packte ihn an der Schulter, rüttelte ihn wach und schrie den Erstaunten an: »Steh auf, du Haufen Faulheit, denn wir müssen fort von hier, so schnell wir es nur vermögen, sonst stirbst du in vierzig Tagen!« Mehmed erhob sich langsam, reckte sich, sagte gähnend: »Vierzig Tage, verehrungswürdige Mutter, sind eine sehr lange Zeit. Warum müssen wir uns dann so sehr eilen? Und Sterben – das geschieht zu seiner Zeit, auch dazu muß man nicht eilend gelangen. Jawasch, jawasch«, sagte er und sprach voll Freude dieses unser Lieblingswort aus, das »langsam, langsam« ganz weich dehnend, so als gähne das Wort schon in sich, ohne des Menschen Zutun.

Aber die Mutter achtete seiner nicht, hatte vielmehr schon begonnen, einige lange nicht benutzte Pferdesäcke aus ihren Verstecken hervorzuziehen und auf dem Boden bereits Kleidungsstücke zu häufen, die als deren

Inhalt bestimmt waren. »Geh und sieh nach unsrem Esel, Mehmed; sieh, ob das Zaumzeug in Ordnung ist, sonst knüpfe es zusammen, und betrachte auch den Sattel, denn ich werde drauf reiten müssen. Steh nicht dort und schaue mich an, tu, was ich dir sage! Hörst du mich?« Mehmed sagte in aller Gelassenheit: »Wie sollte ich dich nicht hören, verehrungswürdige Mutter, da deine Stimme klar ist und die Sprache, die du redest, mir verständlich. Dennoch möchte ich wissen, was aus dem Auftrag wurde, den ich dir gab für das Serail des Sultan. Wolle es mir berichten, danach gehe ich nach dem Esel zu sehen, wie du befahlst.« Mehrmals war es schon vorgekommen, daß die unerschütterliche Ruhe dieses faulen Knaben seine Mutter solcherart beeinflußte, daß sie alle eigene Unruhe vergaß. So geschah es auch jetzt, und zugleich fielen ihr die Worte des Sultans über das lachende Sterben ein, neben denen ihres Sohnes, daß es dafür nicht eile. Sie hielt ein Kleidungsstück in der Hand, das sie im Pferdesack hatte verwahren wollen, vergaß es und sah auf ihren Sohn, der sie halb lächelnd betrachtete. »Nun, was war's mit dem Auftrag?« wiederholte er.

»Der Sultan sagte, du sollst das Allem-Kallem-Spiel lernen oder nach vierzig Tagen sterben.« Mehmed lächelte immer noch, bemerkte ruhig: »Das sagtest du bereits, verehrungswürdige Mutter. Aber was ist's mit der Heirat?« Ungeduldig warf die Frau das Kleidungsstück fort, kam auf den Sohn zu, packte sein Gewand über der Brust, schüttelte ihn, rief: »Wenn du es kannst, dieses Spiel, sollst du sie haben – aber was ist es? Wie lernt man es? Was bedeutet es?« Mehmed packte die Hände der Mutter, löste sie sanft von seinem Gewand, sagte zufrieden: »Also jetzt weiß ich Bescheid. Gehen wir dieses Spiel lernen, was es auch sei, und vorher werden wir den Esel satteln. In Kürze ziehen wir aus, das Allem-

Kallem zu suchen.« Damit wandte er sich in seiner langsamen Art ab, um zum Stall zu gehen. Kopfschüttelnd sah ihm die Mutter nach, murmelte ärgerlich allerlei vor sich hin und fuhr fort, die spärliche Habe in die Pferdesäcke zu verstauen.

Nach kurzem dann konnte man diese zwei sehen, wie sie die Straße gen Süden dahinzogen, denn sie wollten die Sonne im Rücken haben, wie es der Wunsch eines jeden Reisenden ist. Die Mutter saß auf dem Eselchen, die Füße auf einer Seite herabhängend, die Pferdesäcke als weiche Stütze neben sich. Mehmed hatte sich den Zügel des Esels um den Arm gehängt und schlürfte im Staube gemächlich nebenher. Er war voll zufrieden und machte sich über nichts Gedanken, auch über das geheimnisvolle Spiel nicht, denn er war überzeugt, daß es, nun es einmal genannt worden war, auch weiterhin sich für sein Kismet erkenntlich machen würde. Warum sich vorher sorgen? Das war sinnlos, so als wolle man sich sorgen beim Anblick einer reifenden Tomate, ob sie auch die genügende Anzahl von Kernen in sich trage. Hatte sie die rechte Menge, gut; hatte sie sie nicht, auch gut. Wer vermochte etwas dafür oder dagegen zu tun? Kismet auch der Tomate.

Sie wußten nicht, diese zwei, wohin sie zögen. Sie wußten nicht, auf welche Art und wo sie nächtigen würden. Sie wußten nicht, wie sie leben würden, da der kleine Gemüsegarten der Frau, dessen Ertrag sie ernährte, zum Vertrocknen bestimmt, zurückblieb. Aber sie machten sich keine Sorgen, war es doch ihr Kismet, davonzuziehen vor einer Drohung, der jeder denkende Mensch auswich: der des Todes. Gut also, man würde sehen, was man sehen würde.

Und so geschah es auch. Sie waren noch nicht länger unterwegs gewesen, als es Zeit verlangt, um an das Ende eines Sonnenstrahles zu gelangen, da sahen sie auf einem Stein am Wege einen alten Mann sitzen, der die Bettelschale eines Derwisch an seinem Arm hängen hatte. Mehmed, der nur für eine einzige Sache noch niemals zu faul gewesen war, für die Bezeugung der Ehrfurcht, hielt den Esel an, sagte leise: »Verehrungswürdige Mutter, ich bitte dich, gib mir einige Früchte für die Bettelschale des ehrwürdigen Derwisch.« Wortlos kramte die Frau das Erbetene hervor und sah mit einem stolzen Mutterlächeln Mehmed nach, der die wenigen Schritte zu dem Wegstein ging. Der Knabe verneigte sich gebührend vor dem Bettelmönch und sagte: »Wollet, Ehrwürdiger, uns die Ehre antun, diese geringen Gaben anzunehmen.« Der Derwisch sah auf den Knaben, fragte: »Du heißt Mehmed, mein Sohn?« Ohne allzuviel Erstaunen – denn der Name ist bei uns häufig – antwortete der Knabe: »So ist es, Ehrwürdiger.« Der Derwisch nahm die Früchte, legte sie auf den Boden anstatt in die Bettelschale – was Mehmed verwunderte, da der Staub nicht zuträglich ist –, strich mit beiden Händen darüber, murmelte leise etwas: und an der Stelle, wo die Früchte gelegen hatten, sprudelte ein Quell hervor. Aus seinem Gewande zog der Derwisch einen Becher, der glänzte gelblich, und Mehmed meinte irrtümlich, er sei aus Messing gebildet. Der Derwisch tauchte den Becher in den Quell, reichte das köstliche Naß dem Knaben, sagte: »Trink, mein Sohn, und du wirst wachsen und stärker werden, wie es dir bestimmt ist. Ich weiß, du kamst hierher, um das Allem-Kallem-Spiel zu lernen. Der Weg, den du gehst mit deiner Mutter, ist dafür der rechte. Siehst du dort das verfallene Serail? Dorthin mußt du gehen, und du wirst wissen, was dir bestimmt ist. Ich werde indessen deine Mutter zu einem anderen Serail geleiten, wo sie mit allen Ehren behandelt wird, und am vierzigsten Tage bringe ich sie wieder an diesen Platz, wo auch du mich erwarten sollst. Trink nun, wie ich dir sagte, trink!« Und der Derwisch sah Mehmed so streng befehlend an, daß den ein Schreck durchfuhr und er zum ersten Male in seinem Leben etwas ganz schnell tat, nämlich trinken. Er setzte den goldenen Becher an die Lippen, und das Wasser des zu seinen Füßen sprudelnden Quells schmeckte so köstlich, wie noch niemals etwas seine Zunge berührt hatte. Alle Frische der Früchte, allen Duft der Blumen schien Mehmed mit diesem Quellwasser zu genießen, so daß er den Becher bis auf den letzten Tropfen leerte.

Dann fühlte er eine nie gekannte Kraft in sich, auch eine Freudigkeit und etwas, das er bisher ebenfalls noch nicht kannte, das aber Lebensfreude war. Voll dieses Hochgefühles wandte er sich dem Derwisch zu, warf ihm den Becher in die ausgestreckten Hände, lachte und rief: »Dann also in vierzig Tagen an dieser Stelle... Allah ismagladih!« Und er lief – man denke, der faule Mehmed lief! – auf das im Sonnenglanz der Ferne sich abzeichnende verfallene Serail zu, ohne auch nur mit einem einzigen Gedanken sich seiner braven Mutter auf dem Eselchen mehr zu entsinnen. Absonderlich? Nein. Irgend ein Tag und eine Stunde kommt für jede Mutter, da ihr Sohn sie verläßt und, ohne sich umzuwenden, einem Spiegelbilde zustrebt. Ewiges Kismet aller Mütter.

Mehmed erreichte das verfallene Serail in Kürze, und wie er vorher davon überzeugt gewesen war, das Kismet werde ihn so lenken, daß zur rechten Zeit alles verständlich würde, was ihm geschah, so wußte er das jetzt mit aller Bestimmtheit. Durch das Mauerwerk, das einstmals ein Tor gewesen war, kam Mehmed in einen Hofraum, der von Unkraut erfüllt war, aber doch ein noch

leidlich erhaltenes Gebäude mit Bedachung an der Hof-
begrenzung erkennen ließ. Aus diesem Gebäude ertönte
der leise Gesang einer Frauenstimme, und die Lockung
der weichen Stimme war solcherart, daß Mehmed seinen
Schritt beschleunigte, so sehr hatte er sich bereits durch
jenen Quellentrunk verändert. Er gelangte an den Eingang des Gebäudes und stand vor einer Art Saal, dessen
ehemals weißer Marmor, gelblich geworden, nun einen
milden Glanz auszustrahlen schien. Der Saal war nur zu
einem Teil bedacht, und in einem der so geschaffenen
Winkel saß auf einem Haufen farbenfroher Kissen ein
Mädchen, hielt eine Rhubab mit schlanken Armen um-
schlungen und spielte leise auf der Laute, dazu fast wie
im Traume singend. Sie war nur ganz wenig verschleiert,
und Mehmed sah zum ersten Male ein nahezu unverhülltes
Mädchengesicht, sah es, nachdem er aus einem Wunder-
quell einen Zaubertrunk genossen hatte. Die Worte des
Liedes, halblaut und weich, wie vertraulich gesprochen,
waren diese:
»Wie du auch heißt, wer du auch seist, der sich mir naht,
du bist es und du bist es auch nicht. Du bist, wenn ich
will, daß du seist, bist dann ein Traum oder ein Seufzen,
bist, was ich will, das du seist, du, der sich mir naht...
mir naht...«
Da verklang das Lied, und eine lachende Stimme sagte:
»Nun, was stehst du da reglos, o Mehmed? Wartest du,
daß du ein Seufzer wirst... sage?« Er kam langsam
näher, so wie man sich sacht einer Schlange oder einem
Vogel nähert, kam langsam, nicht weil er faul war, nein,
weil er das Bild, das sie bot, noch genießen wollte. Im
Näherkommen sagte er: »So kennst auch du meinen
Namen, wie jener Derwisch am Quell? Was ist es, das
ihr von mir wißt?« Das Mädchen lachte wieder, leise
und mit jenem gurrenden Ton, wie ihn die Tauben

haben. »Wir wissen alles, was uns von dir zu wissen not tut. Daß du Allem-Kallem lernen sollst; daß du ein Damat wirst; daß du eine Mutter hast, die deiner wartet, und daß du in vierzig Tagen nicht sterben wirst. Dazu noch, daß du nur hier allein das Allem-Kallem lernen wirst. Setze dich nieder zu mir, o Mehmed, und ich werde dir die Geheimnisse des Spieles verraten. Zuerst nannte es der Sultan, ohne es zu kennen, weil du bestimmt bist, es zu lernen. Danach ist es für dich alles ganz einfach, auf diese Art: Jeden Abend, wenn die Sonne sinkt, kommt hierher ein Djin, der sein Können messen will mit wem immer, denn er ist sehr eitel auf seine Kraft. Er ist der Herr des Allem-Kallem-Spieles, so glaubt er, doch in Wahrheit, o Mehmed, ist dies deine Dienerin, die du hier siehst.« Und das Mädchen lachte wieder ihr Taubengurren, das Mehmed wie warme Tropfen überrieselte. Er sagte nichts, er sah sie nur fragend und ganz versunken an, schaute in das erste junge Frauengesicht seines soeben in ihm erwachenden Manneslebens. »Du fragst nichts, Mehmed? Du bist klug; denn nur der Kluge wartet schweigend. Es ist dann so mit diesem Djin, und achte jetzt gut auf, was ich dir sage: er kommt und beginnt dich zu schütteln und herumzuwerfen, erwartet auch von dir, daß du dich wehrst und gegen ihn kämpfst. Du aber tu es nie! Laß ihn dich herumwerfen, als habest du keine Knochen in dir, und er wird es leid werden, wird an dir zerbrechen. Weißt du, Mehmed, die größte Kraft der Gegenwehr ist die Nichtwehr. Wüßten das die Menschen, wären sie unüberwindlich. Hast du mich verstanden, sage?«

Mehmed wandte den Blick von dem Mädchen ab und sah vor sich hin, hörte dabei in seinem Innern ihre Worte widerklingen. »Ich habe verstanden. Ein Djin zur Zeit des Sonnensinkens. Kämpft mit mir, ich wehre mich

nicht, lasse mich werfen. Das war es, du Liebliche, ist es
nicht so? Und ist das alles, was ich zu lernen habe?« Sie
lachte wieder, neigte sich vertraulich nahe zu ihm, sagte
leise: »Das wäre vielleicht alles. Aber in Wahrheit ist es
dann so, daß in der Nacht ich dich das eigentliche Zauberspiel lehre, das wirkliche Allem-Kallem, wenn der Djin
uns verlassen hat. Und das vermag ich nur, so du dich
nicht gegen ihn wehrst... du verstehst mich, o Mehmed?«
Mehmed neigte sein Gesicht nahe an das ihre, atmete
ihren duftenden Atem ein, sagte leise, ganz hauchleise:
»Ich verstehe dich, o Lieblichste, und ich werde mich
nicht wehren, nicht gegen den Djin und nicht gegen
dein Zauberspiel, die Nächte nicht und vierzig Tage
lang nicht.«
Und er hielt sein Wort. Er wehrte sich nicht gegen den
Djin und dessen Versuche, ihn zur Gegenwehr zu reizen,
er wehrte sich nicht gegen das, was das halbverschleierte
Mädchen ihn zu lehren hatte. Und als der vierzigste
Abend kam, da ließ der Djin in Zorn und Erschöpfung
von diesem Unbelehrbaren ab und verschwand in einer
dunklen und übelriechenden Wolke in der Ferne des
späten Sonnenunterganges. Das Mädchen aber hatte
noch eine letzte Nacht, um auch die letzte, die feinste
Kunst des Zauberspiels den willigen Schüler zu lehren.
Und dann stieg die Sonne auf; schön ist es, wenn sie
langsam hochsteigt, wenn ihre Strahlen die Wolken-
ränder vergolden, wenn in ihrem Lichte alles wieder
erwacht, schön ist es wohl, doch ist es auch für alle
schön? Auch für die, die sich mühsam voneinander-
reißen und denen dieses strahlende Licht die Härte der
Trennung bedeutet? Wie viele, ach, wie sehr viele in
aller Welt gab es, die diese siegreiche Herrscherin des
Tages verwünschten und sich weiterhin bergen wollten
im schützenden Schleier der Nacht! Aber was tun? Wie

es geschrieben steht, so ist es, und so hat man dem Geschriebenen zu gehorchen.

Mehmed sah nicht zurück, als er durch das verfallene Tor des Serails hinausschritt, und er hob nur ein wenig den Kopf, als er den Ruf eines Esels vernahm, diesen so vertrauten und alltäglichen. Ruhig und gelassen, nicht langsam, nicht schnell schritt er in Richtung des Rufes dahin und befand sich bald an der Stelle, wo er vor vierzig Tagen den Derwisch verlassen hatte. Da waren sie wieder, die drei, der Esel, die Mutter, der Derwisch, und sie standen, sie saßen, als sei kaum einmal Atem geholt worden, seit er sie verließ.

»Willkommen, mein Sohn«, sagte der Derwisch. »Mehmed, mein Kind, wie bist du gewachsen und geworden! Ein Jüngling anzuschauen, Maschallah!« sagte die Mutter, und der Esel stieß wieder seinen vertrauten Ruf aus. Mehmed sagte noch nichts, ging auf den Derwisch zu, murmelte halblaut »Allem-Kallem«, und anstelle des alten Mannes stand ein kleiner, etwas krüppelhafter Zypressenbaum dort. Dann trat er zu seiner Mutter, die auf dem Esel saß, und murmelte sein Zauberwort, und das treue Grautier war gewandelt zu einem prächtigen Kamel. Die bescheidene Frau auf seinem Rücken saß in einer köstlich geschmückten Haudah und sah ratlos von oben her zu Mehmed hinunter, der ernsthaft und pflichtbewußt das Kamel am Zügel führte.

Nach einigen Schritten sah er sich um nach dem Zypressenbaum, rief sein Allem-Kallem zurück und winkte lachend dem Derwisch, der seiner Wege ging, einen Gruß zu. »Mein Sohn, o mein Sohn«, rief ängstlich die Mutter von ihrem prächtigen Sitz herab, »was geschah mit unsrem Esel, was mit mir und dem Derwisch?«

»Sei ohne Sorge, ehrwürdige Mutter, dem Derwisch geschah nichts, er trennte sich von uns, und was den Esel

anlangt, so sitzt du auf seinem Rücken, weißt du es nicht?
Wir aber begeben uns nun zum Bazar und von da zum
Serail des Sultans, und du, du bist die Mutter des Damat,
hochgeehrt und vielbeneidet, o meine ehrwürdige Mutter. Sieh, wir erreichen schon die Stadt, und so in Pracht
werden wir durch jenes Tor des Bazars einziehen, vor
dem ich so oft Zügel hielt, wie ich es auch jetzt wieder
tue. Siehst du, Mutter, schon blitzt der kleine goldene
Stern, der auf der höchsten Kuppel des Bazars steht, in
der Sonne. Willst du ihn haben, Mutter? Ich hole ihn
dir als Zier für deinen Kopfschleier, warte ein wenig...«
Und Mehmed hob die Hand wie winkend, sagte vor
sich hin das Zauberwort, und die erstaunte Frau sah, wie
der Stern sich von der Kuppel löste und durch die Luft
flog, in die erhobene Hand ihres Sohnes. Klein war er
geworden, leuchtete aber von Edelsteinen und war ein
herrlich schönes Schmuckstück. Mehmed reichte es ihr
hinauf, sagte mit einem Lächeln: »Für die Mutter des
Damat ein kleines Geschenk. Und jetzt wirst du nicht
erschrecken, o meine Mutter; denn einige Dinge werden
sich begeben um dieses unseres Spieles willen.«
Da waren sie angelangt, und das Kamel kniete nieder,
wie es üblich ist, ließ sich langsam zum Boden herab.
Mehmed hatte an sich herab eine Bewegung gemacht
und seine Worte gemurmelt und stand jetzt dort in
prächtiger Kleidung. Er sah sich um, bemerkte einen
Hund, strich ihm über das struppige Fell, sagte Allem-
Kallem, und es stand ein dunkler Diener dort, der ihn
aus des Hundes ängstlichen Augen erwartungsvoll ansah. »Sei ohne Sorge, o mein Diener«, sagte Mehmed,
»dir geschieht kein Unrecht, so du mir treu dienst. Nimm
jetzt den Zügel des Kameles und halt ihn fest, was auch
geschehe. Hast du mich verstanden?« Der Diener nickte,
denn gleich dem Hunde war er stumm; aber die Angst

schwand aus seinem Blick. »Du, Mutter, achte auf, denn was ich dir jetzt sage, ist von hoher Wichtigkeit. Es wird bald einen Hirsch geben, einen mit goldenem Gehörn, und dieser ist's, der uns zum Serail des Sultan bringt. Gib acht, er wird gleich hier sein.« Wieder sah Mehmed sich suchend um, und als er einen Mann bemerkte, der hinter einem jungen Bock herlief, lachte er ein wenig, hob die Hand und sagte leise das Zauberwort. Der Mann blieb stehen, der Bock auch, und das Tier reckte sich auf, wurde höher und schlanker, ward ein Hirsch. Die Hand von Mehmed strich ihm über den Kopf, und das Gehörn leuchtete in Gold. Zu dem reglosen Manne gewandt, sagte der Jüngling: »Wenn du dich wieder bewegen kannst, so hast du vergessen, daß du einen Bock hattest, du weißt nur, daß es hier im Bazar einen Hirsch gibt mit goldenem Gehörn. Du wirst zum Serail des Sultans laufen und dir dort von einem Diener, der in der Nähe des Tores steht, ein hohes Bakschisch geben lassen für diese Nachricht. Hast du mich verstanden, mein Freund?« Mehmed strich dem Manne einmal über die Stirn, und der schaute ihn ganz ergeben an, murmelte: »Ja, Herr, wie du befiehlst«, und lief eilends, den Befehl auszuführen.

Stumm vor Staunen sah die Mutter aus der Haudah heraus all diesem Geschehen zu. Mehmed löste den einen Zügel des Kamels, sprach auch darüber seine Worte, und aus dem einfachen Lederband ward eine goldene Kette. Er legte sie dem Hirsch um, gab das Ende der Kette der Mutter zu halten, sagte ernsthaft: »Was auch geschehe, meine Mutter, diesen Zügel darfst du nicht aus der Hand lassen. Ob das Tier noch daran ist, ob nicht, du mußt ihn halten, Mutter, wie dir mein Leben lieb ist. Willst du es tun?« Sie sah ihn verschreckt an und sagte ängstlich: »Ich will, mein Sohn.« Er nickte zufrieden, lehnte sich an die Haudah und schien in großer Ruhe des weiteren Geschehens zu warten. Die Mutter betrachtete ihn verstohlen, diesen Sohn, den sie als einen faulen, wenn auch seltsamen Knaben verlassen hatte und nun wiederfand als einen Jüngling von schöner Gestalt, der sich der geheimnisvollsten Kräfte zu bedienen vermochte. Das also war jenes vom Sultan verlangte Allem-Kallem-Spiel, dieses, das alles zu wandeln vermochte – auch den, der es ausübte? Aus Sinn und Herz der einfachen kleinen Frau, die nichts war und blieb als eines Sohnes Mutter, wie prächtig sie auch gekleidet sein mochte, stieg ein angstvolles Gebet auf zu einer Macht der Barmherzigkeit, die stärker war als aller Zauber, so glaubte sie, und die dieses ihr einziges Kind schützen würde auch in solch großer Verwirrung.

Indessen breitete sich innerhalb des Serails die Nachricht von dem Hirsch mit dem goldenen Gehörn mit Windeseile aus und gelangte, wie das in jedem Serail üblich ist, allsogleich zum Haremlik. Wir sprachen schon von der großen Neugier der Valideh-Sultana. Aber mit den übrigen Frauen stand es nicht anders, und so wurde das Verlangen laut, das wunderbare Tier solle sogleich in den Harem gebracht werden. Der Bote, ehemals Besitzer des Bockes, kam atemlos zum Bazar gelaufen und mit ihm einige Diener des Serails. Mehmed lächelte still vor sich hin, als er die Männer herankeuchen sah. »Mutter«, sagte er und trat nahe an die Haudah, »ich werde dich jetzt auf dem Kamel zum Serail führen, und dann sollst du, du ganz allein, den Hirsch zum Haremlik bringen. Sei ohne Sorge, es wird dir nichts geschehen, man wird dich nur bewundern, da man dich schon kennt. Nur dieses bedenke, ich sage es nochmals, und vergiß es nicht, wie du mich liebst: laß keinen Augenblick auch nur diesen goldenen Zügel aus der Hand, wie du mich liebst, meine Mutter, und dir

mein Leben lieb ist. Willst du es tun, o meine Mutter?«
Sie sah ihn angstvoll an, nickte dann und wiederholte
leise: »Wie mir dein Leben lieb ist, mein Sohn. Ich gehorche.«

Mehmed tat etwas dann, das er noch niemals getan hatte:
er legte seine Stirn leicht und schnell an die Füße der
Mutter und bezeugte ihr so alle Ergebenheit. Da kamen
die Leute herbei und starrten das wunderbare Tier an,
das stolz neben Mehmed stand. Er reichte der Mutter
das goldene Halsband, fragte hochmütig: »Nun, was
bringt ihr?« Eingeschüchtert durch seine Art, stammelten
die Diener etwas von Haremlik und Serail, und Mehmed
nickte kühl, sagte: »Ich will kommen. Meine erhabne
Mutter führe ich selbst und auch den Hirsch. Ihr könnt
folgen. Gehen wir!« Es bildete sich bald ein ganzer Zug
von Neugierigen; denn man kannte die Diener des
Serails, sah diesen prächtig gekleideten Mann, seine
zwei Diener und wie er selbst das Kamel führte... welche
hohe Dame mußte dort in der Haudah sitzen, die so geehrt wurde! Dann langten sie an, und Mehmed half der
Mutter aus der Haudah, nachdem das Kamel niederge-
kniet war, reichte ihr den Zügel des Hirsches, und wie er
es tat, sagte er halblaut Allem-Kallem und war im nächsten Augenblick verschwunden.

Verwirrt blickte das Frauchen um sich, denn wenn sie
auch köstlich gekleidet war, ein bescheidenes Weiblein
blieb sie doch. Da aber eilten schon Diener herbei, sie zu
bitten, mit dem Wundertier zum Hof des Haremlik zu
kommen, wo die erhabenen Frauen auf den Anblick
harrten. Sie ging und hielt fest das goldene Leitband, wobei es ihr einmal war, als wenn das Tier sacht ihre Hand
streifte. Wohl ein Irrtum? Daß Mehmed fehlte, setzte
nicht weiter in Erstaunen, da man schon die weiten Gänge
betrat, die zum Haremlik führten. Und dann der Hof,

umgeben von hohen Schmuckmauern, die von Grün und Blühen umwuchert waren, und wieder jenes vielfache Lachen der Frauen, die sich um das Tier mit dem Goldgehörn drängten, und der Duft, den sie ausströmten, und das Rauschen der seidenen Gewänder... an all das erinnerte sich Mehmeds Mutter, wenn sie auch keine der Frauen wiedererkannte. Und doch wiederholte sich alles wie damals, denn die Valideh schlug vor, man solle den Sultan herbeiholen, der das erstaunliche Tier den Frauen kaufen müsse. »Gehört es dir, Herrin, dieses Wundertier?« wurde die Mutter Mehmeds gefragt. Sie neigte nur stumm den Kopf, wußte nicht, was sie zu tun habe, außer das Goldband festzuhalten, wie ihr des Sohnes Leben lieb sei. Und das tat sie, stand stumm und verschleiert da, erschrak, als sie die Stimme des Sultans hörte, die damals das Urteil über den Sohn gesprochen hatte. Jetzt kam er herbei, der stolze Mann, strich über das goldene Gehörn, sagte leise: »Schön ist das Tier, sehr schön!« Und plötzlich war das Tier unter des Sultans Hand verschwunden, und wer stand da? Mehmed, wie nicht anders zu erwarten! Fest, ganz fest in ihrem Schreck und Staunen umklammerte die Mutter das goldene Band, das lose in ihrer Hand hing, und sie zitterte vor Angst und Schrecken.

Der Sultan, dem durch die Anwesenheit eines Mannes im Harem soeben die schwerste Beleidigung zugefügt worden war, die es geben konnte, blickte starr vor zornigem Staunen auf den plötzlich in ihrer Mitte stehenden Jüngling, wollte etwas sagen, wollte befehlen, wollte rufen, konnte es nicht, vermochte sich nicht zu rühren. Denn Mehmed sagte leise das Zauberwort und sprach dann zu dem Reglosen dieses: »Erhabener Herr, du hast verlangt, ich solle das Allem-Kallem-Spiel lernen oder nach vierzig Tagen sterben. Ich tat nach deinem Befehl

und lernte Allem-Kallem, sieh her, o Herr, sieh her...«
Mehmed richtete sich auf, rief die Worte, machte zwei,
drei Handbewegungen und war im nächsten Augenblicke
von einem Blumenfeld umgeben. »Diese sind die Frauen
des Harems, o Herr, diese duftenden Blumen um dich
herum, keine von ihnen hat mein Blick beleidigt, denn
Blumen darf auch ich betrachten. Du hast mir versprechen lassen durch diese meine Mutter, daß ich deine
Tochter Saïda ehelichen dürfe, wenn ich das Allem-Kallem lerne. Bist du überzeugt, daß ich nach deinem Befehl
tat, o Herr, so sprich – du kannst sprechen, o Herr,
glaube mir.« Wirklich, der Sultan konnte es, wenn er
auch reglos blieb. Er sagte voll Zorn: »Du Frecher, du
Böser, was unterfängst du dich? Kommst her und
machst mich reglos, mich, den Sultan, deinen Herrn. Ich
befehle dir...« Da stockte ihm die Sprache, und Mehmed
fragte freundlich: »Was befiehlst du mir, Herr? Was
kannst du mir befehlen? Ich kann, wenn ich will, dein
Serail mit Kriegern füllen. Ich kann, wenn ich will, dich
vernichten lassen, o Herr, es bedarf nur dieser zwei Worte, die du mich zu erlernen zwangst. Aber alles das will
ich nicht. Ich will nur dein Damat werden und in Frieden
ein großes Reich für dich aufbauen, durch Zauber, nie
durch Arbeit, Herr, nur durch Zauber. Du brauchst
nichts zu tun, ich brauche nichts zu tun, wir werden
mächtig sein und frei. Nur wisse, o wisse, Herr, solltest
du jemals versuchen, mich zu töten, so wird ein Heer
von dunklen Vögeln nahen und alles vernichten... so,
sieh hin, Herr!«
Und Mehmed hob die Arme, daß seine weiten Ärmel wie
Flügel schwangen, und rief stark und hart: »Allem-Kallem!« Da verdunkelte sich der Himmel, riesenhafte
schwarze Vögel löschten mit ihren Schatten den Tag
aus. Angstvoll rief die kleine Mutter des Sohnes Namen,

der lächelte beruhigend, sagte leise: »Halt das goldene Band, Mutter, es ist schon vorbei...«, hob wieder die Arme, und die Vögel verschwanden. »Siehst du, Herr, wie es nun ist? Willst du glücklich sein oder von Angst geplagt? Wähle, Herr! Das ist dein Allem-Kallem.« Da Mehmed das sagte, war der goldene Hirsch plötzlich wieder da, die Blumen waren verschwunden, der Sultan konnte sich regen und alles schien wie vorher. Aber voll Schrecken sah die Sultana-Valideh ihren Sohn an, murmelte kaum hörbar: »Mein Sohn, erhabener Herr, du hast das Kismet herausgefordert, und nun ist es in seiner zornigsten Gestalt vor dir erschienen. Dieser goldene Hirsch... o Herr, erkennst du nicht, wer er ist? Jener Knabe, dem du befahlst, das Zauberspiel zu erlernen. Nur er kann es sein, er allein!« Der Hirsch, dessen Halskette die Mutter Mehmeds immer noch hielt, tat einige Schritte hin zu der Valideh und schmiegte seinen schönen goldgehörnten Kopf auf ihre Füße. Sie konnte nicht anders, sie mußte sich niederbeugen, ihm das Fell zu streicheln, wobei sie murmelte: »Du Armer, ach du Armer!« Das jedoch war dem zornigen Padischah zuviel. Er ging eilends an die Eingangspforten, schlug in die Handflächen und rief laut befehlend: »Herbei! Schickt mir Wachen her, beeilt euch!« Erschreckt liefen die Frauen zusammen, bildeten kleine Haufen, nur Mehmeds Mutter und die Valideh standen still und allein, schauten beide erwartungsvoll zu dem Hirsch hin. Doch der rührte sich noch nicht.

Jetzt wurden die eilenden Schritte der Wachen hörbar, und zugleich auch richtete sich der Hirsch hoch, hob den schönen Kopf, stieß einen Ruf aus. Da füllte sich der weite Hofraum mit Bewaffneten, mehr und immer mehr, und sie standen um den Hirsch herum, bewachten die Eingänge, hielten auch den Sultan in ihrer Mitte fest.

Der Hirsch schüttelte sich; da war Mehmed, jetzt in kriegerischer Kleidung, wieder da, ging einige Schritte auf den Sultan zu, sagte ernsthaft: »Ich habe dich gewarnt, Herr, und du hast nicht hören wollen. Was ist jetzt dein Wille? Diese meine Leute sind den deinen vielfach überlegen. Befiehlst du, daß gekämpft wird, oder ist Frieden dein Geheiß? Ich beuge mich, wie du es auch befiehlst.« Der Sultan sah sich nach allen Seiten um, begegnete nur angstvollen Blicken, sah zuletzt seine Mutter an und sagte dann halblaut: »Es sei Friede. Saïda, meine Tochter, verhülle dein Antlitz, aber blicke auf diesen hier, der dein Gemahl werden wird. Schwerer als andere Frauen wirst du es haben, da er so wandlungsfähig ist; aber so sei nun dein Kismet, und die Hochzeit finde morgen statt. Allah ismagladih.« Damit wandte er sich, und seine Bewaffneten folgten ihm.

Mehmed machte eine Handbewegung zu seinen Kriegern hin, und sie lösten sich auf in nichts, so wie es müßige Gedanken tun. Dann zog er seine Mutter zu der Sultana-Valideh, beugte selbst das Knie und sagte, zu ihr aufblickend: »Herrin, ob mit, ob ohne Zaubermittel, in mir seht Euren getreuen Diener allezeit und seid bedankt. Ich gehe, mir ein Haus herbeizurufen; wollet indessen meiner Mutter gütig sein.« Und ging davon.

Dieses Herbeirufen eines Hauses bot für Mehmed keine großen Schwierigkeiten, bestand es doch nur darin, vor das Serail zu gehen und auf dem großen freien Platz, der diesem gegenüberlag, stehenzubleiben und Allem-Kallem zu sagen. Da stand dann das gedachte Haus, ein Serail, prächtiger als das des Sultans und ausgestattet mit allem, das sich Menschen ersehnen konnten an Pracht und Behagen. Mehmed trat in sein Haus ein, sah sich um, hatte dieses und jenes zu tadeln, schaute die Gemächer seiner Mutter und seiner künftigen Gemahlin an und schickte Dienerschaft hinüber in das Serail des Sultans, um seine Mutter zu holen und auch dem Kamel seinen Platz anzuweisen. Seine Mutter empfing er mit allen Ehren an des eigenen Serails Eingang, nahm ihr die goldene Kette des Hirsches ab und geleitete sie in ihre Gemächer. Dann setzte er sich in das weit vorgewölbte Fenster der Räume, die ihm bestimmt waren, sah hinüber zum Serail des Sultans, davon der Haremshof unmittelbar unter diesem Fenster lag, öffnete die holzgeschnitzten Fensterflügel, beugte sich vor und sagte leise: »Allem-Kallem!«

In diesem Augenblick wurde es der Sultanstochter Saïda sehr seltsam zumute; sie fühlte sich erst eingezwängt, dann leicht und frei, und plötzlich wußte sie, sie habe Flügel. Hoch schwang sie sich in die Luft und flog dorthin, wo sich ihr eine Hand entgegenstreckte: Mehmeds Hand. Er setzte die Taube auf den Boden, sprach sein Zauberwort, und verwirrt schaute Saïda ihn ratlos an. »Sei ohne Sorge, o meine Herrin Saïda«, sagte er beruhigend, »dir geschieht nichts. Ich wollte nur einige Worte mit meiner künftigen Gemahlin sprechen. Nachher wirst du ungehindert zurückfliegen in deinen Harem. Dieses nur wollte ich dich fragen: ist dir mein Anblick genehm oder zuwider?« Saïda sah den Jüngling prüfend an, den ersten, mit dem sie sprach, den ersten, den sie nahe sah, und sagte dann ruhig: »Du mißfällst mir nicht, und deine Zauberei ist unterhaltend.« Mehmed nickte, wie es wohl ein alter Mann getan hätte, und er wußte nicht einmal, ob diese Sultanstochter schön oder häßlich sei, denn sein Augenzelt war erfüllt von einem unverlöschlichen Frauenbilde: »Das ist gut, denn es wird vieles erleichtern. Du mußt wissen, mir liegt nichts daran, dein Gemahl zu werden, doch werde ich meine Aufgaben gewissenhaft erfüllen. Nur verlange niemals, daß ich dir ein Liebesgedicht sage oder dich irgendwie preise; denn das vermag ich nicht. Dafür will ich dir zu deiner Unterhaltung hie und da etwas vorzaubern; aber sonst wirst du von mir nicht viel sehen oder erfahren, denn ich bin immer sehr beschäftigt.« Saïda, die ihm kaum zuhörte, sagte ergeben: »Wie du befiehlst, Herr. Aber erlaube eine Frage: könnte ich nicht einen kleinen Umweg im Fliegen machen, wenn ich jetzt zurückgeschickt werde? Es war sehr schön, in der Luft zu sein.«

Mehmed gestattete das gerne, verwies aber darauf, sie müsse als Taube sogleich zurückkommen, wenn er pfeife. Wieder sagte sie: »Wie du befiehlst, Herr«, und er sprach sein Zauberwort aus. Saïda flog als Taube davon, und Mehmed beugte sich lächelnd hinaus, ihr nachzuschauen. Da aber erschrak er tödlich, denn er sah einen Falken in der Höhe seine Kreise ziehen, und ihm kam der unheimliche Gedanke, ob das nicht doch vielleicht der Djin vom verfallenen Serail sein könne? Wenn der das mehrfach ausgesprochene Allem-Kallem-Wort gehört hatte mit seinen die Weite umfangenden Ohren, so konnte man leicht glauben, daß er sich auf Rachepfaden befinde. Sogleich stieß Mehmed den verabredeten Pfiff aus, die Taube senkte sich gehorsam nieder, und wirklich stieß ihr nach der Falke herab. Mehmed hielt die Taube noch eines Herzschlags Dauer lang fest, als biete er sie dem Raubvogel dar, und daß dies kein wirklicher Raubvogel war, wurde daran ersichtlich, daß er in das geöffnete große Fenster hineinflog. Blitzschnell schloß Mehmed die Fensterflügel, rief Allem-Kallem auf die Taube, und Saïda stand erschreckt dort, während der Falke flatternd zu Boden ging. Mehmed riß die goldene Kette des Hirsches, die auf einem Polster neben ihm lag, an sich und schlug dem Falken damit den Kopf ein. »Stirb, Djin, stirb, Djin!« rief er immerfort und vergaß dabei ganz, daß ein Djin nicht sterben kann, daß es aber gegen ihn andere Arten der Vernichtung gibt. Plötzlich war es ihm, als höre er seines Zaubermädchens ferne Stimme, die rief: »Das Blut, das Blut!«, und sogleich wandelte er sich selbst wieder in den Hirsch, leckte das Blut des Falken auf. Er wußte es nicht, aber von nun an war er unverletzlich und unzerstörbar, war Herr über alle Zauberkräfte der Welt, da in ihm das Leben des Djin mitlebte. Eilends verwandelte er sich zurück, sah die zitternde Saïda dort stehen, rief: »Flieg fort!« und wunderte sich nicht, daß sie sogleich ein Vogel ward – auch ohne das Zauberwort.

Am selben Abend dann, als er selbst auf den Schwingen der Abendröte zu dem verfallenen Serail flog, erfuhr er von dem halbverschleierten Mädchen, welche Macht nun in ihm lebe. Er legte seinen Kopf in ihren Schoß und sagte leise: »Alle Macht der Welt ist mir nichts, ein Hauch deines Atems ist mir mehr.« Und gab ihr so alle Macht über sich in die weichen Hände. Was war ihm Saïda, was der Sultan, was die Krone, was die Herrschaft? Mehmed, der Faule, der Ruhige, hatte gewählt und erkannte die größte Zaubermacht der Welt: die Liebe, die Herr ist über Leben und Tod und stärker als alles . . . wenn sie halb verschleiert bleibt.

Worterklärungen

Agha: Beamter kleiner Art, doch Vorgesetzter
akilleh: klug
Allah: Gott; *Allah Akbar:* Gott ist barmherzig; *Allahu Akbar:* Wie
  sehr ist Gott barmherzig; *Allah bilir:* Gott weiß es; *Allah ismagladih:*
  Gott befohlen; *Allah ismagladyk:* seid Gott befohlen; *Allah Kerim:*
  Gott der Erbarmende
aman: ach, o weh!
Azan: Gebet und der Ruf dazu
Baba: (familiär): Vater; *Babam:* mein Vater; *Babadjim:* mein Väterchen
Backschisch: Trinkgeld
Bazar: Kaufstätte; *Bazarlik:* Handelsart
Bazilikon: ein Würzkraut
Berytos: Beirut
Bey: Sohn des Paschas, auch ein Vornehmer oder Reicher
Burnus: weiter arabischer Schulterumhang
Damat: Schwiegersohn des Sultans
Derwisch: Angehöriger eines islamischen Mönchsordens
Dew: ein böser Geist; *Djin:* etwas weniger böse
Djan: Seele; *Djanoum:* meine Seele
Djehenna: Hölle; *Djehennet:* Paradies
Effendi: Herr; *Effendim:* mein Herr
El hamd üllülah: möge es unter Gottes Hand gesegnet sein
Eskemleh: Schemel
Gebel Tarik: Berg Tarik
Ghusla: Laute (arabisch)
Hamam: Badeanstalt
Han: großer Unterkunfts- und Vorratsraum
Hanoum: Frau; *Hanoumdjim:* mein Frauchen
Harem: die Frauen, die Familie; *Haremlik:* der Frauenraum
Hassy-dji: Mattenflechter (*dji:* Silbe, die der Tätigkeitsart angehängt
  wird; z. B.: *Ekmek* = Brot, *Ekmekdji* = Bäcker; *Süd* = Milch, *Süddji*
  = Milchmann)
Haudah: das große Gedeck aus Stoff, das über dem Sitz auf dem Kamel

errichtet wird, wenn eine Frau reist

Hosch geldinis, sefah geldinis: seid willkommen, seid gut eingetroffen, seid glücklich angelangt

Ifrit: Luftgeist, ein guter Naturgeist

Imam: Geistlicher, Prediger

Inschallah: Gott gebe es, Gott wolle es

Islam: Hingebung, Bezeichnung der Lehre Mohameds

Jalan: Lüge

Jawasch: langsam

Jylan: Schlange

Kadi: Richter

Kaftan: die Kleidung verhüllender einfacher Mantelumhang des Mannes

Karakusch: Adler

Karawane: Zug verschiedener Tiere, Kamele, Esel, Maultiere

Karawan-Serail: Raum, in welchem die Karawane nächtlich Unterkunft findet

Kaweh: Kaffee; *Kawehdji:* derjenige, der den Kaweh bereitet

Kef: Behagen

Khisler Agha: der Obereunuch, d. i. der Befehlshaber über die Mädchen (*Khis* = Mädchen)

Kiösk: ein kleines leichtes Bauwerk in Gärten

Kismet: die persönliche Vorbestimmung

Kousu: Lamm; *Kousum:* mein Lamm; gebräuchlicher Kosename

Kufiah: Kopftuch (arabisch)

Maschallah: unter Gottes Schutz und Hilfe

Mazarlyk: Märchen, Erzählung; *Mazarlyk-dji:* Märchenerzähler

Melek: Engel

Mollah: Lehrer und Priester

Moslim: Mohamedaner

Näh japalim?: Was sollen wir tun?

Nargileh: Wasserpfeife

Padischah: der Herrscher; *Padischahm:* mein Padischah

Para: sowohl Geld als auch sehr geringe Münze

Pascha: hoher Würdenträger mit fürstlichem Rang

Pehliwan: Held

Peri: weiblicher Blumen- und Wassergeist

Pilaw: Reisgericht

Rhubah: Laute (persisch)

Scheich: Fürst

Scheich-Zedeh, Scheichzadeh: Fürstensohn und Erbe, Mehrzahl *Scheichzadeler*

Scherbet: Fruchtsaftwasser

Schimum: Wüstenwind

Sefah geldinis: seid willkommen

Selamlik: wörtlich: Begrüßung; Benennung für die ehemals jeden Freitag, am geheiligten Tage des Islam, stattfindende Ausfahrt des Sultans aus seinem Serail Yildiz (Stern) zur Moschee und dem darin stattfindenden feierlichen Gebet

Tembell: Dummkopf

Touareg: Wüstenstamm

Tschock schükür: vielen Dank

Turban: Tuch, das um das Fez gewunden wird, in Grün bei denen, die in Mekka waren, in Weiß bei allen anderen

Uff aman: Ausruf bei Hitze oder Ermüdung

Valideh: Frau Mutter

Vezier: Statthalter

Wach: Ausruf des Bedauerns

Zechine: Goldmünze

Inhalt

rowohlts monographien
Begründet von Kurt Kusenberg, herausgegeben von Wolfgang Müller und Uwe Naumann.

Thomas Bernhard
dargestellt von Hans Höller
(50504)

Hermann Broch
dargestellt von Manfred Durzak
(50537)

Agatha Christie
dargestellt von Herbert Kraft
(50493)

Carlo Goldoni
dargestellt von Hartmut Scheible
(50462)

Franz Kafka
dargestellt von Klaus Wagenbach
(50091)

Gotthold Ephraim Lessing
dargestellt von Wolfgang Drews
(50075)

Jack London
dargestellt von Thomas Ayck
(50244)

Die Familie Mann
dargestellt von Hans Wißkirchen
(50630)

Nelly Sachs
dargestellt von Gabriele Fritsch- Vivié
(50496)

William Shakespeare
dargestellt von Alan Posener
(50551)

Die Familie **Mann**
Hans Wißkirchen

Theodor Storm
dargestellt von Hartmut Vinçon
(50186)

Italo Svevo
dargestellt von François Bondy und Ragni Maria Gschwend
(50459)

Jules Verne
dargestellt von Volker Dehs
(50358)

Oscar Wilde
dargestellt von Peter Funke
(50148)

Stefan Zweig
dargestellt von Hartmut Müller
(50413)

Ein Gesamtverzeichnis der Reihe *rowohlts monographien* finden Sie in der *Rowohlt Revue*. Vierteljährlich neu. Kostenlos in Ihrer Buchhandlung.
Rowohlt im Internet:
www.rowohlt.de

rowohlts monographien